晨羽

暖淚系
青春愛情天后

春日裡的

Sprin
Sun

陽

我不難過，不是因為堅強，而是因為，還有一個人，願意聽我說話。

出・版・緣・起

三百六十度全媒體出版

城邦原創創辦人　何飛鵬

當數位變革浪潮風起雲湧之際，做爲一個紙本出版人，我就開始預想會不會有數位原生內容出版社出現？如果會的話，數位原生出版會以什麼樣貌出現？而我又將如何面對這種數位原生出版行爲？

就在這個時候，我看到了大陸的起點網，這個線上創作平台，聚集了無數的寫手，形成數量龐大的創作內容，無數的素人作家在此找到了夢許之地，也成就了一個創作與閱讀的交流平台，而手機付費閱讀的習慣養成，更讓起點網成爲全世界獨一無二、有生意模式的創作閱讀平台。

基於這樣的想像，我們決定在繁體中文世界打造另一個線上創作平台，這就是POPO原創網誕生的背景。

做爲一個後進者，再加上我們源自紙本出版工作者，因此我們在POPO上增加了許多的新功能，除了必備的創作機制之外，專業編輯的協助必不可少，因此我們保留了實體出版的編輯角色，讓有心成爲專業作家的人，能夠得到編輯的協助，我們會觀察寫作者的內容、進度，選擇有潛力的創作者，給予意見，並在正式收費出版之前，進行最終的包裝，並適當的加入行銷概念，讓讀者能快速認識作者與作品。

這就是ＰＯＰＯ原創平台，一個集全素人創作、編輯、公開發行、閱讀、收費與互動的一條龍全數位的價值鏈。

經過這些年的實驗之後，ＰＯＰＯ已成功的培養出一些線上原創作者，也擁有部分對新生事物好奇的讀者，不過我們也看到其中的不足——我們並未提供紙本出版服務。

眞實世界中，仍有許多作家用紙寫作，還有更多讀者習慣紙本閱讀，如果我們只提供線上服務，似乎仍有缺憾。

爲此我們決定拼上最後一塊全媒體出版的拼圖，爲創作者再提供紙本出版的服務，讓所有在線上創作的作家、作品，有機會用紙本媒介與讀者溝通，這是ＰＯＰＯ原創紙本出版品的由來。

如果說線上創作是無門檻的出版行爲，而紙本則有門檻的限制，線上世界寫作只要有心，就能上網、就可露出，就有人會閱讀，沒有印刷成本的門檻限制。可是回到紙本，門檻限制依舊在。因此，我們會針對ＰＯＰＯ原創網上適合紙本出版的作品，提供紙本出版的服務，我們無法讓所有線上作品都有線下紙本出版品，但我們開啓一種可能，也讓ＰＯＰＯ原創網完成了「三百六十度全媒體出版」的完整產業及閱讀鏈。

不過我們的紙本出版服務，與線下出版社仍有不同，我們提供了不同規格的紙本出版服務：（一）符合紙本出版規格的大眾出版品，門檻在三千本以上。（二）印刷規格在五百到二千本之間的試驗型出版品。（三）五百本以下，少量的限量出版品。

我們的宗旨是：「替作者圓夢，替讀者服務」，在作者與讀者之間搭起一座無障礙橋梁。

我們的信念是：「一日出版人，終生出版人」、「內容永有、書本不死、只是轉型、只是改變」。

我們更相信：知識是改變一個人、一個組織、一個社會、一個國家的起點。讓想像實現、讓創意露出、讓經驗傳承、讓知識留存。我手寫我思，我手寫我見，我手寫我知，我手寫我創，變成一本本的書，這是人類持續向前的動力。

我們永遠是「讀書花園的園丁」，不論實體或虛擬、線上或線下、紙本或數位，我們永遠在，城邦、POPO原創永遠是閱讀世界的一顆螺絲釘。

Chapter 1

「邵小姐，還不趕快起床！妳不是說今天要早起嗎？哪有女孩子家這麼愛賴床又拖拖拉拉的？妳老媽我啊，早在妳這個年紀時，就生下妳了！」

距離鬧鐘響起明明還有十分鐘，邵母卻提早闖進房間把窗戶打開，丟下一長串叨念就跑。

三月清晨的寒風從窗外張牙舞爪地撲進來，室溫立刻驟降了幾度，冷得邵曉春在床上擁緊了被子，發出痛苦的哀號。

她最討厭母親用這種方式叫她起床，偏偏這方法又比鬧鐘還要有用。當她還想掙扎，企圖賴床時，腦海卻在此時閃過好朋友的臉孔，讓她濃濃睡意瞬間全消！

她差點忘記今天有重要的任務要辦了！

邵曉春迅速下床換衣、盥洗，剛替自己打包完一份鮪魚三明治，邵母的嘹亮嗓音就從陽台傳來：「曉春，妳明天有事嗎？」

「明天？沒有啊，怎麼了？」她低頭拉上外套的拉鍊。

邵母拎著空洗衣籃走近，「我明天要去台中出差，記得吧？妳如果沒事，明天幫我把租賃合約書拿去給我們的新房客，好不好？」

「新房客？」邵曉春一頓，驚喜道：「已經來了嗎？」

「還沒，應該是今天會來，但不確定白天還是晚上到。我今天要加班，妳也要幫小珂慶生，要是太晚拿去怕會打擾到人家，所以妳明天再把合約送去，記得要好好跟人家打聲招呼，不可以沒禮貌喔！」

「知道啦！」邵曉春心裡暗暗竊喜，但一想到小珂，她隨即匆匆忙忙的背上書包，「媽，我要走了，我幫妳多做了一份三明治放在桌上嘍，拜拜！」

「等等，曉春妳頭髮又長長了，晚上有時間的話順便去剪剪吧？」

「可是這次我想留長耶，一直都是短髮，我覺得好沒意思。」

「怎麼會？妳就是短頭髮才好看，要不是我的臉型不適合短髮，早就剪得跟妳一樣，看起來清清爽爽的，妳要知道，媽媽我可是──」

「『在妳這個年紀的時候就生下妳了！』」邵曉春與母親同時喊，她忍不住翻翻白眼，「媽，全世界的人都知道妳十六歲時就生下我了，但這跟我剪頭髮又有什麼關係啦？拜託妳不要什麼事都扯到那邊去好不好。我真的要走了，妳三明治要記得吃喔！」

邵曉春一溜煙奔出家裡，往捷運站衝去。

半個小時後，站在教室門口焦慮不安、左顧右盼的李敏珂，看到從走廊盡頭以手刀速度飛奔而來的身影，終於鬆了口氣，卻不免氣急敗壞的抱怨：「邵曉春，妳怎麼這麼慢？妳又睡過頭了對不對？」

「沒有啦，剛好跟我媽在談事情，所以稍微晚了一點──」

「停停停！先別說這個了，我們趕快過去，再二十分鐘他們的練習就要結束了！」李敏珂焦急地打斷，不顧邵曉春連書包都還沒放，就直接將她拖走。

她們朝學校最荒涼的舊校舍跑去，在一間教室門口站定，確定四下無人後，李敏珂急忙伸手：「快，東西！」

「好啦。」邵曉春遞給李敏珂一把鑰匙，等李敏珂開鎖後跟著走了進去，剎那間一陣濃烈的臭味撲鼻而來，她忍不住眉頭緊皺，摀住鼻子叫道：「媽呀，這些打籃球的是都不洗澡的嗎？怎麼汗臭味這麼重？」

「哪有，明明是妳的鼻子太敏感了，而且運動流汗很正常好嗎？」李敏珂仔細看過教室後方那排置物櫃上頭的每個名字，最後指著倒數第二個櫃子，欣喜若狂地喊：「曉春，在這裡，我找到了！」

「好啦，妳快點把東西放進去，我在外頭等妳。」邵曉春轉身逃離現場。

沒想到等李敏珂出來後，又拉著她去教室對面二樓的樓梯口守著，說是要在那裡等籃球隊的人回來。

「爲什麼？東西不是已經放好了嗎？」邵曉春抱怨。

「我想知道他發現禮物時會有什麼反應啊！」李敏珂表情嬌羞，用手肘推推邵曉春，「今天是我生日，妳就幫我幫到底嘛！」

於是在等待的空檔，邵曉春索性拿出鮪魚三明治開始享用早餐，塑膠袋的摩擦聲立刻驚動了李敏珂，她連忙驚呼：「妳小聲一點啦！」

四周實在太安靜了，此刻彷彿只要一點點的風吹草動都能引起巨大的回音。

這棟舊校舍的二樓是老師和教官的休息室，一樓則作爲社團教室使用，不過由於申請不易，目前僅有兩間社團獲准使用；而這所高中的男子籃球校隊則是特例，因爲在歷年的高校籃球聯賽中頗具盛名，同時也是學校的活招牌，因此校長特別在這裡闢了一間休息室，專供校隊成員使用。

但邵曉春一點都不覺得這個空曠的地方有哪裡好，冬天冷得不得了，夏天又有一堆蚊蟲出沒，碰上冷氣團來襲更是和冰庫沒兩樣。要不是爲了幫李敏珂完成心願，她絕不可能在這種天氣提早一小時起床，跑來這兒找罪受。而她們等待的對象，就是三年級的籃球校隊隊長。

李敏珂是他的超級大粉絲，想送他禮物卻不敢當面送，只好偷偷潛入籃球隊的休息室，把東西塞進對方的置物櫃裡。

每週一三五早上，籃球隊的球員都會早早來學校練球，因此得趕在他們練習結束前把禮物放好。

「曉春，回去記得幫我跟妳的國中同學道謝，多虧有他，我才能夠順利把禮物送出去。」

「晚上唱歌的時候妳再親口跟他說就好啦，他也會來啊。」

「對唷，那我就請他唱歌吧。」

「妳也該請我才對吧？幫妳求到鑰匙，還陪妳坐在這裡乾等的人是我耶！」

「好啦好啦，我最愛妳了。」李敏珂捏捏邵曉春的手，「那妳媽有問妳什麼嗎？」

「我騙她說今天有兩科晨考，怕書來不及讀完，所以要早點來學校看書。」邵曉春吐吐舌，隨即想起另一件事，拍拍李敏珂的肩，「欸，跟妳說，我家的新房客要來了喔！」

「眞的？」原本還在注意一樓動向的李敏珂，聽到這句話馬上轉過頭，「什麼時候？妳有看到他長什麼樣子了嗎？」

「我還沒見到啦，我媽說他今天就會來，還特別叮嚀我明天送合約過去。」

「聽說對方長得很帥？」

「嗯，而且我媽還說那個人的嗓音很有磁性，非常迷人，可惜他來跟我媽簽約的時候，我還在我外婆家，沒有看到他的長相。」邵曉春滿心期待，「不知道他會是怎樣的人？」

一年前，邵曉春的母親靠著多年來的積蓄，爲自己和女兒換了個新家。雖然只是從同一棟大樓的八樓搬到六樓，但無論是坪數大小或家中設備，都比之前還要齊全寬敞許多；加上母女倆在這區住久了，也已經對環境感到十分熟悉習慣。

搬進新屋後，隔了半年，邵母突然問：「女兒，我們把原本那間房子租給別人，好不好？」

沒想到出租訊息才在網路上刊登出來，短時間內就吸引了不少人前來看房子，最後邵母決定將房子租給一位姓齊的男子。

邵曉春不是很清楚對方的背景來歷，只知道是社會人士。恰巧在邵曉春放寒假跑到外婆家玩的那幾天，那個人與邵母簽下租賃合約，但沒有馬上入住，因此一段時間過去，邵曉春幾乎要忘了這件事。

「妳明天看到那個人再跟我說帥不帥，最好拍張照片給我看看。」李敏珂的目光再度飄向樓下，「說不定等妳見到那位帥房客，就會有更多的新靈感了。」

邵曉春用力拍了一下膝蓋，興奮叫道：「沒錯！說到這個，我昨晚又想到一個新故事，一口氣就寫了五頁，我有帶來，妳幫我看一下好不好？」

「妳又挖坑？上一個故事都還沒寫完不是嗎？」

「唉唷，我會寫完的啦，因爲我靈感一來，就忍不住先動筆了，妳來幫我看看——」

「噓！」李敏珂突然神情嚴肅，語氣緊張：「安靜，好像有人來了！」

一陣緩慢規律的腳步聲由遠而近傳來，朝她們靠近。

一名穿著黑色運動外套的男生出現在樓下，站在籃球隊休息室的門口，但他卻不是她們正在等的人。

邵曉春隨後注意到，那人捲起袖子的左手腕上，包著一圈白色繃帶，像是受了傷。

李敏珂探頭探腦地小心張望，想看清楚對方的臉，「奇怪，這個人是誰？爲什麼會是他開門？鑰匙不是都在隊長身上嗎？而且怎麼只有他一個人，其他人呢？」

「先觀察一下再說吧。」邵曉春悄聲回應。

只見那個男生開門走進教室，但因爲角度的關係，她們看不到對方在裡頭做些什麼。

十五分鐘後，一群男生的喧鬧聲從走廊盡頭傳來，打破了四周的靜謐。

籃球隊隊員一個個魚貫進入教室，他們此起彼落的笑鬧聲讓原本荒涼死寂的舊校舍頓時熱鬧洋溢。

邵曉春和李敏珂嚥嚥口水，綳緊神經屏息等待，不一會兒，教室裡爆發出一陣高昂激動的叫囂聲，幾乎要把屋頂掀開來。

「喂，大家快來看，隊長大人的櫃子裡有愛的禮物！」

「哇塞，是護腕，還把隊長的英文名字都繡上去了！」

「還有卡片在裡面！是誰送的？有沒有寫名字？」

「這是什麼時候放的？門不是都有上鎖嗎？該不會是爬窗進來的吧？」

「怎麼可能？外面是池塘耶！」

球員們開始瘋狂討論，熱烈的起鬨聲不絕於耳。

李敏珂與邵曉春興奮的在樓梯口推來推去，突然就被身後的斥喝聲嚇得花容失色：「妳們在這邊做什麼？」

女教官一身墨綠套裝，兩手叉腰，目光嚴峻：「妳們不知道這裡除了籃球隊隊員之外，早上跟中午嚴禁其他學生進出嗎？妳們是哪一班的，叫什麼名字？」

「小珂，快跑！」邵曉春立即跳起，拔腿就跑。

「曉春，等我！」李敏珂一時驚慌之下，本能反射地抓住邵曉春的書包背帶，害她整個人差點重心不穩往後跌，被扯下的書包更是沿著階梯直接滾落到一樓，裡頭的物品全都掉了出來，七零八落地散在走廊上。

邵曉春見狀趕緊衝下樓，而那些被巨大聲響驚動的籃球員，這時也紛紛走出教室想一探究竟。

等到邵曉春終於將散落一地的物品收拾完畢，女教官也已經氣呼呼的來到她們跟前。

「妳們兩個！」她咬牙切齒，當著所有隊員的面朝兩人大吼：「現在立刻跟我到訓導處報到！」

邵曉春噘嘴，摸摸鼻子，背上書包，和一旁緊抓住她、完全不敢抬頭的李敏珂，在一雙雙好奇的視線下，狼狽地離開舊校舍。

訓導處裡，女教官的一連串砲火攻問讓她們的頭低到不能再低，不知道該如何是好。

邵曉春在腦中迅速分析目前的局勢，要是說出她們出現在舊校舍的原因，教官一定會追問她們是怎麼拿到籃球隊休息室的鑰匙，到時候反而更麻煩，被捲進這場風波裡的人也會更多。

爲了避免讓事情更難處理，她靈機一動，故意裝出一副面有難色的樣子：「教官，我就老實跟妳說了吧，我這位同學小珂，一直都有個異於常人的困擾。」

「異於常人？」教官眉一挑，「什麼困擾？」

突然被點名的李敏珂，這時也向邵曉春投來困惑的目光。

「其實，小珂有一個不爲人知的怪癖，就是一定要在非常、非常寒冷的環境裡才讀得下書，待在越冷的地方，她的記憶力就會越好，無論是背課文還是英文單字都難不倒她。我們今天會跑去舊校舍，就是爲了念書。小珂已經報考今年的英文檢定了，她的好勝心強，自我要求又高，每天都很努力K書，還說不敢等到夏天再準備，因爲那時候一定會受到天氣影響而導致學習效率不高；去年她就是因爲這樣考差才沒拿到證照，那時她可是哭了整整一個禮拜呢！所以小珂說今年一定要雪恥，勢必要拿到高級證書。」

女教官一臉將信將疑，卻沒打斷邵曉春的話。

「但偏偏她的體質很奇怪，只要天氣不冷她就無法讀書，剛好今天寒流來，時機正好，她原本還說要在教室門口一邊吹風一邊讀呢，我擔心她會感冒，勸了她好久，才想到舊校舍是個可以讓她讀書的好地點，不但沒什麼人，周遭又安靜又陰涼，還不需要吹冷風。但她不敢一個人去，我就只好陪著她了。其實我們也不想去那裡的啊，可是我不忍心看她那麼傷心難過，每晚聽她在電話裡哭著對我說書讀不完，眞的讓我很心疼！」

女教官一時之間聽得呆了，大概是沒有想到這件事竟然另有隱情。

邵曉春趁勢再補了一句：「教官，其實小珂這樣並不是特例，一般人也會有類似的情形。像我平常喜歡寫散文、詩，可是一定要等到三更半夜我才會文思泉湧，白天則是一個字也擠不出來。我相信教官也是一樣，在某個時段會覺得自己精神特別好，特別頭腦清晰吧？唉，小珂因爲這種體質，過去受到不少委屈，她國中時的男朋友，就是覺得她很奇怪因此瞧不起她，最後甚至把她甩掉，她還被同學嘲笑了整整三年呢！小珂也很無奈，眞的不是故意要這樣的，所以拜託教官就原諒她這一次，我們再也不會去舊校舍了，眞的！」

「唉。」女教官嘆了口氣，滿是憐惜地望著李敏珂。

邵曉春心想，如果李敏珂這時能默默流下一行清淚的話，效果一定會更加分，但從好友已陷入呆滯的神情來看，應該是不可能；再說要是演得太誇張反而會露出破綻，因此她不禁祈禱李敏珂只要維持原樣，暫時別說話，低頭不動就好。

女教官從座位上站起，臉上已經沒了怒色，神情柔和。她拍拍李敏珂的肩，柔聲勸導：「別給自己太大壓力，讀書雖然重要，但身體健康更重要，千萬不要太勉強自己。雖然妳的狀況情有可原，不過學校的規定還是得遵守。」

她再嘆了一口氣，宣布：「這次就原諒妳們，以後不可以在禁止時間內再跑到舊校舍去了，知道嗎？」

「知道了，謝謝教官！」兩人異口同聲回答，暗暗鬆了一口氣。

「不過……」女教官此時又說：「雖然我不追究，但還是會把這件事告訴妳們的導師，妳們是九班對吧？」她雙手抱胸，嘴角上揚，「我記得妳們班導今天正好請假，下禮拜一我再通知他。妳們沒意見吧？」

邵曉春和李敏珂渾身一震，面色驚恐的互望一眼。

「……沒有。」兩人垂頭喪氣，聲音氣若游絲。

知道自己即將大難臨頭，原先還心存僥倖的她們，這下卻立刻陷入了絕望。

◆

正午時分，太陽和煦的光芒穿過厚厚雲層，將原先灰澀黯淡的天空染亮了些；在寒流來襲時還能看見這樣的陽光，頓時也讓人覺得沒那麼冷了。

陸之陽肩背著行李袋，手拖著行李箱，俐落的下了計程車。她先是仰望著眼前聳立的大樓好一會兒，確認地址沒弄錯，便放心入內，搭乘電梯直達八樓。

之前她已經看過房子內部的照片，覺得很滿意，但當她踏進新家客廳時，卻比先前看到照片時還要驚艷。

腳下的白色磁磚地板光潔，一點灰塵也沒有，看得出房東特別花心思打掃過。走進廚房一看，瓦斯爐底下的櫃子裡，還留有一組乾淨的鍋碗瓢盆。

兩房一廳已經算得上是一個小家庭的格局了，這樣大的房子就她一個人住，未免有些奢侈了。

在房裡繞完一圈，陸之陽放下行李，拿出手機撥打電話。

「喂？」一道低沉的男嗓從話筒裡傳來。

「抱歉，打擾你上班了，你現在方便說話嗎？」

「當然，妳沒打擾到我，我正好要去吃午飯。」齊廣成溫聲問：「怎麼了？」

「我現在人在你幫我找的那間房子裡，可是我越看越覺得不對勁，你確定租金眞的是七千五嗎？這種房子在台北就算一個月租金破萬我都不覺得奇怪，這眞的是你當初跟房東談好的價錢？合約是不是還有其他附帶條件？」

「妳已經到了？太好了，妳放心，我確實跟房東談妥了，就是這個價錢沒錯。除了電費超額要另外算之外，水費、網路費都包含在租金裡，還有電視的第四台也是。房東太太人很好，考量到妳一個年輕女生在台北生活比較辛苦，就把沙發留給妳用，另外還留了一些廚具在廚房裡，以後妳煮菜也比較方便。」

摸摸客廳的粉色帆布沙發，陸之陽驚訝道：「太誇張了，這位房東人也太好了吧？你到底是怎麼找到這麼好的房東跟房子的？你那時沒說房子那麼大，只說很適合我住，其實坪數只要有現在的一半，對我來說就綽綽有餘了……」

「我只是希望妳能住得舒服一點。」齊廣成的聲音不疾不徐，「這次能順利租到預算內的好房子，也算是緣分加巧合吧，之前一看到招租訊息，我就先跟房東太太聯絡，才發現她竟然是我大學同學的同事。其實本來的租金應該是破萬的，可是看在我同學的面子上，房東也很乾脆的讓我殺價。當然，我也再三向她保證，妳會是個很守規矩的房客。」

陸之陽目光掃過沙發前的茶几，茶几底下似乎有些什麼東西，她俯身一瞧，忍不住驚呼：「天啊，怎麼還有兩串衛生紙？房東未免也好過頭了，連這個都幫我準備，我根本是住進飯店裡了吧？」

齊廣成忍俊不禁，「那跟房東無關，是我幫妳準備的，我上次過去的時候就先幫妳添購了些生活必需品，新的曬衣架跟洗衣籃，放在浴室裡；掃把跟拖把也幫妳買了，屋子裡基本上大致該有的都有了。但這裡沒有陽台，所以妳要曬衣服的話要到頂樓去。其他妳看還有缺什麼，再另外買就行了。」

「你爲什麼……」陸之陽喉嚨泛上一陣乾澀，「你不需要做到這樣的。」

「我剛說了，我只希望妳能過得好，所以才會爲妳找舒適一點的房子。我不是爲了討好妳，也不是想要妳感激我，畢竟這是妳第一次找我幫忙，所以我才想竭盡所能，努力幫妳處理好這件事。」他用始終安定的沉穩嗓音說：「不用覺得過意不去，就當作是我欠妳的。」

陸之陽坐立難安，「說什麼欠不欠的……」半晌，她轉而問道：「你這個月還會去店裡嗎？」

「我月底出差順路，會過去看看。」

「你能不能再幫我一個忙？我人在台北沒辦法常回去，如果方便的話，請你順便去看看我媽。」她抿了抿唇，「替我多關心她。」

齊廣成沉默了一會兒，才說：「妳不需要特地向我要求這種事，我去看阿姨從來不會是『順便』的。妳現在什麼都不用擔心，最重要的是今後要好好照顧自己。如果碰到什麼麻煩，隨時都可以打給我，我希望妳別逞強，就當作是爲了阿姨，對自己好一點吧，嗯？」

「我知道。」陸之陽斂下眼眸，做了個深呼吸，「這次眞的麻煩你了，謝謝。」

「一點也不麻煩，我反而要謝謝妳肯給我機會，讓我可以爲妳做點事。妳應該也累了吧？行李放著先休息一下，等我忙完，下禮拜再去看妳，到時一起吃個飯吧？」

「好。」

掛斷電話，陸之陽靜坐片刻，隨後起身打開窗戶，讓空氣流通。

從這裡往外看出去的視野相當好，晚上的夜景應該會更漂亮。望著這片和家鄉截然不同的景色，才讓她終於有了離家的感覺。

這個城市現在還看不到春天的影子，也許等冷氣團離開後就會開始回溫，而她的新生活，也將從這個春天起步。

她專注眺望著遠方的風景，忽然手機鈴聲響起，原以爲是母親打來的，結果並不是。

「陸之陽，妳在幹麼?」一接起電話，對方便扯著嗓子尖聲喊著，連個招呼也沒有。

「整理新家。」

「嘿，妳到台北了?這樣剛好，明天我們可以先出來聚一聚，我知道一家很可愛的餐廳，妳陪我去吃，我們好久沒有見面了!」

陸之陽停了一下，「但我今天才到台北，還有很多東西要整理，等後天喝菲菲的喜酒，我們就可以見面了不是嗎?」

「那又不一樣，我跟妳說，我原本還想幫我們三個辦個單身派對，在菲菲婚前好好痛快的玩一場。好姊妹都要結婚了，妳不覺得我們該去夜店狂歡一下嗎?」

陸之陽閉了閉眼，深吸一口氣：「蔣莘，妳也知道菲菲的身體不是很好，光是忙著籌備婚禮就已經讓她夠累了，如果我們還在婚禮前夕把她抓出來玩到三更半夜，隔天菲菲也很難撐得住吧?我覺得還是不要這麼做比較好。」

「妳怎麼變得這麼難溝通啊?這樣我會很無聊耶!算了，等明天我男友回來，再叫他帶我出去玩!」話才剛講完，蔣莘也不說一聲再見，就直接掛了電話。

陸之陽把行李推進房間，打算晚一點再到樓下和房東太太打個招呼，感謝她肯把房子便宜租給自己，還留下這麼多東西讓她使用，省去她不少開銷。

來到台北的第一天，陸之陽沒有太多閒暇時間，心中盤算得趕緊把家裡整理好，後天還要出席陳菲菲的婚禮。

她和陳菲菲、蔣莘三人是高中同學，也是當時最親密的好友，說是閨密也不爲過。畢業後，她們分別在不同的大學讀書，很少相聚，但始終保持著聯繫。

蔣莘跟陳菲菲最後選擇在台北工作，陸之陽則因爲母親身體狀況不佳，她擔心家裡的雜貨店生意會忙不過來，因此回到故鄉，週休二日在店裡幫忙，平日則在當地的政府單位上班，當了兩年的約僱人員。那段期間，她們偶爾會在臉書上關注彼此的近況，畢竟太久沒見，互動也不如以往熱絡。

方才蔣莘打來約她明天出去聚聚時，陸之陽當下的第一個念頭是：有這個必要嗎？當蔣莘抱怨她難溝通，甚至粗魯地掛她電話時，陸之陽也不擔心蔣莘生氣，反而慶幸蔣莘沒有提議明天要過來找她。

意識到這點，陸之陽停下正在整理衣服的手，沒想到自己居然會有這種反應，連剛才聽到蔣莘說出「好姊妹」這三個字時也不覺得溫馨，反而有些不耐，一心只想盡快結束通話。

她幾乎懷疑，兩個月前出的那場車禍，除了撞壞她的腿之外，是不是也把她換了另一顆腦袋？不然她怎麼會對許多事情的想法和感覺，都與過去截然不同了？

忙了一個下午，陸之陽躺在沙發上歇息一會兒，時間將近傍晚，她正感到飢腸轆轆，打算出去買晚餐時，家裡門鈴就響了。

「搬家辛苦了。」陸之陽打開門，只見齊廣成一身西裝筆挺地出現在門口，「抱歉，沒先說一聲就跑來了，妳晚餐還沒吃吧？我帶了點披薩過來。」

陸之陽很意外，「你不是說下禮拜才要來？」

「嗯，可是我想妳今天剛到，擔心妳只顧著打掃，會忙到忘記吃飯，所以決定提早結束工作，直接過來看妳。」

他的敏銳讓她一時無語。

將披薩跟飲料放在桌上，他環顧四周，「怎麼樣，還滿意嗎？有沒有哪裡覺得不方便？」

「沒有，這裡很好，有點好過頭了。」陸之陽打開披薩盒，對他說：「你也一起吃吧。」

齊廣成頷首，脫下外套、鬆開領帶，與她一同在客廳坐下。

「妳的腳眞的沒問題了？」

「嗯，完全康復了，也沒有留下什麼後遺症。」

「下禮拜就去面試會不會太趕？怎麼不再休息幾天？」

「又不是生什麼重病，而且我哪裡還有時間休息？我之前在醫院跟家裡就已經躺得夠久了，米蟲也當得差不多了，現在得趕快努力工作賺錢，否則到時付不出房租被房東趕出去，就枉費你當初那麼幫我的忙了。」

「會覺得有壓力嗎？」

「還好啦，平常我也沒花什麼錢，現在家裡的生意也不錯，暫時不需要我寄錢回去，就算寄了，我媽也只會退回來。現在台北寸土寸金，本來就不可能只花七千五租到這樣的房，至少我沒辦法。」語落，她望向他，「所以我不得不承認，你眞的很能幹。」

齊廣成眼中閃過一抹微光，揚起脣角：「謝謝。」

兩個月前，陸之陽在醫院甦醒時，第一個看見的並不是爸媽，而是眼前這個人。

住院的那段期間，齊廣成每週都會專程從台北來看她，儘管她從不開口跟他說話，他卻依然在她身邊默默關心她的一切，不曾間斷。

某天陸之陽半夜醒來，發現齊廣成睡在病房內的沙發上。

他沒有回去，自願代替父母留下來照顧行動不便的她。

陸之陽靜靜注視他的睡顏許久，不禁想著，這個身影究竟已經陪在自己身邊多久了？

等她意識到這件事時，眼淚驀然間掉了下來，她躲在被窩裡痛哭了一夜。

一星期過後，齊廣成來接她出院，她開口喚了他的名字。

「你能不能幫我一個忙？」她問。

齊廣成當下並沒顯露出吃驚的樣子，至少她看不出來。「妳說。」

「你現在是在內湖上班吧？可不可以幫我打聽一下，你那邊附近有沒有房子要出租？單人房就行，若靠近捷運站的話更好。」

聞言，他定定看著她，「妳要去台北？」

「我想去別的地方生活看看。這幾天我已經先用醫院的電腦查過了，發現你公司附近有幾個不錯的工作機會，等腳好得差不多後，我想換個環境。但我家的電腦放在櫃檯，要是在找租屋資訊時被爸媽發現就不好了，所以才想找你幫忙。房子找到後，我會再告訴他們這個消息的。」她直勾勾望進他的眼底，「你願意幫我嗎？」

齊廣成面色平靜，卻目光熠熠，那是陸之陽第一次看到他流露出這樣的眼神。

「當然。」他語氣柔和，沒有一丁點猶豫，「我會幫妳。」

從這一刻開始，兩人的關係有了不一樣的變化。

有了齊廣成的協助，陸之陽的腳傷痊癒之後，果真順利在台北找到落腳處，並且得到幾個不錯的面試機會。

陸之陽不顧一切地孤注一擲，也不等工作確定就先搬去台北，這個衝動的決定讓陸父相當不滿，但礙於有齊廣成在場，他才沒有因盛怒而失態。

陸父氣呼呼地痛罵陸之陽一頓，陸母也只能站在一旁心疼地望著女兒，對於女兒的離開雖然感到不捨，但更多的是體諒和理解。

現在能與齊廣成一起坐在位於台北的租房裡，與他邊聊天邊吃披薩，是陸之陽從來不曾想像過的光景。

她必須逼自己與那個家暫時保持距離，唯有如此，她才能夠繼續向前，得以自在地呼吸，不至於讓自己的世界變得更加糟糕。

「我媽該不會私下有塞錢給你吧？」

「有。」齊廣成老實回答。

她冷冷一瞪，「你收了？」

「當然沒有，我堅持不收。我已經向她再三保證，無論發生什麼事我都會盡力協助妳，讓妳在台北的生活不會出任何問題，她才放心。」

「我又不是小孩子了。」陸之陽咕噥了一句，別過頭去。

「對了，妳見過房東了嗎？」

陸之陽驚呼了一聲，猛然憶起，「還沒，我原本打算今天去向她道謝，但忙著收拾家裡，不小心就忘了。」

齊廣成瞥了眼手錶，「現在還不晚，不然我們等等一起去跟房東打聲招呼？」

「好啊。」

晚餐後，兩人離開屋子下樓，陸之陽摁下六樓的電鈴，等了一會兒，無人應門。

「好像不在。」陸之陽看向齊廣成。

「可能還沒回來。」

「糟糕，我應該帶點什麼來的，房東送我這麼多東西，我卻兩手空空的上門，這樣太失禮了，得去買個禮物才對！」陸之陽有些懊惱。

「那我開車載妳去買，明天妳再拿來給房東。房東太太好像有一個女兒，送蛋糕禮盒應該不錯，我們去百貨公司看看。我的車就在樓下，走吧。」齊廣成拍拍她的肩。

Chapter 2

地下室包廂裡，李敏珂整個人蜷縮在沙發上，抱著膝蓋哭哭啼啼。

邵曉春抽了兩張面紙，一臉無奈地遞給她，「親愛的小珂珂，拜託妳別再哭了好不好？妳已經快哭完一包面紙了耶！」

「唉唷，不要管我啦！」她搶走面紙，滿臉通紅地不停抽噎，「丟臉死了、丟臉死了，沒想到居然在隊長的面前被教官狠狠臭罵了一頓，根本是我人生的奇恥大辱，以後在學校要怎麼面對他啦？」

「欸，小姐，我還在那群人面前像隻狗一樣蹲在地上又撿課本又撿鉛筆盒的，應該是我比較丟臉才對吧！反正妳又沒有在卡片上署名，隊長也不認識妳，誰會知道妳是送禮物給他的人啊，安啦！」

語畢，邵曉春轉身怒打在背後拿著麥克風高歌的人一掌，大罵：「簡博安，你冷血動物啊？小珂在這裡哭得半死，你還唱得下去？都不會幫忙安慰一下嗎？真沒有良心！」

「要我怎麼安慰？我怎麼知道事情會變成這樣？」簡博安滿臉無辜，揉揉挨打的肩膀。

「真是的，氣死我了，東西還你啦，你這個被退社的偽球員！」邵曉春把籃球隊的教室鑰匙扔回給他。

「邵曉春，妳到底要我說幾次？我不是被退社，是『自願退出』的好嗎？而且我費盡千辛萬苦拿到鑰匙，讓妳們去偷打一把，現在還要被妳罵，要是沒有我，妳們能順利潛進去嗎?不知感恩的傢伙，好心沒好報!」

「可是，教官沒有懲罰妳們，這也算是不幸中的大幸了吧?」這時坐在簡博安身邊，留著妹妹頭的長髮女孩韓詩妘，眨眨眼睛說道。

這天放學，他們一群四人一起到KTV幫李敏珂慶生。

邵曉春和簡博安是同班三年的國中同學。升上高中不久，簡博安就與同班的韓詩妘交往，而邵曉春和李敏珂成爲好友後，四人偶爾會像這樣聚在一起，假日也會相約出去玩。

「正好相反，教官雖然沒有處罰我們，可是她說要把這件事告訴『藍藍路』。」李敏珂帶著哭音。

「妳說藍老師?他人這麼親切，一定會原諒妳們的吧?」韓詩妘並不覺得這件事有多嚴重。

「詩妘，妳有所不知呀!妳不是他班上的學生，所以不明白他恐怖的眞面目，我們寧可被女教官虐待，也死都不想讓藍藍路知道!下禮拜就是我跟小珂的死期，你們兩個要幫我們祈禱可以安然度過星期一呀!」

聽到李敏珂淒厲的號哭，邵曉春也幾乎跟著眼眶含淚。

簡博安不以爲然，「太誇張了吧?講得好像世界末日要來臨了一樣。可是教官也眞奇怪，既然都說要原諒了，幹麼還要再特地告訴妳們導師啊?」

「這還用說?當然是藉口呀，誰不知道她對藍藍路有意思?每次看到他都眉開眼笑的，要不是藍藍路今天請假沒來，教官八成早就飛奔去找他告狀了，怎麼可能會放棄這個大好機會？」邵曉春撇了撇嘴。

「原來如此，不過妳也很強耶，居然可以掰出那種謊話唬過教官，還敢講自己平常愛寫詩和散文，眞是有夠做作的啦！」簡博安毫不客氣地捧腹狂笑。

「沒禮貌，你怎麼不說我聰明、懂得隨機應變？我告訴你，雖然我說得很誇張，不過因爲邏輯通順，所以教官也找不到破綻，就算她覺得奇怪，也不知道從何懷疑起。」邵曉春越講越得意，「不只如此，我還能舉一反三讓她感同身受，再激發她的同情；你不覺得我能夠在這麼緊急的情況下想到這種完美的說辭，根本就是天才嗎？」

「天才有什麼用？我們還不是一樣要倒大楣了？」李敏珂淚眼汪汪，把手中的面紙揉成一團往邵曉春丟去，「而且妳居然拿我當擋箭牌，把我講得跟怪胎一樣，還說我國中因此被男友甩掉，我哪有這樣啦！」

「我一直覺得很奇怪，既然邵曉春妳鬼點子這麼多，腦筋轉得快，又這麼會扯，怎麼會到現在連一本小說都寫不完啊？」簡博安不解。

「那是因爲……有很多原因啦。喂，你以爲寫小說很容易嗎？不過你倒是提醒我了，我昨晚寫了新的故事草稿，你們誰願意幫我看一下？」

「不要。」簡博安秒回。

「我也不要。」李敏珂用鼻音嘟囔。

「你們怎麼這樣？我保證這次一定會把故事寫完的啦，居然都不給我一點支持！詩妘，妳願意幫我看看嗎？」邵曉春把最後的希望放在韓詩妘身上。

「好呀。」韓詩妘嫣然一笑。

「耶，我就知道詩妘最溫柔善良了，你們其他人都是冷血動物！等我一下，我馬上拿給妳看！」邵曉春翻開書包，低頭搜尋了一陣，先是一愣，接者心急如焚的抬起頭來，「我寫的小說不見了！」

「妳確定有帶出來？」簡博安問。

「有啊，我昨晚寫在筆記本上，明明有放進書包裡的啊！奇怪，怎麼會找不到？到底跑去哪兒了？」這下換邵曉春想哭了。

「會不會是早上掉在舊校舍？當時妳書包的東西不是全掉出來了嗎？可能沒有撿回來吧？」李敏珂提醒。

「不會吧！」邵曉春大驚失色，「那怎麼辦？難不成我下禮拜還得回那個鬼地方找？」

「應該是這樣沒錯，不過這次我沒辦法陪妳去嘍，我發誓再也不要靠近那裡了，原諒我，親愛的。」李敏珂弓起雙腿，將臉埋入膝蓋。

「怎麼會這樣？」邵曉春全身無力的坐回沙發，抱頭哀號：「我今天怎麼會這麼衰？什麼倒楣事都被我碰上，我到底是招誰惹誰了？」

見狀，簡博安和韓詩妘面面相覷，只能愛莫能助的搖搖頭。

◆

晚上十點，邵曉春拖著沉重的腳步回到家，洗完澡就癱倒在床上，動也不動。

原本還想在睡前寫一點小說的，這下子也沒心情了，但她還是慢慢掙扎著爬起來，走到電腦桌前，打開桌面的資料夾，檢視她從國中到現在的「輝煌」成績。

長篇小說十五部，短篇小說九部。

完成部數：零。

她無力地趴在桌上，覺得氣餒不已，再想到遺失了珍貴的小說草稿，內心的鬱悶更是雪上加霜。

如今唯一讓她期待的事，就是明天終於可以見到樓上新房客的眞面目了。想到那位齊先生，邵曉春決定把這些煩惱暫時全拋到腦後。

隔天一早，她就聽從母親的建議跑去將頭髮修剪整齊，將自己仔細打理一番，還特地換上了一條裙子。

午餐後，她捧著租賃合約書站在八樓門口，心情既是緊張又期待。

邵曉春用手指順一順頭髮，再做了個深呼吸，確定儀容沒問題後便摁下電鈴，挺直身子等待。只是當門一被打開時，她隨即愣住，因爲前來應門的是一個年輕女人。

女子身材高眺，約莫有一百七十五公分，還留有一頭及腰的長直髮，她將長髮繫起，綁成斜馬尾，烏黑的長髮垂落在左胸前。

看到佇立在門口的陌生少女，陸之陽眨眨眼睛，好奇問道：「妹妹，請問有什麼事嗎？」

邵曉春迅速回神，支支吾吾地說：「那個，妳好，我是房東的……女兒。我媽媽請我拿合約書上來……」

「妳是房東太太的女兒？」陸之陽綻開笑顏，「太好了，我昨晚原本想親自登門拜訪，可惜妳們剛好不在家，本來打算今天再去打擾，沒想到妳就先來了，謝謝妳替我把合約書帶來！」

「不客氣。」把合約書遞給陸之陽的同時，邵曉春順勢往屋內一瞄，「請問……齊先生他不在嗎？」

「齊先生？噢，妳是說齊廣成先生？他不在這兒，這裡只有我一個人住。」

「咦？不是齊先生要住這裡？」邵曉春大吃一驚。

「不是唷，當初是他找房子的沒錯，但實際上要住這裡的人是我。」陸之陽解釋，「抱歉，害妳誤會了，可能是妳媽媽沒有跟妳講清楚吧？」

邵曉春登時一呆，萬萬沒料到房客會由本來的齊先生，換成一位小姐。

她的腦袋很快迸出一堆稀奇古怪的想法，由於實在難掩內心的強烈好奇，忍不住劈頭就問：「姊姊是齊先生的女朋友嗎？」

陸之陽一愣，不禁笑出聲來：「不是耶。」沉吟幾秒後，她回：「他是我哥哥。」

這個答案讓邵曉春原先的猜測徹底大翻盤。

陸之陽接著問：「妳媽媽在家嗎？我想下去跟她打聲招呼。」

「我媽媽去台中出差了，要到晚上才會回來。」

「眞不巧，那妳要不要進來坐一下？我這裡有一些點心，請妳吃好嗎？」陸之陽笑著邀請。

「咦？可以嗎？」邵曉春眼睛一亮。

「當然可以，我昨天就準備好要送妳們蛋糕禮盒了，請進吧。」

難得有機會能回到之前住的地方，邵曉春不禁有些雀躍，一踏進屋內，她發現屋裡的模樣與記憶中並沒什麼差別，連牆上的壁貼都還原封不動的留在原處，跟搬走前的樣子幾乎一致。

陸之陽端出一塊蛋糕及一杯果汁來到客廳，「這是蜂蜜蛋糕，儘管吃，別客氣。」

「謝謝姊姊！」

「不客氣，妳叫什麼名字？」

「邵曉春，曉得的曉，春天的春。姊姊呢？」

「我叫陸之陽，陸地的陸，之乎者也的之，太陽的陽。」

「姊姊的名字好特別，光看字的話，我一定會以爲是男生的名字。」

「很多人都這麼說過。」陸之陽莞爾，「妳今年幾歲？」

「十六，我高一。之陽姊姊還是大學生嗎？」

「呵呵，不是耶，我已經二十五歲了。」陸之陽環視客廳，「妳以前的家很溫馨，牆上的壁貼也很漂亮，我都不需要再布置了。」

「太好了，我還正覺得奇怪，想說家裡好像什麼都沒變呢！那些壁貼都是我以前貼的，我最喜歡在家裡貼這些東西了。」邵曉春更加開心地說道：「對了，如果姊姊想找我媽，要不要等她晚上回來，我再打電話通知妳？」

「也好，這樣就不會再錯開了。」陸之陽點點頭。

兩人拿出手機交換號碼，號碼輸入完畢後，邵曉春順手將手機放在茶几上，螢幕桌布上的照片引起了陸之陽的注意：「這是妳姊姊嗎？」

「不是，是我媽，去年我們在陽明山上拍的。」

「妳媽媽？可是她看起來好年輕！」陸之陽愕然。

「我媽十六歲就生下我了呀，今年她才三十二歲，每次只要跟別人介紹我的時候，大家都會很驚訝，她自己也很愛炫耀這件事。」看著陸之陽驚訝到嘴巴合不攏的模樣，邵曉春不禁也感到有些得意。

「妳爸爸也是這麼年輕？」

「嗯，他大我媽三歲。」

陸之陽十分難以置信，心想今後可不能再隨便稱呼對方爲「房東太太」，得改叫「房東小姐」才行，不然就太失禮了。

「之陽姊姊，那妳有沒有跟妳哥哥的合照？」

「我跟他……沒有耶。怎麼了？」

邵曉春不好意思地吃吃笑起，「其實，是我跟我同學想要看啦，因爲我媽跟我說，之陽姊姊的哥哥長得很帥，所以我才會那麼好奇，我同學還特別叮嚀我要拍照給她看呢！」

「可惜我沒有跟他合照過，也沒有他的照片。」女孩的坦白讓陸之陽覺得有趣，「可是，既然妳這麼期待見到他，那剛剛發現房客是我的時候，不會很失望嗎？」

「唉唷，也沒有啦，不過我一開始眞的誤以爲姊姊妳是他的女朋友，還以爲你們有什麼特殊關係……」邵曉春急著辯解。

「特殊關係？」

邵曉春懊惱自己不經思考就脫口而出，事到如今已經來不及收回，「那個……姊姊聽完別生氣喔，我沒有惡意。」

陸之陽點點頭，示意邵曉春繼續往下說。

邵曉春小聲開口：「老實說，在知道你們是兄妹之前，我聽到是齊先生專程找房子給妳住，就在猜……說不定，姊姊妳其實是他在外面的小三，爲了避免被大老婆發現，才把妳偷偷藏到這裡來，但礙於身份敏感，所以不能帶妳一起來看房子……」

陸之陽先是一呆，接著忍不住放聲大笑。

「曉春，妳的想像力很豐富耶！」陸之陽十分佩服眼前這女孩的天馬行空，「我當初之所以沒辦法親自來看房子，是因爲我那時出車禍，腳受了傷，有很長一段時間行動不便，才會請他幫忙，不是妳想的那麼複雜。」

「原來是這樣……抱歉，我常會不自覺想出一些亂七八糟的東西。」邵曉春難爲情地搔搔頭，覺得實在是糗翻了，趕緊喝了一口果汁。

陸之陽含笑凝視著她好一會兒。

這個下午，兩人相談甚歡，總有聊不完的話題，完全沒有因爲年齡而產生任何代溝或隔閡。

最後，邵曉春提著蛋糕禮盒心滿意足地回到家，隨即打電話向李敏珂報告這件事，雖然新來的房客並不是她期待已久的齊先生，但陸之陽的隨和跟健談，都讓邵曉春留下了特別好的印象，才第一次見面，她卻已經深深喜歡上這位親切的大姊姊，甚至已經開始期待晚上再見到她。

趁心情正好，邵曉春打開電腦打算寫點東西，才要敲下鍵盤，一個問題忽而閃過腦中。

剛才陸之陽說她和齊先生是兄妹，可是這兩人根本就不同姓啊！

發現這點的邵曉春，各式各樣的猜測又開始一個接一個在腦中萌芽，她趕緊甩甩頭，強迫自己專心。這一次，她一定要把小說完成，不再讓簡博安瞧不起她。

面對螢幕裡的空白Word檔，還沒打出半個字就開始心神不寧，邵曉春煩躁的抓了抓頭。

她必須想起上一次開頭是怎麼寫的，才能夠繼續接續下去，偏偏好不容易寫好的草稿就這麼不翼而飛。

想到小說有可能掉在那冷颼颼又陰森森的舊校舍，邵曉春托腮直瞪窗外，對著陽光普照的天空發出沉沉嘆息。

◆

週日上午十一點半，陸之陽來到位於忠孝敦化的一間大飯店。一樓的婚宴廳口，陳菲菲與她丈夫的大型婚紗照醒目地擺放在那兒。

陸之陽送上紅包，拿了幾張喜歡的謝卡就入廳找位子，沒多久便聽見有人喚她。

「之陽，陸之陽，這裡這裡！」坐在其中一桌的蔣莘向陸之陽揮揮手。

蔣莘穿著黑色的澎袖網紗小外套，搭配粉紅色的低胸小禮服，蓬鬆的長捲髮加上亮麗的妝容，看起來女人味十足。

蔣莘拿起放在左手邊座位的手提包，讓出位子給陸之陽。

「這裡燈光好暗，我連隔壁桌的人都看不太清楚，不過妳剛剛一進來，光看身高我就認出妳了。」蔣莘向陸之陽介紹坐在她右手邊座位的男子，「他是我男友，妳在我的臉書上有看過吧？」

「嗯。」陸之陽向男子點頭致意。

蔣莘繼續連珠炮似地問：「所以妳真的要在台北上班？工作找到了嗎？妳住在哪裡，下次我去妳家坐坐？」

陸之陽不曉得究竟該先回答哪個問題，啜了口茶想一想，委婉的應道：「我明天才要去面試，等結果出來再說吧。」

「妳要面試什麼工作？」

「跟幼教有關的。」

「幼教？是幼稚園老師還是托兒所安親班那種？」見陸之陽點頭，蔣莘擰起細眉，「我最討厭小孩了，尤其是那種愛哭鬧的小鬼，簡直吵死人了，而且做這個薪水應該不高吧？妳怎麼會想去做那種工作呀？」

陸之陽不置可否，再喝一口茶，轉開話題：「妳去看過菲菲了嗎？」

「有哇，一堆人擠在那裡，我馬上就離開了。」

「那我上去看看她。」陸之陽暗暗慶幸自己找到一個暫時能脫身的好藉口。

來到二樓的新娘室，陸之陽隨即看見穿著一襲紫色禮服的陳菲菲，正笑容滿面地與親朋好友一塊拍照。等到親友團離開，陳菲菲發現站在門邊的陸之陽，驚喜得瞪大眼睛，開心不已。

陸之陽上前握住陳菲菲的手，將她看個仔細，語帶感動：「菲菲，恭喜妳，妳今天好美！」

「謝謝。」陳菲菲露出可愛的小虎牙，「好久沒見到妳了，妳的傷好點了沒？沒有留下後遺症吧？」

「嗯，都復原了。」陸之陽心頭一暖，「對了，我剛剛在樓下見到蔣莘了。」

「她知道妳出車禍的事嗎？」

「我沒特別跟她說。」陸之陽淡淡一笑，她心裡很清楚，就算告訴蔣苹，她大概也只會說：「眞的嗎？妳怎麼這麼倒楣？那妳覺得我今天穿的衣服好不好看？」

「妳找到工作了嗎？」陳菲菲關心地問。

「明天面試，有幾家安親班在徵人，我想去試試看。」

「這樣很好呀，妳不是最喜歡小孩子了？老師這份工作很適合妳！」陳菲菲由衷爲陸之陽感到高興。

「其實我主要應徵的是教保員，比較偏向行政處理、輔佐老師的工作。我的科系符合對方開出的需求，英文也還不錯，他們又剛好急著找人，才馬上同意讓我過去面試，我想錄取的機率應該滿高的。」

「那我就先預祝妳順利錄取嘍，告訴蔣苹這個好消息了沒？」

「點到爲止就好。」陸之陽不想多提。

陳菲菲輕輕嘆了一口氣，「我懂。其實有些事情，我現在也不會跟蔣苹聊這麼多了。」

陸之陽有些意外，當下卻沒說什麼。

回到婚宴廳就座，身旁的蔣苹不是低頭滑手機，就是忙著和男友說話，陸之陽也樂得享受片刻的清靜。

等到婚宴開始，投影布幕上開始播映新郎、新娘從初識到相戀的經過，除此之外，還有許多新人從小到大的生活照；不僅有新娘的童年照片，也少不了新娘學生時期的留影。

陸之陽一邊觀看投影，一邊聆聽著音樂。

很快地，她看到自己與陳菲菲、蔣莘三人穿著高中制服，站在校園裡的青澀身影。昔日點滴湧上心頭之際，再聽到隔壁的蔣莘與男友的笑鬧聲，陸之陽不禁感到納悶，當年為什麼會那麼害怕蔣莘討厭自己？

忽然，主持人的聲音打斷她的思緒，現場燈光驟暗，大門緩緩開啓，新娘挽著新郎，在眾人的熱烈掌聲中緩步走進會場。

當陳菲菲的美麗倩影越過陸之陽眼前時，她用力鼓掌，眼眶漸漸地溼潤了起來。陸之陽一時也分不清這種情緒是感動還是悲傷，此刻彷彿有什麼將胸口塡得滿滿的，卻又有種悵然。

曾經她以為自己會是三人裡最快結婚的那一個，甚至連陳菲菲和蔣莘都這麼篤定。只是不知為何，當她越是急著想抓住某樣東西，結果總是會越快失去。

「之陽，我問妳。」到了賓客用餐時間，蔣莘湊近：「妳覺得菲菲是不是懷孕了？」

「為什麼這麼問？」

「不然她幹麼這麼快就結婚？而且她現在的身材看起來圓圓潤潤的，有孕在身的可能性應該不小。我有些也是在這個年紀就決定結婚的朋友，大多都是因為懷孕的緣故，妳看菲菲會不會是故意瞞著我們？」

「不一定吧，就算眞的是懷孕，菲菲想說的時候自然就會說的。」

「可是我覺得菲菲很過分，為什麼不找我當下個月主場的伴娘，反而是找她妹妹？我們以前這麼好，她這樣未免也太不夠意思了吧，妳不這麼認為嗎？」蔣莘皺眉。

整頓喜酒吃下來，聽著蔣莘喋喋不休的抱怨，陸之陽自始至終不發一語，好不容易撐到婚宴結束，新郎新娘在門口謝客，她便以還有事情爲由跟蔣莘道別，先行離開。

走出飯店，陸之陽做了個深呼吸，這才覺得如釋重負。

齊廣成正好打電話找她，最後兩人便約在附近的便利商店碰面。

「怎麼回事？喜酒吃得不愉快嗎？」見她面色疲憊，齊廣成問。

「一言難盡。」她聳聳肩，「你要拿什麼東西給我？」

「我公司同事團購泡菜，送了我兩盒，我帶一盒來給妳。」

「你今天還有加班？」

「嗯，剛剛才忙完，現在肚子好餓。」

他隨即走到鮮食櫃前，買了一個便當果腹。陸之陽靜靜陪著他坐在便利商店裡用餐，像是忽然想到了什麼，不禁噗哧一笑。

「怎麼了？」齊廣成抬起頭看她。

「我昨天見到房東的女兒了，她叫曉春，今年高一。她親自把合約書送上來給我，但她一直以爲是你要住在那裡，所以看到我的時候很驚訝，甚至還懷疑我是你的小三，以爲你幫我找房子是爲了金屋藏嬌。」

齊廣成聽傻了眼。

陸之陽忍不住笑了開來：「這女孩很可愛，滿古靈精怪的，跟她說話時我都會被她逗笑，而且沒想到房東太太竟然才大我七歲，你當初怎麼沒有跟我說啊？」

「這個沒有什麼特別好說的啊。」齊廣成勾勾脣角，仍感到匪夷所思，「倒是現在的小孩想像力都這麼豐富嗎？」

「我也嚇了一跳。」她旋即憶起昨日邵曉春提到想見見齊廣成的渴望神情。「欸，你下次什麼時候再到我那裡？記得提前跟我說一聲。」

「好，有什麼事嗎？」

「你來就知道了。」她忍俊不住，已經開始期待女孩屆時的反應。

齊廣成專注地望著陸之陽的笑容，眼神也變得柔和起來，「之陽。」

「嗯？」

「妳記不記得高中的時候，跟我同班的那個阿曄？」

「阿曄？」她先是想了想，隨即微怔，「……怎麼了？」

「他現在上班的地方，正好就在妳明天面試的安親班附近，如果妳順利錄取，以後應該有機會常遇見他。當初他知道我在幫妳找房子，也有幫我留意。其實，最先找到妳那間屋子的人是阿曄，他在網路上看到租屋資訊，覺得屋子不錯，就把網址丟給我。阿曄要我代他向妳問好，也要我跟妳說聲『歡迎來台北』。」

陸之陽一時不知該作何反應，有些不自然地說：「這樣啊？那我也應該好好謝謝他才對。」

齊廣成隨意點了點頭。

她又吶吶開口：「你們一直都有聯絡？」

「是啊，我們偶爾還會見面，如果妳不介意，下次我們三人可以一起聚聚。以前妳也有跟阿曄說過話吧？不過要是妳覺得尷尬，不想跟他見面也不用勉強。」

「我沒有不想跟他見面！」陸之陽急著辯解。

「可是妳的表情有點怪怪的，所以我才以爲妳怕和他見面會尷尬。我記得以前妳見到他的時候表情總是不太自然，連阿曄都曾問過我妳是不是很討厭他……」

「沒這回事，那是誤會，我——」

她怎麼可能會討厭他？

齊廣成笑了笑：「那就好，我會幫妳轉告妳並沒有看他不順眼，他聽了應該會很高興。」

陸之陽咬住下唇，內心只覺得懊惱，更是有些過意不去。

她萬萬沒想到，自己當時的態度竟然會讓那人誤會這麼多年，更沒想過有一天還能再聽見他的消息。

那個曾在她的青春裡占有一席之地的人。

Chapter 3

邵曉春兩腿併攏，背脊挺直，與李敏珂一起坐在導師室裡軟綿綿的沙發上。

兩人正等著眼前的死神一刀落下，賞她們個痛快，省去那等候宣判的漫長煎熬。

男人一雙修長雙腿優雅地交疊，乾淨漂亮的手指徐徐翻閱手中的一疊紙張，如此淡定的程度，讓她們更不得不繃緊神經，正襟危坐。

由於肌肉繃得太緊，邵曉春開始感到兩腿發痠，忍不住主動打破沉默。

「老師，我們只是兩個不起眼也不重要的學生，您讓我們坐在這裡好嗎？再怎麼樣，也不能跟您一起坐在老師的專屬座位上吧？」

「怎麼會呢？」男人悠悠開口，氣定神閒，慵懶語調裡不失沉穩。

「在老師心中，妳們跟我一樣平等，自然可以跟我平起平坐，而且妳們都是我最寶貝的學生，何來不重要之說呢？」

李敏珂推推邵曉春，示意她想想辦法，邵曉春只好硬著頭皮繼續苦撐。

「老師，我們眞的不是故意跑到舊校舍去的，我們已經知道錯了，也深深反省過了。你不要生氣，原諒我們好不好？」

「我看起來像在生氣嗎？」男人挑眉。

就是不像才可怕啊！她們同時在心裡頭吶喊，但邵曉春仍不想放棄最後一絲希望。

她再接再厲說道：「我們之前已經跟教官道歉了，也再三保證下次不會再跑去那裡，這眞的是最後一次，今後絕不會再犯，老師你要相信我們！」

「嗯，先暫且不談這個。」藍宇不疾不徐地揮揮手，「李敏珂，我聽教官說，妳打算報考今年的高級英檢？」

李敏珂一驚，不安的搓搓手，吞吞吐吐地回：「是。」

「可是我剛才去跟英文老師要了妳的平時考成績，發現妳的分數都在及格邊緣徘徊，最高也才六十八分，這種成績想在今年報考高級英檢，會不會有點勉強？」

他把手上的成績表遞給李敏珂看。

「還有，我怎麼不知道妳一定要在極限環境才能讀得下書？這麼重要的事，應該要讓身爲導師的我知道才對呀，怎麼這麼見外呢？」

李敏珂怒瞪邵曉春一眼，暗示她負責善後，但在藍宇目光炯炯的注視下，實在是招架不住，只能棄械投降：「老師，對不起，我沒有要考英檢。」

「沒關係，坦白就好，我知道這不是妳的主意。」藍宇莞爾，望向另一人，「小說家，這是妳今年最新的故事題材嗎？」

邵曉春陪著乾笑兩聲，卻打從心底發寒，「也不是啦……老師你也知道，寫小說本來就是要多動點腦筋，這樣思路才會活絡，才能刺激靈感嘛，我想說用這種方式來訓練組織能力跟邏輯思考，應該會是個不錯的方法！」

藍宇臉上的笑意更深了，「原來如此，如果是這樣，其實妳也可以老實跟我說的，不需要這麼大費周章，特地跑去舊校舍討罵挨，多不值得，妳說是吧？」

「當然、當然，老師所言甚是！」邵曉春連忙點頭。

「很好。」接著他把兩份裝訂整齊的講義放到兩人面前，進入重點，「那麼為了讓妳們的思路更加活絡，明天早自習結束時，把這份數學講義上的題目全部算完交到我桌上，到時如果沒有完成，就再追加十頁。」

看著如木樁般動也不動，臉色瞬間慘白的兩人，藍宇起身拍拍邵曉春的肩，語氣滿是鼓勵：「邵曉春，好好堅持，等妳寫完這本數學講義，組織及邏輯能力一定會增進不少，我相信到時妳連《哈利波特》都可以寫得出來。老師非常期待妳變成下一個J.K.羅琳，加油。」

待藍宇離開，邵曉春跟李敏珂仍呆若木雞地瞪著講義，欲哭無淚。

結果這天，她們拚命利用下課時間算數學題目，連廁所都不敢去，午休時甚至還把簡博安跟韓詩妘抓來幫忙，為了不被巡視的教官發現，四人只好溜去禮堂頂樓的樓梯口寫。

「哇靠，我終於明白妳們導師有多恐怖了，這五十題的數學全部要在明天早上算完？根本是天方夜譚吧？」簡博安不敢置信的翻翻講義，「而且邵曉春，妳第一題就算錯了。」

「現在沒時間說這些了啦，趕快幫幫我們，要是明天沒寫完又要再追加題目，反正藍藍路只說要『寫完』，又沒有說要『寫對』，管他的！」

「曉春，妳還敢跟他玩文字遊戲？都是因為妳硬編出那麼誇張的謊話，騙不了藍宇就算了，最後死到臨頭妳還要硬扯！唉，這次真的被妳害慘了啦！」李敏珂哭喪著一張臉，皺眉嘆氣。

「可是人家都這麼誠懇的跟他道歉了！可惡的藍藍路、冷血藍藍路，一點同情心也沒有！」滿滿的數字跟方程式讓邵曉春幾欲抓狂。

簡博安無奈地拿起筆：「算了啦，反正妳也早就猜到會被處罰了不是嗎？乾脆李敏珂跟詩妘負責前面二十五題，我跟邵曉春負責後面二十五題，這樣應該會寫得比較快，至少今天要先完成四十題，大家加油吧。」

多了兩個人幫忙，進度果眞明顯快了不少。

這時韓詩妘突然開口：「對了，曉春，妳們有沒有聽說有人寫情書給藍老師的事？」

邵曉春大驚：「眞的假的？誰寫情書給藍藍路？」

「是我認識的一位二年級學姊告訴我的，她說上禮拜她隔壁班的女生把信夾在教學日誌裡，再放回講桌上，等藍老師上完課，翻開日誌要簽名時就看到了，但後來他把信帶走，後續情形如何就不得而知了。」

「天哪，師生戀，我最愛的故事！」邵曉春捧腮，興奮尖叫，「居然可以在自己的學校裡聽到這種事，眞不可思議！藍藍路眞厲害，居然有女學生寫情書給他！」

「不意外吧？藍宇的條件本來就很好，就算有女學生愛慕他，我也覺得很正常啊！」李敏珂聳肩，完全不覺得稀奇。

關於她們的班導師，可說是學校的傳奇人物，曾經一度引起全校女學生瘋狂討論。

今年才三十歲的藍宇，只比邵曉春他們早一年來到這間學校任教。他渾身上下散發出如王子般的清貴氛圍，讓眾多女學生爲之傾倒，尤其當他瞇起眼睛深深一笑的時候，更是讓無數純情少女們小鹿亂撞、心花朵朵開，從此有了上學的動力。

入學當天，邵曉春在教室首次見到這位班導師時，也是完全淪陷，覺得他簡直就像是她夢寐以求的小説男主角，興奮之餘更慶幸自己何其幸運，哪怕對方教的是她這輩子的天敵——數學，她也甘之如飴。

過了兩個月之後，邵曉春就不再抱持這種想法了，因爲她發現這個男人雖然擁有一張天使面孔，但發狠起來卻比魔鬼還要更恐怖。

藍宇從不會對學生大吼，更不曾擺過臭臉或是生氣，可是每當有人闖禍，他就會讓對方嘗到慘痛的代價，而且只要經歷過一次，就再也不可能忘得掉。

他不以打罵體罰逼學生就範，而是藉由精神折磨來讓學生崩潰。

上學期邵曉春班上的一對情侶，有天翹掉早上的升旗典禮，偷溜到舊校舍幽會，結果就被藍宇下令要在當日熟背三課落落長的國文課文，並在放學後抽背，只要錯一字，隔天就再追加兩課，讓那對情侶痛苦不堪。那名女同學甚至壓力大到在教室裡邊背書邊掉眼淚，據説連晚上睡覺説的夢話都是當天背誦的課文內容。

於是，只要是被藍宇懲罰過的學生，從此都不會再被他的無害外表給矇騙，更不敢抱持心存僥倖的心態。一旦被抓到，藍宇就會讓對方永遠記住「有些事在某些時候可以做，有些事在某些時候絕不能做。」

因此當其他班的女學生還在爲藍宇瘋狂、把他當偶像崇拜時，邵曉春她們早已經完全無感，畢竟只有他班上的學生才知道，在這個男人優雅笑容的背後，究竟藏著多麼恐怖的眞面目。

「我跟你們說，別看藍藍路他那樣子，其實他還挺老派的！」邵曉春爆料，「我之前在他的辦公桌上看到他的手機，發現他用的居然是Nokia 3310那種超級老爺機，我媽說那是她國中的時候流行的耶！藍藍路明明這麼年輕，卻用這麼老舊的手機，你們不覺得很奇怪嗎？連我媽現在都用智慧型了！」

「哇喔，如果我是女生，看到他用這種手機，搞不好就不會這麼崇拜他了。」簡博安哈哈大笑，看了一眼手錶，「欸，時間不多了，晚點我們再到別的地方繼續寫吧，不然會來不及。」

午休結束的鐘聲響起，他們也已經完成一部分的進度，打算相約放學後再一起到速食店寫完。

放學後，邵曉春背著書包走出教室，對著李敏珂說：「小珂，妳先過去，我去舊校舍找一下我的小說。」

「妳乾脆放棄吧，說不定早就不見了。」李敏珂勸道。

「不行啦，我還是想去找找看，沒有那份草稿我沒辦法繼續寫下去。我馬上就過去速食店找你們，幫我跟簡博安和詩妘說一聲！」

放學後的舊校舍依舊一片靜謐，四周微風徐徐，杳無人煙。

此時夕陽餘暉灑進空蕩寂寥的長廊，染了一地的金黃，使得這裡看起來不若上次那樣陰森清冷，反而變得溫暖許多。

邵曉春匆匆跑到籃球隊休息室門口，仔細搜尋過一遍，接著又跑到二樓的樓梯口四處張望，但就是沒看見她的小說草稿。

正覺得沮喪時，又想到說不定被人撿到後會被丟進垃圾桶裡，於是又走向位於樓梯後方的垃圾桶查看，卻發現裡頭已經被清理得空空如也，還換上了新的垃圾袋。

這殘酷的一幕讓邵曉春難過不已，只能眼睜睜看著最後的希望幻滅。

「喂。」

背後突然響起一聲低沉嗓音，讓深陷失落的她回過神來！

一個男生站在她身後，他身上的黑色外套，讓邵曉春一眼認出是籃球隊的人。

「妳在找這個？」

男孩將一本筆記本遞到她眼前，邵曉春霎時瞪大眼睛，那正是她遺失的小說草稿！

「對，是我的！天呀，我還以爲已經被丟掉了！」她激動大喊，差點就要把筆記本捧在嘴邊狂親，她開心地問道：「是你撿到的嗎？」

「嗯。」男孩點頭。

「太好了，太幸運了，但你怎麼會知道是我掉的？」

他默默往她的書包一指，「上次妳的書包從樓梯口滾落到走廊上，我看到妳書包上掛著這個，所以就認出來了。」那人說的是她繫在書包背帶上的小熊布偶。

邵曉春頓時一陣尷尬，這就表示之前她在這裡被教官痛罵一頓的糗樣，這個人一定也看得一清二楚。

就在他把筆記本交給她時，邵曉春瞥見他左手腕上的白紗布。

她突然想到，那天早上來到球員休息室開門的隊員，手腕上好像也包著紗布。

邵曉春恍然大悟，脫口而出：「你是那天第一個回來的人？」

他眸光微動，「妳怎麼知道？」

絕對不能讓對方發現自己當時就躲在附近偷窺，邵曉春連忙轉移話題：「呃，總之，謝謝你幫我把本子撿起來，還替我保管，這本筆記本對我來說非常重要，真的很謝謝你！」

「不客氣。」男孩微微點頭，「不過我可不可以問妳一個問題？」

「什麼問題？」

「爲什麼姊姊叫紅蘋果，妹妹叫青蘋果？」

邵曉春聞言，隨即雙頰驟熱：「你看過我寫的小說了？」

「嗯。」他坦承。

她當下羞愧得簡直想挖個地洞鑽進去，雖然她會拜託好朋友讀她的小說，也有把小說放上部落格，但部落格的人氣一向很低，根本等於沒什麼人看過。沒想到，現在竟然有個素昧平生的陌生人看了自己的小說！

「因爲……」邵曉春吞吞口水，緊張到臉紅結巴：「這是兩姊妹的爸爸在她們小的時候……幫她們取的綽號，這個部分我還沒有寫到。」

邵曉春這才發現，原來當面跟不認識的人解釋劇情，竟然會這麼難爲情！

「喔。」男孩點點頭，「那還有沒有後續？」

「後續？」邵曉春簡直不敢相信自己的耳朵，「你還想看嗎？」

「我覺得滿有趣的。」

邵曉春呆愣片刻，感到喉嚨有些乾澀：「後、後續我還沒動筆，因爲我必須先把草稿找回來，才能繼續寫下去。」

聞言，男孩先是瞥了眼她手中的筆記本，再看向她，「能找回來就好，妳要繼續加油。」

待他離開後，邵曉春還杵立在原地發愣，直到李敏珂打電話來催促，她才趕緊把本子塞回書包，跑出舊校舍。

離開學校的路上，她只覺得雙腳輕飄飄地，整個人好像快要飛起來一樣。

到了速食店，邵曉春依然心神不寧，一邊叼著薯條，一邊托腮發呆，腦海中不斷盤旋著那個男生說的那句話。

「我覺得滿有趣的。」

那句讚美，讓她彷彿置身雲端，每回想一次，她就會情不自禁露出憨憨的傻笑。

「邵曉春，我們正忙著處理妳捅出來的婁子，妳還敢坐在那裡發呆！」簡博安拿著原子筆朝她額頭猛敲。「要是來不及寫完，妳明天就繼續寫到死吧，到時候別想再跟我們求救！」

「好啦。」她揉揉額，才說完，又馬上分心問道：「喂，簡博安，我問你，你們籃球隊裡有一個單眼皮，看起來很安靜的隊員，叫什麼名字？」

「單眼皮、看起來很安靜？」他擰眉思索，「是不是皮膚有點黑黑的？」

「對對對！」

「喔，尚東磊啊，東西的東，光明磊落的磊。他是隊上的中鋒。」

「尚東磊……」邵曉春覆誦一遍。「那他是幾年級的？」

「跟我們一樣一年級，是我隔壁班的啊，幹麼？」

「沒有，問問而已。」邵曉春隨口應付。

但另外三人當然不可能相信，李敏珂笑得一臉曖昧：「騙人，妳這個眼裡只有小說的人，怎麼可能會突然對某個籃球隊員感到好奇？一定有問題！」

「曉春對那個人有興趣嗎？」韓詩妘問。

「唉唷，不是啦，是他撿到我的小說草稿，我才會想知道他是誰，才不是對他有興趣。我跟你們說，他看了我的小說，說我的故事滿有趣的，還問我有沒有後續呢！」邵曉春仰著鼻孔噴氣，滿臉得意。

「妳確定那句『有趣』是稱讚？搞不好是在取笑妳吧！」簡博安壞心眼的回應，下一秒立刻被邵曉春怒丟衛生紙，「不過，妳說的人眞的是尚東磊？這倒是滿讓人意外的，就我對他的印象，很少聽他對誰說過什麼讚美的話。」

「眞的？那不就表示他的眼光很高，而我是他眼中的人才？」邵曉春更加雀躍了。

「別高興得太早啦，我是聽說他這個人其實有點古怪，平常臉上就只有一號表情，根本看不出什麼喜怒哀樂，加上他的話不多，如果不主動問他，眞的很難猜到他心裡在想什麼。不過撇開這點，他人是很不錯，球也打得很好，國中時就是校隊了。」

聽完簡博安的敘述，邵曉春便想起方才跟尙東磊說話的時候，她確實也感覺不太到對方的情緒，他不只面無表情，說話時更是一點抑揚頓挫的音調也沒有。

邵曉春忍不住心想，假如當時突然來了個大地震把舊校舍震垮，就算眾人再怎麼哭天喊地、嚇得屁滾尿流，尙東磊應該還是一副泰山崩於前而面不改色的樣子吧？

「看來，那句『有趣』也有可能只是安慰曉春的話嘍！」李敏珂揶揄。

「喂，你們眞的很過分，怎麼可以就這樣下定論呢？搞不好人家是眞的喜歡我的小說呀！你們兩個就是心腸太邪惡了，才會不懂我的小說有多精彩！」

「曉春，那妳要加油，趕快寫續集給尙東磊看，多一位讀者就等於多一份鼓勵，相信妳會寫得更好的。」韓詩妘出聲勉勵。

邵曉春大爲感動：「謝謝妳，詩妘，妳根本就是天使、聖母瑪莉亞再世。我眞不懂妳明明那麼好，幹麼要委屈自己跟簡博安這種草包在一起呢？」

「邵曉春，妳是打算明天再多算五十題是不是？」簡博安怒斥。

四人在速食店待到九點多，歷經一番苦戰後，終於在隔天上學前將全部的數學題目順利解決。爲了報答簡博安和韓詩妘的義氣相挺，邵曉春跟李敏珂也允諾下次會請他們唱歌和看電影作為答謝。

當天晚上，邵曉春帶著被激勵的氣勢，準備大顯身手，開始進行她的小說創作。

她一邊哼歌一邊敲打鍵盤，打到一半，不禁又對今天的事好奇起來。

尚東磊那時怎麼會剛好在舊校舍呢？

而且，假如她之後要把小說拿給他看，應該要怎麼交給他才好呢？

還沒想出答案，邵曉春的嘴角就已經先勾起一道彎彎的弧度。

她有一股強烈的預感，這一次，絕對可以順利地將這個故事繼續寫下去。

◆

洗完澡後，陸之陽回到客廳，打開電視，喝了一口剛買回來的冰啤酒。

她已經很久不曾這麼放鬆過了。

這天她面試了兩間公司，最後順利錄取了一間私立托兒所的教保人員，明天即可正式上班。雖然薪資不如以往，工作也不比先前輕鬆單調，但陸之陽的心情卻比過去還要平靜踏實，甚至對於明天的到來有了一絲期待。

這樣的起步，讓她覺得往後的日子也許不會再那麼糟糕了。

陸之陽打電話向齊廣成報告這件事。

「這麼快就應徵上了？」電話裡，他溫潤的聲音有著明顯的笑意：「恭喜妳了，明天幾點上班？環境和福利如何？」

「八點上班，晚上六點下班。環境不錯，福利也很好；不但有週休二日，園長人也挺好的。」她走到窗前眺望夜景，「工作內容主要是照顧兩歲到六歲的小孩，雖然可能會很辛苦，但我想，這次我會做得很開心。」

「之前的工作不開心？」

她撇撇嘴角，「也不是，只是沒什麼成就感。而且說眞的，我受夠那種考績輪流拿丙的文化了。當年我進公家單位上班，每天拚了命地努力工作，結果卻因爲我是菜鳥新人，第一次考績只拿了個丙，而那些眞正在鬼混的老鳥，主管也不敢惹，所以才把我犧牲掉。我不過是個小小的約僱人員，實在是沒辦法跟那些人鬥。」

「感覺妳受了不少委屈。」

「還好啦，可能是我以前把很多事情都看得太過簡單，也覺得太理所當然了。在見過有人可以在上班時間跑出去買菜、回家曬衣服，之後卻還能理直氣壯地要求別人幫忙報假帳；萬一不從要求，他們就會懷恨在心，再找機會公報私仇。其實，莫名其妙幫別人背黑鍋、被同事擺一道這種事，看久了，也漸漸感到麻木了。不過我現在想開了，出來工作，哪有不受委屈的時候呢？但這對你來說可能是小case，你受過的委屈應該也不少吧？」

「講到這個，今天我們正好錯失了一個談了很久的大案子，本來還一切順利，但對方突然改變心意，聲稱要放棄跟我們合作，結果害我們被主管轟了一個下午，辦公室一陣士氣低落。」他嘆了一口氣。

陸之陽搖頭，「聽起來好慘。」

「是啊，但是可以像這樣跟妳吐吐苦水、抱怨工作上的事情，就算原本再怎麼委屈，好像也變得沒什麼了。」齊廣成若有所思地說：「眞是不可思議。」

「因爲從沒想過會有這種可能嗎？」

「嗯，」齊廣成停頓了一會兒，沉聲回應：「我眞的很感動。」

陸之陽默默凝視遠方邊際的零星燈火。

此刻，她發現自己與他心意相通，以前他們誰也沒料想到彼此的關係有朝一日竟然能夠如此貼近。

「明天我要出差，沒辦法替妳慶祝找到新工作，這週末有空嗎？我們一起出去吃飯？」

「噢，好啊。」她收起方才湧現一瞬的淡淡酸楚，「等等，乾脆星期六你來我這裡，我們直接在家裡煮點東西吃就好，不用特地出去慶祝了。」

「沒問題，那就星期六見。妳明天還要上班，早點休息吧，晚安。」

「晚安。」

陸之陽切掉通話，原本打算想撥給邵曉春，卻發現時間有點晚了，只好等明天再說。

熄了燈，躺在床上，她沒有即刻入睡，反而在黑暗中想起過去的點點滴滴。

她想起母親的溫婉慈祥，想起母親那總是包容及忍讓一切的笑容，也想起父親因爲驕傲而喜悅的笑臉，還有他因爲不耐而擰眉冷眼的不屑神情。

要是父親現在提到她，應該還是會做出相同的反應吧？

和齊廣成不同，她從來就沒有眞正讓父親滿意過。

陸之陽沉浸在過往的回憶裡，漸漸進入夢鄉。

這一夜，陸之陽難得睡得如此安穩。

早在鬧鐘響起的前一小時，陸之陽便已醒來，起身準備出門。她搭上捷運，八點準時抵達托兒所，換上制服。爲了工作方便，她還特別將及腰的長髮紮成俐落的馬尾。

家長陸續將孩子送來，看著一張張稚嫩嬌小的面孔，教室裡充斥著呱啦呱啦的小孩喧嘩聲，眼前的畫面讓陸之陽心頭一暖，情不自禁漾起了微笑。

孩子們發現新面孔後，起先還不敢跟陸之陽親近，過了一陣子開始熟了起來，小朋友們爭相拉著她四處玩，最後還依著她名字的諧音，幫她取了一個「綿羊老師」的外號。

陸之陽的心情愉快，感到非常充實滿足。

第一天的工作順利結束後，她沒有在外頭逗留，下班後便直接回家。

晚上八點多，陸之陽下樓倒垃圾，正好碰上也要去倒垃圾的邵曉春。

「之陽姊姊！」邵曉春熱情的喚她。

「嗨，曉春。」她發現女孩還穿著學校制服，「妳剛剛才回來？」

「對呀，我跟同學出去玩。我媽今天要加班，所以我得趕回來倒垃圾。」邵曉春答。

看著邵曉春把袋子扔進垃圾車的身影，陸之陽的心裡忽然起了一種異樣感，卻又說不上來是哪裡不對勁。

「曉春，妳喜歡吃泡菜嗎？」

「泡菜？喜歡呀。」

「太好了，我哥前天送我一罐泡菜，但太多了我吃不完，妳要不要來嚐一點？」

「好哇！」她雙眸散發出喜悅的光芒，「我最愛吃泡菜了！」

不知爲何，陸之陽發覺自己很喜歡看著這個女孩充滿朝氣的樣子。

她帶著邵曉春回到家裡，見她吃得一副津津有味的模樣，滿足之情溢於言表。

陸之陽坐到她身邊問道：「曉春，妳星期六有沒有空？」

「有哇，怎麼了嗎？」邵曉春眨眨眼。

陸之陽微笑，「妳不是一直想見我哥？這個星期六他會過來吃飯，若妳不介意，要不要來我們家一起共進午餐？」

邵曉春驚喜地瞪大眼睛：「可以嗎？不會打擾到你們嗎？」

「既然是我邀請妳，又怎麼會怕妳打擾呢？我昨晚原本就想聯絡妳，但怕妳已經睡了，所以才沒有打給妳。」

「沒關係，之陽姊姊想什麼時候打給我都沒問題，我最近比較晚睡！」

「爲什麼？在準備考試嗎？」

「呃，不是。」在陸之陽好奇的注視下，邵曉春害羞地小聲回：「我在忙著寫小說。」

陸之陽滿臉驚訝：「妳會寫小說呀？」

「其實這是我的興趣啦，而且因爲最近特別有寫作動力，所以寫得特別順，靈感也源源不絕，才會時常寫到三更半夜。」

陸之陽總算明白爲何這女孩的想像力會如此豐富了。

「那妳想要出書嗎？」

「當然，如果有一天眞的能出書的話，那我會非常開心的。只不過，雖然我從國中就開始寫小說，到現在卻連一本都沒寫完。」邵曉春哀嘆。

「可不可以讓我讀讀看呢？」陸之陽脣角一揚，「我也很喜歡看小說唷！」

「眞的？那之陽姊姊就到我的部落格去看吧，我的部落格名稱是『春眠不覺曉』，用Google搜尋一下馬上就可以找到了，我創作的所有小說都放在部落格上！」

「這個名稱和你的名字有關嗎？」

「對啊，因爲我是春天出生的，我爸那時剛好想到這句詩，就幫我取了曉春這個名字。」

聽到這裡，陸之陽這才恍然大悟，終於明白剛剛看著女孩的身影時，心中那股異樣感究竟從何而來。

「曉春，妳爸爸呢？他平常也是很晚才回家嗎？」到目前爲止，她還不曾見過女孩的父親，第一次去邵曉春家時也沒聽她母親提及過。

「咦？我沒跟之陽姊姊提過嗎？現在家裡只有我跟我媽，他們已經離婚了喔。」

陸之陽一愣，沒想到答案完全出乎她的意料之外，「是這幾年的事嗎？」

「不是，是在我六歲的時候發生的事。」邵曉春環顧四周，「這間屋子其實就是我爸媽結婚那年，我爺爺奶奶買給我爸的，自從他們離婚之後，他就搬出家裡了。」

「爲什麼他們會離婚呢？」

邵曉春繼續邊吃泡菜邊說：「我媽說她原本並不打算跟我爸離婚的，是我爸爸一直苦苦哀求她，對她說：『小孩和房子給妳，我什麼都給妳，拜託妳放我走。』，我媽才答應離婚。」

陸之陽聞言，心疼地凝視著眼前的女孩。

「對了，之陽姊姊。」邵曉春放下碗筷，雙手合掌，不好意思地開口要求：「星期六我可以再帶一個女同學一起過來吃飯嗎？她是我最好的朋友，也很想親眼見見姊姊的哥哥。」

「當然可以。」陸之陽欣然同意，「歡迎妳們。」

週六中午，邵曉春便帶著李敏珂一塊來到陸之陽家中。

陸之陽特別準備了豐盛的火鍋及烤鴨大餐，齊廣成也拎著一大盒壽司出現。

「你今天還要加班？」眼見齊廣成一身西裝打扮，陸之陽訝異地問。

「臨時被主管交代了工作，幸好趕在午餐時間前忙完。」他脫下西裝外套，對一旁兩個緊張的小女生親切招呼：「妳們好。」

四人隨即開始享用午餐，吃到一半，陸之陽瞥了眼神情還有些害羞的李敏珂，忍不住打趣問：「如何？見到這位期盼已久的『齊先生』，應該沒有讓妳們失望吧？」

「什麼？」齊廣成一頭霧水，女孩們馬上笑成一團，心照不宣的搖頭。

「之陽姊姊眞的是我們的大恩人，這樣小珂就可以甘心捨棄舊愛，忘記傷痛了！」邵曉春夾起一片烤鴨。

「舊愛？」陸之陽不解。

「嗯，因爲小珂之前在崇拜的學長面前出糗，她難過失落了好久，那幾天還哭得好慘，我怎麼安慰都沒有用，所以才想說帶她一起來見見齊哥哥，振奮一下她的精神——」

「邵曉春，妳不要亂講話！」李敏珂臉紅尖叫，用力拍著邵曉春的肩制止她繼續往下說。

陸之陽掩嘴笑得樂不可支，只有齊廣成仍是聽得模模糊糊，表情困惑。

「對了，齊哥哥大之陽姊姊幾歲呢？」邵曉春好奇問道。

「一歲，我今年二十六。」

「咦？」李敏珂不假思索的發問：「既然你們是兄妹，爲什麼會不同姓呢？」

話音剛落，邵曉春突然一把搭著李敏珂的肩，在她耳邊低聲說起悄悄話：「小珂，妳實在太少根筋了，妳想想，爲什麼一對兄妹會不同姓呢？」

李敏珂不自覺也跟著放輕了聲音：「爲什麼？」

「有三種可能，我分析給妳聽。第一，他們的父母離婚，一人跟父親姓，另一人跟母親姓，所以姓氏才會不一樣；第二，他們的父母一開始就已經達成協議，讓兩個小孩分別跟著自己姓，我聽我媽說，我的外婆跟舅公就是這樣；最後，就是連續劇裡常常看到的劇情，其中一人的父親與外遇對象生下另一個小孩，所以才會不同姓。不過第二點的機率實在太低，暫不考慮，但如果是其他兩種情況，那不就很尷尬嗎？而且萬一答案是最後一個怎麼辦？妳這樣直接問他們，不是太失禮了嗎？」

李敏珂嘴巴微張，這才頻頻點頭，表示明白。

見兩名少女突然壓低音量竊竊私語，陸之陽和齊廣成不禁對望一眼，不明所以。

齊廣成關心地問：「怎麼了嗎？」

「沒什麼！」兩個女孩很有默契地齊聲回答，臉上堆滿笑容，不再繼續剛才的話題。

陸之陽察覺到了女孩們的疑慮：「妳們是好奇我們爲什麼不同姓吧？」

邵曉春跟李敏珂身子一僵，面面相覷。

「沒關係，妳們可以直接問呀！」陸之陽笑著解釋：「我是跟我的父親姓，他則是跟他的母親姓。」

女孩們偷偷交換了一個眼色，邵曉春小心翼翼的接著問：「所以之陽姊姊的父母也已經離婚了？」

「不是的。」陸之陽微微一笑，「我跟他其實是同父異母的兄妹。」

邵曉春跟李敏珂暗暗在心裡倒抽了一口氣。

沒想到居然會是那個最震撼的原因！

「原、原來如此，我就覺得齊哥哥和之陽姊姊兩人的外表有點像，而且都長得很高，哈哈……」由於太過緊張，李敏珂開始語無倫次，連邵曉春在一旁聽了都替她捏一把冷汗。

「眞的嗎？我還以爲我們只有身高這點像呢。」陸之陽托腮，瞥向身旁的齊廣成。

齊廣成聳聳肩，微微笑了笑：「這我也不曉得。」

用完餐，齊廣成和陸之陽在廚房洗碗、切水果。

坐在客廳的沙發上，李敏珂透過小窗戶看著廚房裡兩人的身影，雙眼不禁放出愛心光芒，「欸，曉春，妳不覺得會主動捲起袖子洗碗的男人，看起來眞的很迷人嗎？」

「哼哼，還不快感謝我，看到齊哥哥，隊長是不是馬上就被淘汰掉啦？」

「拜託，這怎麼能比？他們根本不同類型好嗎？」見邵曉春拿出手機，李敏珂湊近一看，「妳在做什麼？」

「簡博安跟詩妘去看電影，剛剛打了卡，我正在底下留言。難得吃了一頓山珍海味，怎麼可以不跟他炫耀一下？」她的手指在手機上動得飛快。

「我好羨慕他們這麼甜蜜喔！我也好想要有一個男朋友，這樣就可以到處去約會了。」李敏珂撇撇嘴。

「哎唷，親愛的小珂珂，我們不是一直都很甜蜜嗎？不要難過嘛，來，阿姑親一下。」

「不要，邵曉春妳好噁心！」李敏珂立刻將她推開。

聽到客廳傳來女孩們的笑鬧聲，齊廣成從窗口看出去，「她們好像玩得很開心。」

陸之陽也被她們的笑聲感染，跟著牽動脣角，「是啊。」

「我覺得妳好像特別疼曉春，看她的眼神很不一樣。」

聞言，陸之陽靜默不語。

「告訴你一個祕密。」陸之陽將切好的水果放在盤子上，「我曾經有個妹妹的。」

「咦？」齊廣成一愣。

「我媽在我八歲的時候懷了我妹妹，後來不小心意外流產。假如當時能順利生下她的話，現在應該跟曉春差不多年紀。所以每當看到曉春，我就會想起那來不及出世的妹妹，尤其在得知曉春父母離異，她卻總是這麼活潑開朗，我就覺得這女孩眞的很堅強，也會不自覺地想要疼惜她。」

「原來如此，」齊廣成若有所思，「我說一句話，希望妳別生氣。曉春給我的感覺，其實跟以前的妳有點像。」

陸之陽抬頭注視他的側臉，好奇地問：「你怎麼會認爲我會生氣？」

「我沒有惡意。」他似笑非笑，「我只是怕妳會不喜歡聽到我這麼說。」

「那你介意我把我們的關係告訴曉春她們嗎？」

「不會。」齊廣成答得肯定。

「那你有沒有告訴過別人我們的事？」

「有，我和阿曄提過。」

陸之陽怔愣，頓了頓，隨即點頭，「我想也是，你和他的交情這麼好。是高中的時候告訴他的？」

「嗯。」齊廣成頷首

「那你還有和別人說過嗎？」

「沒有，就只有他。」他迎向她的視線，「妳不氣我那時告訴他嗎？」

「不會，你們那麼好，就算你那時決定告訴他，我也不意外。再說，我也相信你看人的眼光，既然你願意讓他知道，那就表示他絕對是個有分寸而且值得信賴的人。」

陸之陽笑著瞥了他一眼，「不過你也太誠實了，不怕我知道之後對你大發雷霆？」

「我不會對妳說謊。」齊廣成緩緩說道：「從妳第一次罵我是『騙子』以後，我就下定決心，今後不管發生任何事，都不會再對妳說半句謊話。」

她喉嚨微澀，一時不知該說些什麼。

「那蔣莘或陳菲菲知道嗎？我記得妳們三個那時候很要好。」見陸之陽搖頭，他疑惑地皺眉，「妳從沒想過要對她們吐苦水、痛罵我一頓？」

陸之陽再度陷入沉默。

「我曾經想過。」她勾勾唇，淡然回了句：「但不是對她們吐露。」

等兩人切好水果，各端一盤走回客廳，邵曉春跟李敏珂還在嘻嘻哈哈的搶著手機玩，看到他們才停止嬉鬧。

「之陽姊姊、齊哥哥，今天很謝謝你們的招待！」李敏珂開心地笑著。

「不用客氣，歡迎妳再跟曉春一起來玩，下次叫齊哥哥烤蛋糕給妳們吃，別看他是男生，他很會烘焙小點心呢。」

「眞的嗎？」

女孩們佩服的目光讓齊廣成難爲情起來：「到時妳們不嫌棄就好。」

「對了，我忘了跟你說，曉春其實是個才女呢，她會寫小說喔。」陸之陽指指邵曉春，對著齊廣成說。

「眞的？那很厲害耶！」齊廣成讚賞。

邵曉春害臊的摸摸頭：「哎唷，我沒有之陽姊姊說得那麼厲害啦……」

「天哪，之陽姊姊，你們不要再讚美她了，曉春會得意忘形到每天對我們炫耀，到時我們可是吃不消的啊！」李敏珂擺擺手。

「喂，臭小珂，妳很過分耶！」邵曉春抗議。

見陸之陽笑得開懷，齊廣成不禁凝望著她的笑容片刻，不一會兒也跟著笑了開來。

星期一傍晚，陸之陽才踏出托兒所，頭頂上就傳來一記悶雷。眼看遠方天空的烏雲蠢蠢欲動，她擔心再過不久就會下起大雨，於是加快腳步走到捷運站，半途卻聽見有人在背後用嘹亮的嗓音呼喊她的名字。

她停下腳步，往後看去，只見一個男人站在對街向她揮手。號誌燈一換，那個男人立刻拉好肩上背包，快速穿過馬路，朝她走來。

隨著兩人的距離越來越近，陸之陽的呼吸也登時停滯。一雙晶亮的眼睛直勾勾地盯著陸之陽，霎時她只覺得腦中一片空白，一時之間不曉得該作何反應。

「嗨，妳還認得我嗎？」他揚起豔陽般的燦爛笑顏，「我是藍曄，我們同一所高中，我以前常和齊廣成一起行動，和他是很要好的朋友。」

陸之陽點點頭，抑住自心頭竄起的莫名緊張，努力保持鎮定：「我記得。他說現在我住的房子是你幫忙找到的，謝謝你。」

「不會啦，能幫上忙我也很高興。妳在這裡上班嗎？我聽廣成說妳前陣子到這附近面試。」

「對，我現在在這邊的托兒所上班。」心情稍稍平復之後，她的態度也自然了些，「那你現在從事什麼職業呢？」

「我在某間報社做執行企劃，剛剛下班想四處晃晃，沒想到就遇見了妳。」藍曄的臉上有著與故人意外相遇的喜悅。

突然一陣冰涼的細雨從天空飄下，他一驚，「糟糕，下雨了。陸之陽，妳晚飯吃了沒？要不要一起去吃？我知道這裡有幾家餐廳還不錯喔！」

沒有多想，陸之陽很快點了點頭。

稍後，兩人來到了一間裝潢典雅的日式餐廳，陸之陽看著窗外的雨勢漸大，想著曬在陽台的衣服必須重洗，心裡卻沒有半點懊惱。

藍曄此刻就近在眼前，她幾乎沒有多餘的腦容量再去思考其他事情。

「只有我們兩個單獨吃飯，你女朋友會不會生氣？」陸之陽確定自己的聲音聽來鎮定，問道：「你應該有女朋友吧？」

「有。」他答得乾脆，臉頰浮上淺淺的酒窩，「但不要緊，我女友跟廣成也很熟，知道我們都認識，她不會介意的。」

聽到他有女友的消息，陸之陽並沒有因此感到失落或是難過，反而在見到他臉上那熟悉的燦爛笑容後，由衷地替他覺得開心，甚至還有些感動。

她曾經喜歡這個人兩年多。

高中時第一次遇見藍曄，她就被他純眞開朗的個性、如陽光般爽朗的笑容所深深吸引。對當時的陸之陽來說，藍曄就如同太陽般耀眼，足以讓她的世界充滿明亮與生氣，只要有他在的地方，哪裡都會是晴天。

她曾如此的憧憬、嚮往著藍曄，卻始終沒有傾吐心意的勇氣，只敢將這份感情默默放在心底，隨著時光流逝，這個男孩也成爲她生命中最青澀、最難忘的一段青春回憶。

只是，無論是之前聽齊廣成提起，或是兩人面對面的當下，多年後再次見到青春時期暗戀的男孩，那些令她隱隱動搖、甚至有些緊張的理由，卻已不全然只是因爲藍曄。

「那個，」陸之陽嚥了一口唾沫，潤潤乾澀無比的喉嚨，「我聽說因爲我過去的一些行爲，讓你以爲我討厭你、看你不順眼，關於這點我想跟你道歉，其實我從未有過那些想法。造成你的誤會，眞的很不好意思。」

「沒關係，廣成跟我解釋過了，所以我剛剛才敢開口叫妳。」藍曄依舊笑容可掬，「我記得妳以前看到我的時候，表情總是很僵硬，而且常常皺著眉頭，一副心情很不好的樣子，我才會以爲妳看我不順眼，但我想破了頭也想不通究竟是爲什麼。不過幸好，原來是誤會一場，這下子我總算能放下心中大石了，哈哈！」

陸之陽臉一熱，簡直無地自容，「眞的很抱歉。」

「不會啦，妳別自責了。老實說，我也是因爲廣成的緣故，才會特別記得妳，妳不用放在心上，對我就像對一般朋友一樣，自在一點就行了。」藍曄溫聲說道。

陸之陽僅回了他一個淺淺的微笑。

過了一會兒，餐點送上，他再次向她推薦桌上的料理：「這家的豬排咖哩眞的很棒，妳嚐嚐看。」

「好。」陸之陽拿起餐具，看到藍曄準備開動，猶疑半晌，終於吶吶的說：「那個，我可不可以請問你一件事情？」

「好啊，什麼事？」

「就是，」陸之陽呼吸微促，視線跟著飄忽不定，「你的……」

她遲遲無法繼續說下去，咬脣掙扎了一陣，仍搖頭放棄。

「沒什麼，其實也不是什麼大事，抱歉。」她趕緊低頭吞了一口飯，躲避藍曄好奇不解的視線。

看著眼前的藍曄，陸之陽的心彷彿也跟著回到以往的青春時期，那些許多早已被她淡忘以及埋藏在心底最深處的畫面，全在此刻悄然湧現。

陸之陽也發現，自己居然還沒有全然的勇氣去面對。

面對曾經被她不慎遺失，無法再追回的那段歲月。

Chapter 4

下課時間，邵曉春拿著手機，躲在一樓樓梯轉角處，直盯著前方不動。

剛從合作社走出來的簡博安，見到一臉鬼鬼祟祟的邵曉春，好奇地上前拍拍她的肩：「邵曉春，妳在幹麼？」

「哇，你想嚇死我啊！」邵曉春霎時全身一震，扭頭看到是簡博安，便拍了拍自己的胸口，在脣前比著食指，「小聲一點，別干擾我拍照，被他發現的話就完了！」

簡博安看著邵曉春手機螢幕上的照片，忍不住蹙眉：「妳偷拍妳導師幹麼？」

「是隔壁班同學叫我幫她拍的啦，那同學說她家有某家出版社出的一整套網路小說，如果我肯幫她拍藍藍路的照片作爲交換，拍到幾張照片，她就會送幾本書給我。」邵曉春對好焦距，繼續對著前方不遠處正被女學生簇擁的藍宇按下快門，「咦，怎麼只有你一個人？詩妘呢？」

「她在教室啊。那李敏珂怎麼沒陪妳一起？」

「小珂說她絕不陪我做這種危險的事，還一直嚷嚷著要是再被藍藍路逮到，到時怎麼死的都不知道。唉，要不是我最近沒什麼零用錢買書，也不想冒這個風險呀！但爲了能免費換到新小說，我只好拚了！」

「只爲了換幾本小說，妳就甘願冒著生命危險做這種事？」簡博安不解。

「小說本來就是我的精神糧食，寫作更是我的人生意義，所以就算必須爲它冒險犯難，也是值得的啦！」邵曉春挺胸發出悲壯的宣言。

簡博安雙手環胸，打趣地斜睨著她，「好吧，那妳繼續加油，小心別被發現啊，bye~！」

「嗯。」邵曉春繼續往藍宇的方向看去，過了幾秒，她忽然想起一件事，正想回頭叫他，簡博安卻已經走遠。

這時，藍宇也往另一頭走去，邵曉春見狀趕緊跟上，一路尾隨他到了二樓。

藍宇並沒有直接回導師室，而是走進教師專用的洗手間裡。

於是邵曉春先躲在附近等待，並趁這段空檔整理剛才拍到的照片，突然，她的目光被一樓的某個身影吸引。

是尙東磊。

他手拿著課本跟筆袋，與同學走在對面的走廊上，往視聽教室的方向前進，似乎正準備要去上下一堂課。

尙東磊身邊的同學正滔滔不絕地跟他說話，一旁的尙東磊雖然沒什麼表情，嘴巴甚至沒開口幾次，但感覺起來並不妨礙兩人之間的互動。

這樣看起來，尙東磊也不像是個難以相處的怪人啊……

邵曉春就這麼專注地遠遠望著尙東磊，直至他消失在她的視線裡。

此時，她的背後倏地傳來一道熟悉的聲音：「拍得挺不錯嘛。」

邵曉春大驚，回頭只見藍宇帶著一抹優雅無害的笑容面對著她。

手機螢幕還停留在藍宇的照片上，邵曉春連忙收到身後，當場嚇破了膽，「老、老師好！」

「嗯。」藍宇偏過頭，嘴角懸著迷人的弧度，「邵曉春同學，請問妳偷拍我的照片要做什麼呢？」

「這、這、這個，我……」她背脊發涼，手心冒汗，思索任何可以解套的方法，「因爲，我發現老師你今天看起來特別帥，所以就忍不住想拍下你的照片留念，絕對不是想拿來做什麼奇怪的用途，眞的，我發誓！老師，你應該不會介意讓學生拍下你那迷人的風采吧？」

「既然妳都這麼說了，老師的確沒有理由拒絕。」藍宇露出親和力十足的笑容，「那麼，跟我來導師室一趟吧。」

邵曉春萬念俱灰，只好抱著絕望的心情，步履沉重地跟著藍宇離開。

回到辦公室，藍宇打開辦公桌最底層的抽屜，取出某樣東西遞到她眼前。

邵曉春原以爲又要罰她算一整本的數學作業，但仔細一看，那竟然是自己寫的小說，不禁瞪大了眼睛。

「以後不許在上課時間做其他事情，要是再被我發現，可不只沒收那麼簡單了。」

那是邵曉春在上學期寫的一篇未完稿小說，她原本打算拿給李敏珂看，偏偏在課堂上她突然又想把稿子檢查一遍，忍不住偷偷翻閱，發現了幾個錯字，邵曉春還特別用紅筆圈起來，沒想到一下課稿子就立刻被藍宇沒收。

當時藍宇在台上講課時就發現了，卻沒有在課堂上指責邵曉春，直到下課鐘響才走到邵曉春座位旁邊，要她把稿子交出來，並且還說，因爲邵曉春最近的英文考試實在是太過於慘不忍睹，加上英文老師也曾向藍宇透漏她上課常在寫小說，於是決定罰她抄寫英文課文及單字各五十遍。

邵曉春抄罰寫抄到手快斷掉，但也因爲抄熟了內容，竟然讓她那一課的英文考到八十九分，是她有史以來拿到的最高分，還一度被簡博安跟李敏珂懷疑她是不是作弊。

拿著小說稿件，邵曉春不知道該說些什麼，抬頭迎向藍宇的視線，她想著，接下來應該會聽到他說「別再一天到晚寫這些有的沒的東西，好好念書。」之類的訓話。

誰知藍宇卻問道：「妳有沒有參加今年學校舉辦的文學獎徵文比賽？」

「咦？沒、沒有。」

「爲什麼？怎麼不試著參加小說組？」

「因爲……」邵曉春呑呑吐吐：「這次時間有點趕，我怕來不及寫完，而且，我想確定作品完全沒問題，自己看了也覺得滿意之後，再考慮是否要參賽。」

「若是抱持這種心態，恐怕給妳再多時間，妳也很難寫完喔。」藍宇慢條斯理說道：「越是一心想要求完美，妳就越不可能滿意，而且在寫完之前，妳的耐性大概就會先被自己的求好心切給磨光了。妳應該要先想著怎麼把故事寫完，而不是怎麼把故事寫好；不要一開始就把後者當作目標，這樣才不會因爲自我要求太高，半途就被挫折打敗。」

邵曉春張大嘴巴。

沒想到藍宇居然會這麼認眞的給她建議，還一針見血地說中她的困擾，讓她心裡不免有些激動，「老師，你也有寫過小說嗎？怎麼會對這種事這麼清楚呀？」

「我沒寫過，只是把我從前寫論文的經驗分享給妳，雖然可能無法比擬，但看妳這一年來這麼努力地寫小說，卻似乎從來沒有完成過一部作品，我猜測，妳擔心的也許並不是失敗，而是害怕在付出一切之後，發現自己的所有努力，全是白費。」

「這兩者……有什麼不一樣嗎？」邵曉春茫然不解。

「那就要看妳對失敗的定義是什麼了。」藍宇輕輕敲了一下她的額頭，「老師知道妳對於創作很有衝勁，但也不能放任其他正事不管，下次再被我發現妳上課偷看或寫小說，可就沒那麼容易饒過妳嘍！」

邵曉春呆愣在原地，對於藍宇突如其來的誠摯建言，她深深感到受寵若驚。視線一轉，她瞥見他桌上放著一隻黑色的老爺牌手機。

「老師，你爲什麼用型號這麼舊的手機呀？」

「妳覺得不好嗎？」藍宇反問。

「也不是啦，只是這樣就不能隨時上網、不能看臉書，也不能跟朋友傳LINE，不是很不方便嗎？爲什麼不用智慧型手機呢？」邵曉春好奇。

「就算不用智慧型手機，也不會影響到我的生活，對我來說更不會有什麼不方便。而且比起傳訊息，我更喜歡看著對方說話，或是直接聽到對方的聲音，而不是透過冷冰冰的文字來溝通。」

「那如果老師的女朋友突然半夜想跟你傳訊息聊天，該怎麼辦？」

「那就打電話。」他淡淡一笑，「不然就是我去見她。」

邵曉春不禁訝異，沒想到藍宇是個這麼有自己原則的人。

而且最後那句話從他口中說出來，還挺讓人感動的，連她聽了都有點怦然心動。

「好了，現在請妳把剛剛偷拍我的照片全部刪除，然後將手機交給我，下禮拜一放學再來領。記得，下次如果還想偷拍，請躲好一點。」藍宇正色說道。

邵曉春心想，雖然藍宇剛剛如此懇切地開導她，但他骨子裡的魔鬼性格還是一樣根深蒂固。

這下她簡直欲哭無淚，不只手機要被沒收，連好不容易可以拿藍宇的照片交換到新小說的機會也跟著破滅。

放學鐘聲響起沒多久，邵曉春便拉著李敏珂往學校的體育館方向跑去。

體育館內，籃球隊隊員正在場上勤奮練球，李敏珂看邵曉春在門口不斷探頭探腦的模樣，忍不住嘆息：「其他女生都是因爲有喜歡的籃球隊員才來看他們練球，哪像妳是爲了小說讀者才特地跑來偷窺？邵曉春，妳眞的很不浪漫耶！」

「哪會啊？對我來說這就是一件很浪漫的事呀，而且妳的偶像隊長不是也在這裡嗎？」她繼續左右張望。

「算了，我還不想讓他看到我呢，以免讓他想起我就是那天在舊校舍出糗的人。不過妳現在突然跑來看尙東磊，是打算做什麼啊？」

「唔……也沒有想做什麼啦，只是今天我在學校有看見他，加上這陣子小說也剛好有點進度，所以……」

「我知道了，妳想拿小說給他看對吧？可是尙東磊還記得這件事嗎？」

「呃，應該記得吧？不管怎麼樣，既然尙東磊說想看後續，我就該努力寫出來給他看，這才是身爲一個作者該盡的責任嘛！」邵曉春環顧館內四周，還是不見他的人影，不禁疑惑地問：「不過怎麼沒看到人，他今天沒來練球嗎？」

李敏珂聞言，也跟著往體育館裡面看去，「好像是耶，妳怎麼不乾脆問問簡博安？這樣比較快吧？」

「我當然有想過呀，今天被他看到我偷拍藍藍路的時候，我就想問他尙東磊的聯絡方式，沒想到還來不及問，手機就被沒收了，要等到下禮拜才能拿回來。看來，只能等回家時再用電腦問他了。」

「嗯，那我們回去吧。」李敏珂點點頭。

「好。」邵曉春正要轉身，眼角餘光卻不經意瞄見後門柵欄外經過的某個身影。

那人個子嬌小，身材纖細，留著妹妹頭，很像是韓詩妘，但那裡並不是她回家的方向。

邵曉春隨即發現，她的身邊似乎還跟著另一個人，但下一秒那兩人就被圍牆擋住，讓邵曉春來不及看個究竟，也無法確定那個女生到底是不是韓詩妘。

晚上邵曉春打開電腦，點開臉書網頁裡的聊天訊息框，請簡博安幫忙打聽尚東磊的下落。簡博安一得知她的手機被藍宇沒收，馬上在訊息框裡連打出十個「哈」字，毫不留情地大笑。

「妳跟妳導師是怎樣，最近怎麼特別犯沖？好啦，看在妳這麼倒楣的份上，我明天直接幫妳約尚東磊，省得妳還要特地跑去他班上找人。這陣子他好像沒有練球，所以應該會有時間。」

「為什麼他沒練球？」

「不太清楚，妳自己問他。不過妳現在沒手機，就算把他的電話給妳也沒用，而且他也沒什麼在用臉書，平常根本沒看過他更新，你們還是先把時間、地點約好再碰面吧！」

「好吧。」邵曉春突然想起在體育館的後門柵欄外看到的那抹身影。「你今天放學是跟詩妘一起回去的嗎？」

「對啊，怎麼了嗎？」

「沒什麼啦。」也許他們只是在回家前先到別處逛逛，也許那個女生根本就不是韓詩妘，看到簡博安的回應後，邵曉春心想可能是自己認錯人了，也就沒再多想。

「妳趕快先把時間訂出來，這樣我明天才能問尚東磊有沒有空，確定好後我再傳訊息給李敏珂，叫她通知妳。」

邵曉春思考了一下，決定明天放學時，約在兩人第一次相遇的舊校舍碰面。

其實她也不好意思在其他人面前把小說拿給尙東磊看，這時候，平常人煙稀少的舊校舍就是個不錯的見面地點。

時間和地點敲定後，她伸伸懶腰，打開小說Word檔準備繼續奮鬥，突然，藍宇今日對她說的話，又冷不防地在耳邊響起。

「妳擔心的也許並不是失敗，而是害怕在付出一切之後，發現自己所有的努力，全是白費。」

她盯著電腦螢幕，認眞思索這句話的涵義。無奈想了許久，仍是理不出頭緒。

邵曉春深覺藍宇這個人不僅個性深不可測，就連說的話都如此難懂。

那句話的意思彷彿是，她其實是因爲「害怕」，所以才遲遲「不敢」把小說寫完。

姑且不論究竟是不是這樣，但若是傾盡一切心力，最後仍然沒有成功，那不就是等於失敗嗎？

「那就要看妳對失敗的定義是什麼了。」

邵曉春想得入神，腦海中的思緒一片渾沌。

良久後，她將滑鼠往上移，點開其他作品，開始仔細看起以前寫的小說，一字一句地逐步檢閱，最後忍不住動手刪改了起來……

隔天在學校，某堂下課，邵曉春手撐著下巴在座位上發呆，沒來由的沉悶心情讓她毫無生氣。

由於前一夜修稿修得太起勁，等她累到眼皮快闔上時，才驚覺自己隔天要給尚東磊看的小說一個字都沒寫，故事也完全沒有進展。

「曉春，簡博安剛剛傳LINE給我喔。」李敏珂拿著手機走過來，「他要我轉告妳，已經幫妳約到人了，依妳訂的時間沒問題。這是什麼意思呀？」

邵曉春恍恍惚惚地盯著她看了一會兒，才會意過來，「喔，是簡博安昨晚說會幫我約尚東磊，讓我把小說拿給他看。今天放學後，我會跟尚東磊在舊校舍見面。」

「真的？」李敏珂馬上拉起邵曉春的手，眼睛發亮，「你們要單獨見面？這樣很好哇，記得要跟尚東磊多聊聊喔！」

「啊？要聊什麼？」邵曉春不解。

「什麼都可以啊，像興趣啦、喜歡吃的食物啦、討厭喝的飲料啦，反正能聊多久就聊多久，你們好不容易見面，當然要相處久一點。」李敏珂興奮地說。

見邵曉春還是一副無精打采的模樣，李敏珂推推她的肩膀，「欸，妳怎麼了啦？不是一直很想讓尚東磊看妳的小說嗎？怎麼看起來心情那麼不好，一點都不像是平常的邵曉春。」

「我也不知道，就是覺得懶洋洋的不想動。」邵曉春咕噥。

「乖，我相信等妳見到尚東磊後就會有精神了，作家跟讀者見面應該要開心點啊！」李敏珂摸摸邵曉春的頭，「對了，我們什麼時候還能再一起去之陽姊姊家呀？」

「想念齊哥哥了齁？」邵曉春戳了戳李敏珂的手臂。

「也不是啦。」李敏珂害羞地笑，隨即又正色道：「不過，我沒想到之陽姊姊跟齊哥哥眞的是同父異母的兄妹，嚇了我一跳！可是後來想想又覺得奇怪，之陽姊姊的爸媽沒有離婚，也就是說齊哥哥是他們的爸爸跟小三生的，但齊哥哥又比之陽姊姊大一歲，那不就表示之陽姊姊的爸爸在結婚之前，就已經跟別人生下小孩了？這樣的話，到底誰才是眞的小三？」

「咦，妳不說我還沒想到耶。」邵曉春坐直身子，雙手一拍，「我知道了，可能是之陽姊姊的爸爸婚前就腳踏兩條船，結果兩個都懷孕了，但後來他選擇跟之陽姊姊的媽媽結婚；不過，也有可能是他先跟齊哥哥的媽媽結婚，離婚後再娶之陽姊姊的媽媽。」

「天哪，好混亂，簡直比本土劇八點檔演得還複雜。可是比起這個，我覺得之陽姊姊可以跟齊哥哥這樣和睦相處，才更讓人匪夷所思。照理來說，原配跟小三生的小孩，應該會將對方恨得牙癢癢，彼此像仇人一樣才對吧？假如我是之陽姊姊，知道齊哥哥是我爸跟破壞我家的第三者生的小孩，我一定會恨他恨得要命，而且一輩子都不原諒我爸。在這種心情之下，更不用說要跟他自在相處了，妳說對吧？」李敏珂說得義憤填膺。

「那是因爲之陽姊姊跟齊哥哥都已經是很成熟的大人了，所以想法跟看事情的角度自然和我們不同啊！」邵曉春老氣橫秋的說。

「妳這樣講好像我很幼稚一樣，不然妳說說看，如果是妳，能接受嗎？」

邵曉春愣了愣，搖搖頭。

「看吧！」李敏珂攤攤手。

「哎唷，不管怎樣，他們現在能和平相處也是好事啊，而且要是他們感情不好的話，妳哪有機會見到齊哥哥？」邵曉春伸指輕點了一下李敏珂的額頭。

「也是。」李敏珂笑顏逐開，朝她投以曖昧眼神，「好啦，先不說這個了，曉春妳要記住，今天跟尙東磊見面的時候，要待久一點、聊多一點，千萬不要給了小說人就跑嘍，知道嗎？」

邵曉春看著好友認眞叮嚀的神情，只覺得又好氣又好笑。

但和李敏珂聊過以後，她原本沉悶的心情確實也輕鬆了許多。

日落時分，邵曉春背著書包朝舊校舍走去，遠遠就看見尙東磊已經站在空曠的白色建築物下等她，她見狀趕緊小跑步過去。

同樣背著書包的尙東磊，這次穿的不再是籃球隊專屬的黑外套，而是學校的制服外套。在夕陽光芒的照耀下，他向來不苟言笑的淡定面容，此時看起來似乎也多了一分柔和。

她匆匆趕到他面前，焦急地道歉：「尙東磊，抱歉抱歉，我以爲我已經很快了，沒想到你會先到，你應該沒有等太久吧？我——」她倏地指指自己，「你還記得我吧？」

「邵曉春。」他面無表情的說出她的名字。

「你知道我的名字？」

「簡博安跟我說的。」

「喔。」邵曉春隨即拿出前一晚印好的小說紙本稿件，雙手捧上，「這個給你，因爲你上次說想要看後續，所以我已經寫好新的進度了。不過我想說不定你可能會忘記前面的劇情，而且我也有再修改過一些地方，所以把到目前爲止的所有進度都一起給你，讓你可以重新再看一次。」

「好。」尙東磊接過，就這麼安靜不動地低著頭，開始讀了起來。

邵曉春滿臉錯愕：「你、你要直接在這裡看？」

「不可以？」他抬眸看她，聲音不慍不火。

「沒、沒有，你開心就好！」她又結巴起來，「那你要不要先找個地方坐？這裡總共有三十頁，我怕你這樣看會站到腳痠。」

尙東磊一聽，果眞帶著小說坐到一旁的花臺上，繼續閱讀。

邵曉春默默在他身邊坐下，頓時感到有些坐立難安，或許是因爲尙東磊居然直接在她面前讀了起來，而且還讀得那麼專心，讓她覺得這時連打個噴嚏，都可能會不小心打擾到他，破壞了這份寧靜。

於是沒事可做的邵曉春開始注意起舊校舍四周的景色。

兩人腳下的雜草不曉得多久沒割了，徐徐春風吹過，地面掀起一道小小的綠色波浪，與他們頭上的樹葉一同颯颯作響。邵曉春深吸一口氣，淡淡的青草味撲鼻而來，令人心曠神怡。

不一會兒，她望向尙東磊，發現他原本纏繞在左手手腕上的白色繃帶不見了，改戴了一只手錶。

「尙東磊。」她小心翼翼的開口：「現在跟你說話，會不會干擾到你呀？」

「不會。」

「那我問你，之前看到你左手腕包著繃帶，是受傷了嗎？」

「嗯，之前練球的時候不小心扭傷了。」

「很嚴重嗎？」

「有一點，醫生要我這陣子暫時先別打球。」

「所以你最近才沒有去體育館練球？」

他疑惑地看向她。

邵曉春趕緊解釋：「我是聽簡博安說的，那你現在有好點了吧？」見尙東磊點頭，她笑：「那就好，我第一次看到你的時候，你手上就包著繃帶，如果到現在都還沒好，那應該就是眞的非常嚴重了。」

「妳是說妳被教官罵的那一次？」尙東磊挑眉。

「呃……對，就是那次。」

「我那天早上受傷，所以先去保健室包紮完才提前回來。」

「原來如此。」邵曉春點點頭，「不過，你撿到我的筆記本之後就一直幫我保管，沒想過要拿去丟掉嗎？」

「我覺得這本筆記本對妳來說可能很重要，所以就沒丟掉。因爲不知道妳的名字跟班級，只好先放在這邊的置物櫃裡，結果上次我回來拿東西時，剛好就看見妳在翻垃圾桶。」

「這本筆記本對我來說眞的非常重要，託你的福，我的小說才能繼續寫下去。你眞的是我的大恩人，感謝！」邵曉春雙手合掌，再次道謝。

「不客氣。」

邵曉春心想，簡博安說的沒錯，尚東磊果眞是一個好人。

當他終於翻到最後一頁，視線從稿件中抬起，邵曉春也跟著挺身坐正，緊張地屏住呼吸，「你……覺得怎麼樣？還可以嗎？」見尚東磊點頭，邵曉春驚呼：「眞的？」

「什麼時候會完結？」尚東磊問。

「這個嘛……劇情目前還在前半段，總共應該會有八到十萬字左右。不過現在有個問題，就是其實我不太確定自己到底寫不寫得完。」邵曉春的表情略顯落寞。

「爲什麼？」

「我從國中就開始寫小說了，但卻從來沒有眞正寫完一個故事，每次只要中間一卡稿，就沒辦法繼續寫下去，常常寫到一半就忍不住跑去寫另一個故事；結果就在這樣的惡性循環之下，作品越寫越多，卻都沒有寫完。」

「那怎麼辦？」

「所以呀，我現在也很煩惱，萬一這次的小說也像以前一樣斷頭那該怎麼辦？我很喜歡這個故事，眞的很想把它寫完。」她垂著頭，情緒低落了一會兒，突然靈光一動，綻開笑容，開心說道：「我想到了！尙東磊，我可以每個禮拜都把小說拿給你看嗎？上次是因爲你說想看後續，我才有強烈的動力寫下去；如果我知道每個禮拜都有人在督促我、等待閱讀我的小說，說不定我就可以堅持下去，不會半途而廢了！」

邵曉春對上那雙平靜無波的烏黑眼睛，稍稍收斂起雀躍之情，愼重的問：「你願意幫我這個忙嗎？」

「好。」尙東磊隨即答應。

「眞的？你願意？」他乾脆的態度讓邵曉春睜大了眼，感到不可思議。

「嗯，所以是每週碰面一次，一樣約在這裡？」

「OK，就約這裡。至於日期跟時間，以你方便爲主，你們每天放學都要練球嗎？」

「如果沒有要比賽就不用每天練球。不然就先訂每個禮拜三的放學後？」

「沒問題，那就從下週三開始，我直接把小說列印成紙本給你看。要是你嫌麻煩，我也可以把檔案私訊傳到你的臉書，或是寄到你的信箱裡，這樣其實更快，你也不用特地跑這一趟了。」

尙東磊靜靜凝睇著她的臉，「我不覺得麻煩。」

邵曉春高興地笑了，「那我就直接印紙本給你看嘍，這樣也比較不會傷眼睛。但爲了避免突發狀況，我先把我的手機號碼給你，要是哪天我們有誰臨時有事不能來，才能即時聯繫。只是現在我的手機被導師沒收了，要等到下禮拜一才能拿回來，如果在那之前有事的話，應該還來得及聯絡。」

「好。」

邵曉春感激不已，「太好了，這樣我就有信心可以寫完這個故事了。能認識你真的太幸運了，謝謝你，尚東磊！」

尚東磊隱隱勾動一下唇角，「不客氣。」

夕陽映在男孩臉上的光芒太過耀眼，讓邵曉春一時無法確定，他方才是不是露出了笑容？

那天，邵曉春一邊哼著歌，一邊踏著輕盈的步伐回家，內心滿是愉悅。

她相信，有了尚東磊這個忠實讀者以後，她應該就不會再拖稿，也找不到理由怠惰，只要有適時的壓力在背後推動著她，她就能循序漸進，如期完成進度。

如此一來，距離打破「無法寫完」這個魔咒的日子，也就不遠了。

◆

這天陸之陽準備下班時，看到手機裡有一通未接來電。

離開托兒所，她在前往捷運站的路上回撥電話：「喂？蔣莘，妳找我？」

「妳下班了沒？下班的話，現在立刻來忠孝復興站這裡吧！」

「現在？有什麼事嗎？」

「妳來就對了啦，到了再跟我說，我會去接妳，待會兒見！」蔣莘依舊習慣不等對方回應，迅速切斷通話。

想到自從上次出席陳菲菲的喜宴之後，兩人就再也沒有見過面，雖然沒有什麼興致，但陸之陽還是決定去跟蔣莘碰個面。

等她抵達忠孝復興站，蔣莘和她男友已經在捷運站出口等候。

蔣莘一看到她，就興奮地一把勾住陸之陽的手，她身上濃烈嗆鼻的香水味，短暫痲痺了陸之陽的嗅覺。蔣莘向她眨眨眼，細長的假睫毛宛若蝶翼撲飛，她興致高昂地說：「之陽，今天晚上我們一起吃晚餐，順便介紹一個人給妳認識！」

一絲異樣感登時湧上陸之陽的心頭，「誰？」

「到時妳就知道了。」蔣莘笑靨如花，不作解釋。

陸之陽跟著蔣莘來到附近一家居酒屋用餐，約莫十五分鐘後，一名戴著鴨舌帽，穿著風格名貴的年輕男子朝他們這桌走來，嘻嘻哈哈的向蔣莘及她男友打招呼。

男子剛在陸之陽身旁坐下，蔣莘便開始積極介紹：「之陽，他是我男友的朋友，叫小怪，二十六歲；小怪，她是我的高中同學兼好姊妹，我上次跟你提過，她現在是托兒所老師喔！」

「嗨，妳好啊！」男子的目光毫不掩飾地將陸之陽來回打量一番。

「你好。」陸之陽被他看得渾身不自在，仍然有禮地回應。

用餐過程中，小怪個性十分外向，經常主動和陸之陽搭話，每當這時，蔣莘就會偷偷向她擠眉弄眼，要她多熱情回應。

這下子，陸之陽總算明白蔣莘之所以突然邀她吃飯的原因了。

一頓飽餐後，兩個男人到外頭抽菸，蔣莘趁這時問她：「怎麼樣？他看起來還不錯吧？有沒有什麼感覺？」

陸之陽微笑不語，事實上這頓飯她幾乎食不下嚥。

她當然知道蔣莘是抱著什麼心思，也相信蔣莘是一番好意，但問題是，這種狀況常是她最不擅應付，也是感到最棘手的。

「我跟妳說，小怪他老爸是一家科技公司的大老闆，家裡超級有錢，雖然小怪愛玩了點，但他長得不錯，各方面條件也都很好，妳可以考慮看看。我可是從一群朋友中找出最優秀的男生推薦給妳的唷，好好感謝我吧！」蔣莘非常得意。

「謝謝妳，蔣莘。」陸之陽不忍潑她冷水，但還是坦白地說道：「不過，我現在還不想談戀愛。」

「爲什麼？妳跟前男友都分手這麼久了，早該開始新戀情了，該不會妳還對前男友念念不忘吧？」蔣莘皺眉。

「不是這樣。」她搖頭否認，「和那些無關，只是我暫時想一個人生活，所以像這種事情，其實我還不急。」

「怎麼能不急，妳都二十五歲了！難道妳沒聽說二十五歲是女人青春的關卡，過了二十五歲之後，身體所有的機能就開始走下坡了嗎？什麼肌膚老化、鬆弛、新陳代謝變差等等，一堆問題一個接一個來，連想要減肥都難上加難，妳難道都沒有危機意識嗎？妳以為妳自己還是青春無敵的少女呀？」蔣莘冷哼一聲。

陸之陽啼笑皆非，「我知道，可是我現在就是沒有這個心情跟念頭，辜負了妳的心意，我很抱歉。」她停頓了一會兒，接著說：「對了，蔣莘，如果下次還有像這樣的約會，我希望妳可以事先跟我說一聲，徵詢過我的同意。突然跟陌生人一起吃飯，老實說，我覺得很尷尬，也很不自在。」

蔣莘沉默地看著她，深深擰起眉心。

陸之陽知道那種眼神，也知道蔣莘現在心裡一定很氣憤，想著自己怎麼居然敢這樣對她說話？

「欸，妳不要掃興喔，我特地介紹男生給妳，妳最好別說這種話惹我不高興！」蔣莘朝她投以不悅的眼神，「晚一點我們還要去續攤，我看小怪對妳的印象還不錯，所以妳也要趕緊把握機會一起來，知道嗎？」

要是以前，看到蔣莘對自己擺出這種臉色，陸之陽早就嚇得冷汗直流，甚至緊張到胃痛，更別敢說有半點意見。

如今面對蔣莘的盛氣凌人，陸之陽卻只是委婉地說：「可是我明天還要上班，不方便太晚回去，而且我今天也忙了一整天，其實有點累了，想先早點回家休息，還是你們去玩就好？」

「陸之陽妳——」蔣莘瞪大眼睛，差點就要罵出口，卻及時打住，不耐煩地甩甩手：

「好啦好啦，不然妳跟我們去一下就好，一個小時後就放妳走，這樣行了吧？」

見蔣莘做出妥協，陸之陽也不好意思再拒絕，只好答應。

直到了九點半，一行人才乘坐小怪駕駛的黑色法拉利，往下一個目的地出發。

聽到這台車要價三千多萬，陸之陽頓時在心裡倒抽了口氣，動也不敢動。

小怪車速非常快，喜歡對著別人的車按喇叭，一路上還不時分心跟陸之陽說話。當蔣莘推推她的手肘，要她回應小怪時，陸之陽其實很想請他專心開車，不要再東張西望，然而爲了顧及禮貌，她終究忍住沒講，勉強擠出一個問題：「那你現在在哪裡工作呢？」

「哈哈，小怪不用工作，每天都過得很爽，靠他爸給的錢就夠花了啦！」蔣莘的男友代答，用力拍著小怪的肩高聲笑道。

「對呀，以小怪的條件，哪還需要上班啊？拜託！」蔣莘此時的表情，像是陸之陽問了什麼愚蠢至極的問題一樣。

看著這台千萬高級跑車，陸之陽不禁心想，也許自己眞的是問了個蠢問題。

當車一停，車窗外的建築物前方，站著幾個打扮新潮、穿著火辣艷麗的時髦男女，陸之陽這才終於知道他們續攤的地點。

夜店。

狹窄的地下室隱隱傳來陣陣喧囂聲，一走進去，震耳欲聾的音樂聲更是猛烈衝撞著耳膜，教人耳朵發疼。

漆黑的空間裡，七彩絢麗的燈光打在每一個狂歡作樂的男男女女身上，這一幕簡直如夢似幻，儼然和白天是截然不同的世界。

陸之陽上一次來到夜店，是她還在讀大學的時候。她記得那時常常和同學一起上夜店，但自從交了男朋友後就沒再去過，因爲男友不允許她去那種地方。諷刺的是，男友不肯讓她去夜店，卻又被其他友人爆料他其實天天上夜店夜夜笙歌，最後劈腿的對象還是在夜店認識的女子。某天早上，陸之陽送早餐過去給男友時，發現他帶那名女子回家共度春宵，當場捉姦在床。

兩人分手以後，她又繼續像過去一樣常和朋友跑夜店，過著在人群及音樂中飲酒作樂的日子。但陸之陽卻發現已經少了以往的興致，等到大學畢業，她才眞正從這種場所脫離，不再過著在午夜時分用滿滿酒精麻醉感官的生活。

過去的那些回憶，如今想起已經沒有什麼特別的感覺，卻還是讓陸之陽不自覺地出了神。

蔣莘在領著男友跑進舞池前又對她耳提面命，要她好好和小怪培養感情。

陸之陽坐在吧台前喝著檸檬水，聽見小怪在一旁與其他巧遇的男性友人聊天。

當那些人發現陸之陽時，帶著戲謔的語氣問小怪：「你的新馬子？」

「不是，她是蔣莘的朋友。」

「跟你上一個不一樣耶，打算換口味了？」小怪的友人語氣輕浮。

「幹，白痴喔，別亂講！」小怪笑罵，刻意壓低音量，卻還是傳入陸之陽耳中，「她的話，我可以。」

哈囉，現在是當她不存在嗎？

陸之陽沒想到居然會聽見有人當場說出這種話，因此她非但不生氣，反而莫名覺得滑稽，惹得她咬住下唇，差點笑出來。

不久之後，小怪坐到陸之陽身旁，托著腮面向她，目光如炬，與剛才在居酒屋看她的眼神明顯不同。陸之陽在心裡猜測，小怪大概是準備要展開攻勢了。

果不其然，他連開口說話時的語氣都變了，一字一句無不溫柔：「妳不喝點酒嗎？」

「我明天還要上班，不方便。」她搖搖頭。

「蔣莘說妳現在是托兒所老師，可是看妳的身高，我倒覺得跟模特兒差不多，只當老師太可惜了。這樣吧，我有個朋友是知名網拍模特兒的專屬攝影師喔，如果妳有興趣，我可以把他介紹給妳認識，其實我覺得妳認眞打扮起來，跟他拍的那些模特兒相比之下完全不遜色，甚至還要更好。」小怪輕柔地撥開垂落在她側臉的瀏海，眼神與口吻十分魅惑。

「謝謝你，但我對當模特兒沒什麼興趣，我還是比較喜歡原來的工作。」陸之陽禮貌的婉拒。

「是嗎？那太可惜了。」小怪搭住她的肩膀，再慢慢地將手往下滑，最後整個人貼近陸之陽，親暱地將脣附在她的耳畔，另一隻手甚至直接放在她的大腿上，「今天是我們第一天見面，我可以送妳一份見面禮，妳喜歡什麼名牌的包包？我現在就帶妳去買，無論妳想要什麼，我都能送給妳。」

陸之陽不發一語，端起檸檬水一飲而盡。

她起身離開椅子，拿起包包淡淡地回道：「不用麻煩了，如果我有想要的包包，自己會賺錢買，不需要你買給我。我還要趕捷運，得先回去了，麻煩幫我跟蔣莘說一聲，再見。」

小怪匆忙攫住她的手，「那我送妳！」

「不用了。老實說，你那台法拉利我坐得很不習慣，搭捷運我會比較自在。」陸之陽淺淺一笑，「能讓你覺得『我可以』是我的榮幸，可是不好意思，如果是你的話，我不行。」

陸之陽穿過擁擠的人群，步出五光十色的夜店。

吸到外頭的新鮮空氣時，她大大地呼了一口氣，少了那些重金屬音樂，腦袋也立刻清醒了許多。

就在這時，旁邊的一名女子引起了陸之陽的注意。

還沒十一點，那名女子就已經喝得爛醉，不堪酒力地癱跪在夜店門口。她慘白的臉上掛著淚水，痛苦地不停嘔吐，而她身旁的另一名女子則不時輕拍她的背。

陸之陽靜靜凝望著這一幕，隨即頭也不回的離開。

當陸之陽回家洗完澡從浴室走出來時，發現手機有好幾通蔣莘打來的未接來電。

她正要回撥，手機剛好響起，一接通，蔣莘氣急敗壞的斥罵聲便透過話筒傳來：「陸之陽，妳到底懂不懂禮貌啊！誰說妳可以先回去的？妳這人怎麼這樣啊？」

「抱歉，我怕太晚會趕不上捷運，所以才沒跟妳說要先走，我有請小怪幫忙轉告妳了。」

「妳還敢跟我提小怪？人家對妳這麼好，妳卻把他丟下，自己先跑，還對他說話這麼不客氣，妳不覺得妳很過分嗎？」

「這一點確實是我不對。」陸之陽嘆了口氣，「可是，蔣莘妳是不是也應該先想想，為什麼我會這麼做呢？」

蔣莘聞言怒不可遏，「我哪裡管得了妳那麼多！欸，妳以為自己很了不起嗎？小怪的眼光可是很高的，他對妳好，是他看得起妳，妳偷笑都來不及了，還裝什麼自命清高啊？還是妳覺得以妳的條件，還能再找到更好的男人？枉費我一直在他面前幫妳說好話，沒想到妳竟然會做出這種事情，簡直比以前還難搞。總之，我警告妳最好立刻跟小怪道歉，要不然以後我們也不用再見面，姊妹也別當了！」

陸之陽安靜片刻，緩緩開口：「那就這樣吧。」

「妳說什麼？」蔣莘愕然。

「既然妳都這麼說了，那我們以後就別聯絡了。妳想絕交的話，我沒有意見。」

手機另一頭陷入沉默。

陸之陽可以想像蔣莘此時的表情有多震驚，因為她知道蔣莘之所以會說出這種威脅的話，為的就是要等自己向她求饒、請求她的原諒，就像過去一樣。蔣莘一直以來都有十足的把握，以為能將陸之陽吃得死死的。

蔣莘始終相信陸之陽沒有她不行，一旦她失去了蔣莘這個朋友，就沒有人會接納她、在乎她。

連陸之陽自己都曾經如此深信。

「陸之陽，妳是說眞的嗎？」蔣莘咬牙切齒，聲音因憤怒而顫抖，「妳最好想清楚妳現在說的話，不要後悔！」

「不會，因爲我並沒有打算再見到妳那位朋友。雖然很遺憾，但如果妳無法接受這樣的我，那我們也別再勉強當朋友，讓彼此不開心。」陸之陽繼續以緩慢平靜的口吻回應：「還有，蔣莘，妳不能因爲我不再依妳的想法行事，就說我變了。」

這次不等對方掛斷，陸之陽就先掛掉電話，結束與蔣莘的通話。

她忽然覺得喉嚨有點乾，一口氣對蔣莘說出這些話，她心中也覺得不好受，原本決定今天不喝酒，時間也有些晚了，但她還是從冰箱裡拿出啤酒，坐在客廳的沙發上啜飲起來。

她打開筆電隨性地看看臉書，很快就發現蔣莘在臉書發了一篇言辭憤怒的動態，雖然沒有指名道姓，但陸之陽還是一眼就看出來是在講她，字裡行間全是既激烈又不堪入目的謾罵字眼。

陸之陽黯然嘆息，心一橫，果斷地將蔣莘從好友名單中刪除，爲這段多年的友誼徹底劃下句點。

其實仔細想想，這段友誼眞的存在過嗎？

也許蔣莘從沒有把她當眞正的朋友看待，只是把她當作一個附屬品罷了。

對著臉書頁面發呆許久，漸漸地，陸之陽腦海深處浮現出某個從未有過的念頭。

也許在她忽而想起幾天前見到藍曄之後，這個念頭就一直隱隱埋在心底了。

思量了半晌，陸之陽雙腿併攏，坐正身子，在臉書的搜尋框裡打上某個人的名字。

她心裡忐忑不安，一按下Enter鍵，畫面很快出現了一排好幾個同名同姓的人名。

陸之陽點進每一個人的臉書頁面詳細查看，卻發現沒有一個是自己要找的人。

一股悵然卻又鬆了口氣的矛盾心情湧上她的心頭，當她準備關上筆電就寢時，網頁的右下方忽然跑出了一個小視窗。

「之陽姊姊還沒睡呀？」是邵曉春。

陸之陽放下酒罐，立即回應：「是啊，不過我要去睡了，妳現在還在寫小說嗎？」

「對呀，不過今天不能寫太晚，我媽剛剛已經跑進來罵我了。（T_T）」

她回：「那就早點休息吧，別爲了趕小說，把自己弄得太累了唷。」

「好，之陽姊姊晚安！（^o^）/」

陸之陽不禁莞爾，登出臉書後，想起女孩曾經跟她提過的小說部落格。

她上網搜尋「春眠不覺曉」，果眞很快就找到了邵曉春的部落格。版面很有她的風格，背景是可愛的小熊圖案，文章區的字體大小合適，很方便閱讀，但知道的人似乎不多，來訪人數及留言皆寥寥可數。

邵曉春寫了不少小說，長短篇都有，風格也很多元，包括奇幻、靈異及言情小說，而目前連載進度最多的文章，已經更新到了第十二回。

陸之陽便從這篇故事開始讀起。

◆

兩天後，下班回家的陸之陽在電梯裡巧遇邵曉春。她和邵曉春閒聊了一下，得知她的母親今天又要加班，很晚才會回來。

「曉春妳吃過晚飯了嗎？」見女孩搖搖頭，陸之陽便提議：「那妳要不要跟我去吃飯？吃飽後我們再一起去逛逛，怎麼樣？」

邵曉春興奮不已，二話不說便點頭答應。

兩人跑去夜市吃牛肉麵，吃到一半，邵曉春突然發話：「對了，之陽姊姊，我最近沒辦法用手機，如果妳有事要找我的話，可以直接打我家電話，也可以在我的臉書上留言喔。」

「好，妳的手機壞掉了嗎？」

「不是，是被我導師沒收了，下禮拜才能拿回來。我在學校偷拍他，結果正好被他逮個正著。」邵曉春扁扁嘴。

「爲什麼要偷拍他呀？」陸之陽有些好奇。

「因爲隔壁班有一個女同學喜歡我們班的導師，所以就拜託我幫她拍幾張藍藍路的照片，她說只要我幫她拍照片，就會送小說給我，只可惜我還來不及多拍幾張，就被抓到了。」邵曉春語帶可惜。

「藍藍路？」

「那是我私底下幫導師取的綽號。」邵曉春笑道。

「聽起來妳的導師很受歡迎喔，居然會有學生想要他的照片。」陸之陽打趣。

「是呀，我們導師的條件其實很不錯，而且目前好像還是單身喔！雖然他平常人很好，對誰都一副和藹可親的樣子，可是處罰學生的時候絕不手軟，根本就是個有著天使面孔、魔鬼心腸的男人！」

邵曉春表情誇張地比手畫腳，讓陸之陽忍不住脣角失守，笑了出來。

吃飽飯後，兩人繼續在夜市裡閒逛。

陸之陽問：「曉春，妳爲什麼會想要寫小說呢？」

「咦？」邵曉春望向陸之陽。

「我的意思是，是什麼動機讓妳興起了想要寫小說的念頭？比方說，是因爲看了一部精彩的小說而大受感動；還是希望有一天能在書店裡看到自己的書，所以才想當一個作家？或是妳覺得寫小說的時候能夠帶給妳平靜、充實的感覺，看著自己寫出來的故事，會有一種成就感？」陸之陽低頭看著女孩，「我只是有點好奇，是不是有什麼特殊原因，才會讓妳開始想要寫作，並且一直堅持到現在？」

邵曉春嘴裡含著手搖飲料的吸管，臉上露出像是因爲過於認眞思考，而有些呆滯的表情，久久不發一語。

半晌，她摸摸頭，傻笑，「我也不知道耶！老實說，我沒有想過到底爲什麼自己會想要寫小說。」

「沒關係，我也只是隨口問問而已。抱歉，害妳陷入苦惱了。」陸之陽擺擺手。

「不會啦，不過，我確實從來沒想過這個問題耶，雖然我想成為一個作家，出版自己寫的小說，可是仔細一想，又覺得好像不只是這樣。」邵曉春偏著頭，雙手抱胸，「到底是為什麼咧？」

「想不到就先別想了，既然已經開始了，就只要想著怎麼繼續寫下去就好。」陸之陽笑著摸摸她的頭，「曉春，妳想不想吃冰？我請妳吃剉冰好嗎？」

「好耶！」邵曉春眼睛發亮，忍不住歡呼：「眞開心是之陽姊姊成為我們家的房客！」

「怎麼說？妳不是希望是齊哥哥搬進來嗎？」她打趣地逗邵曉春。

「也不是這樣說啦，因為我沒有兄弟姊妹，所以能像這樣跟之陽姊姊一起吃飯、逛夜市，眞的覺得很開心，好像之陽姊姊就是我的親姊姊一樣。雖然齊哥哥人也很好，但可能是因為我們都是女生吧，所以我覺得跟之陽姊姊有比較多的話題聊，相處起來也特別自在！」邵曉春燦笑。

邵曉春誠懇的這番話，讓陸之陽的胸口湧起一道暖意，很是感動。

逛完夜市，兩人踏著輕快的步伐，手牽手走回家，如同眞正的姊妹一般。

一股溫暖的感覺滋潤著陸之陽的心，也填補了多年以來埋藏在她內心深處的遺憾。

回到住處，在大樓電梯裡，邵曉春問：「之陽姊姊，平常如果妳有空的話，我可以上去找妳玩嗎？」

「當然可以。」陸之陽微笑點頭。

邵曉春聞言笑了開來，六樓一到，她背好書包跨出電梯，回頭揮揮手，「之陽姊姊，再見！」

「再見。」電梯門一關，陸之陽嘴角的笑意便淡了一些。

進了家門，陸之陽將外套和包包放到沙發上，一坐下就打開茶几上休眠狀態的筆電，螢幕的畫面還停留在邵曉春的部落格上。

這兩天，她將邵曉春寫的小說全部看完了。

在眾多的故事當中，讓陸之陽印象最深刻的，就是那天晚上她所看的第一部小說，也是邵曉春目前主力連載的作品。

那篇小說名叫《花園森林》，是一對姊妹展開奇幻旅程的故事。

妹妹個性天眞爛漫、姊姊善良溫柔，兩人感情非常要好。

故事一開頭就敘述這對姊妹背著行囊，一同進入名為「花園」的森林，關於她們的背景以及進入這座森林的原因，故事裡並沒有多作解釋。姊妹倆的名字十分特別，姊姊名叫紅蘋果，妹妹則是青蘋果。

這座森林很奇特，不僅遍地開滿花卉，連天空都會下起花瓣雨，像是童話故事裡的世界一樣夢幻，由於所見之處皆是鳥語花香，宛如一座沒有盡頭的大花園，才會被稱之為花園森林。

姊妹兩人攜手走過這一片美麗景色，最後來到一條岔路前，為了不曉得該選哪一條路而陷入苦惱。

單純可愛的妹妹提議讓姊姊走左邊那條路，而她走右邊，並且約定只要誰先看見大海，就大聲吹著她們從出生起就不離身的哨笛通知對方，另一人再憑著笛聲找過來會合。

陸之陽讀到這裡，雖然不曉得姊妹倆的目的，卻隱隱感覺到她們似乎是想透過這趟旅程，尋找些什麼東西。

而這條岔路，正是將她們帶進異世界的入口。

選擇右邊那條小路的妹妹，不但沿途遇上了許多陪伴她的小動物，還遇見了不少幫助她的人。

在妹妹走的這條路上，她遇到的每個大人、小孩都非常和藹可親，對她百般關愛；還有一個男孩帶她回家，請她享用美味的餐點、陪她玩耍，一起度過了一段溫馨愉快的美好時光。

男孩的好讓妹妹深受感動，甚至一度想留在男孩身旁，與他一同在這個美麗的世界生活；可是想到和姊姊的約定，妹妹最後還是決定向男孩告別，繼續踏上未完的冒險旅程。

而走向另一條路的姊姊，卻沒有像妹妹那般幸運。

姊姊所進入的地方，不再有滿山滿谷的豔麗花卉，連太陽也消失了。

在這裡，所有的花草植物，全成了前所未見的凶殘怪物，不但長得跟人一樣巨大，且具有毒性，甚至還會吃人。姊姊因爲被花攻擊而受傷，遇上了好心人讓她留宿並幫她療傷，卻在隔日醒來後發現背包遭竊，身上所有的東西都被偷走了。

後來的旅途中，姊姊不斷碰上騙子、強盜犯以及各種心懷不軌的人，極少有人願意對她伸出援手。爲了保護自己，姊姊偷了一把利刃藏在身上；爲了養活自己，她不得不竊取別人的糧食，成了人人喊打的小偷。

一連串接踵而來的恐懼與傷害，讓傷痕累累的姊姊從最初只會以淚洗面，漸漸地轉變爲一個不再流淚、十分冷漠的人。

原本溫柔善良的她，在經歷了無數次的背叛後，從此拒絕相信別人；她不再哭泣，卻也不再露出笑容。

一路坎坷的姊姊，好不容易終於遇到了一個能保護她的人。對方是個有超能力的男子，但性格卻比誰都冷酷無情。姊姊被他深深吸引，決定就此留在男子身邊；先前所遭逢的種種苦難，也在遇上他之後暫時宣告終止。

劇情進展到這裡，看似已進入讓人鬆一口氣的平和階段，然而在最新的章回裡，卻出現了意想不到的轉折。

當姊姊得知男子之所以能有如此高強的超能力，是因爲殺害了一名具有超能力的婦人，並將她的超能力轉移到自己身上時，姊姊便決定以同樣的方式，暗殺這名曾幫助她躲過劫難的男子，以奪取他的超能力。

殺掉那名男子後，姊姊將身上僅有的物品，也就是和妹妹約好再聚首的信物——哨笛，丟棄在山頭，繼續一個人的逃亡。

目前的故事進度只到這裡，姊妹倆因爲選擇了不同的道路，從此走上截然不同的命運。

總的來看，陸之陽認爲這個故事裡最關鍵的設定，其實就是這對姊妹各自擁有的哨笛。她們的哨笛具有某種神奇的魔法，若用力一吹，就與一般笛子無異，只是發出尖銳的笛聲；可是若輕輕地吹，就會聽見一個成熟男人的聲音，聲線溫暖低沉，讓人聽了如沐春風，姊妹倆相信那是精靈在說話。精靈有時還會唱歌，有時也會說故事給她們聽。

兩人分開之後，依然習慣在睡前輕輕吹響哨笛，聆聽這個能令人心情安定、沉穩平靜的嗓音，作爲一天的結束。

尤其當妹妹想念姊姊時，更會吹響笛子，只要聽著精靈溫柔的聲音，就有了繼續踏上旅程的勇氣。而當姊姊遭遇到種種責難與迫害時，也會在夜晚一邊害怕地顫抖，一邊哭著吹響哨笛，希望精靈能給予她安慰。

但不知是否因爲吹笛人的心境逐漸有所不同，姊妹倆聽到的聲音也開始變得不一樣。每天都感到幸福快樂的妹妹，夜裡聽見的仍是精靈悅耳的美妙話語；而姊姊越是覺得痛苦，聽到的聲音就越是不堪入耳，後來甚至聽到精靈對她吼叫、咆哮，用盡各種羞辱的言語斥責她，打擊她的信心、擊垮她的意志。

姊姊因而逐日悲憤，認爲從前爲她帶來力量的精靈再也不復存在。得不到救贖的她，個性越來越冷酷，越來越憎恨一切，連帶也恨起當初要她選擇這條路的妹妹。

妹妹爲了和姊姊早日重逢，堅持不願放棄這段旅程，但姊姊的心卻幾乎已經否認了旅程的目的與意義，選擇了自我放逐。當她丟棄了過去一直隨身攜帶的哨笛，也就等於將妹妹一併捨棄。

讀到這裡，陸之陽不曉得這個故事會有什麼樣的結局，妹妹最後是否能找到姊姊？姊姊是否能再回復原來的溫柔善良？

在故事裡，哨笛吹響時，男人的聲音讓陸之陽留下了極深的印象。與其說那是精靈的聲音，她倒覺得那更像是一個父親的聲音。

陸續看完邵曉春的其他故事後，陸之陽留意到女孩筆下的一些角色，都具有某種共通點，無論是主角的父親還是其他的男性長者，皆具有一個特質——都能帶給主角安全感，以及對主角付出無盡的關愛。

不管是哪個故事的主角，身邊一定都會有一個強而有力的臂膀，在主角遇到困難而感到傷心脆弱時，及時爲他們擋風遮雨、當他們的後盾；並給予他們最溫暖的擁抱，就像是一個典型的父親形象一樣，時時刻刻守護著他們。

因此，陸之陽今天才會忍不住問了邵曉春那個問題。

她其實想問的是，邵曉春之所以會創造出這些形象和父親如此相似的角色，是不是因爲這些人物對她而言，具有某種特殊意義？

儘管小說的劇情還有許多地方尙未釐清，連哨笛是誰給的也沒有加以說明，但這個故事還是讓陸之陽難以忘懷，尤其是姊姊紅蘋果的遭遇，更讓她讀完後陷入了沉思。

這晚躺在床上時，她又一次想起故事裡姊姊哭著吹響哨笛，期盼精靈能給予她安慰，結果得到的卻只有毫不留情的冷血謾罵。

不知爲何，每當陸之陽回想起這段情節時，總會有種強烈的絕望感占據著她的思緒。

住在花園森林裡的男孩曾問妹妹：「妳爲什麼喜歡我？」

這個問題，那名超能力男子也曾問過姊姊，但姊妹倆給的答案卻完全不同，而這也是讓陸之陽久久難以忘卻的橋段。

青蘋果：「因爲你對我最好。」

紅蘋果：「因爲你不在乎我。」

Chapter 5

禮拜三，邵曉春捧著最新的小說紙稿往舊校舍奔去。

尙東磊仍和之前一樣，已經在那兒等候，依舊一拿到紙本，就安靜的閱讀起來。

雖然兩人相處的時間短暫，但邵曉春發現尙東磊確實比較沉默寡言，在經過了幾次的互動之後她也發現，如果對他有任何疑問，直接問他就好，根本無須從尙東磊的一號表情去試圖猜出端倪；若每次都要拚了命的去耗神猜想，也實在有違她直言的個性。

這次他讀完後的評語依然不錯，讓邵曉春高興不已，隨即從書包裡拿出一罐果汁請他喝，當作感謝他的報酬。

「妳沒把小說拿給別人看過？」尙東磊問。

「有哇，我都會拿給身邊的好友看，簡博安也有看過。不過可能是因爲我寫到最後都會斷頭，又不時迸出新的作品要他們看，反反覆覆弄得他們實在受不了，所以現在對我的小說就興致缺缺了。」她吐舌不好意思地說。

「妳可以貼在網路上給更多人看，現在不是有很多小說網站？」

「我知道，可是我現在還沒有那個勇氣，不過等這部小說完結之後，我會先拿去投稿，如果沒中，我就再考慮放到小說網站上發表給大家看！」

「加油。」尙東磊簡單扼要地鼓勵。

邵曉春忍不住細細瞧著尙東磊，沒多久便恍然大悟，拍手喊道：「我知道了！」

「知道什麼？」尙東磊看著她問。

「你說話的方式呀，我一直覺得你和別人有點不一樣，可是又想不出是哪裡特別，現在我終於知道了，你在說話的時候，很少會用到語助詞耶！」

他頓了頓，「眞的？」

「你看，你現在就沒說啦，一般人大多都會再加個『嗎』，比如說『是嗎？』、『眞的嗎？』，可是你就不會，難怪聽起來會給人一種嚴肅、不太好親近的感覺。」

「嚴肅……」尙東磊茫然地問：「妳覺得我是這樣的人？」

邵曉春趕緊解釋：「對不起，我沒有要損你的意思啦，只是因爲你平常都面無表情又不多話，所以比較容易給初次見面的人留下這種印象。但我發現你其實很好相處，跟你聊天也很輕鬆自在！」

「眞的？」

「眞的！」邵曉春用力點頭。

「那就好……」他低語，望著腳下的綠茵沉聲說道：「其實我從以前說話就是這樣，過去也沒注意到有什麼不好，直到後來被幾個學長當面出言挑釁，我才發現原來我這種表情會讓有些人看不順眼，甚至感到不愉快。可是我不曉得該怎麼改變，才能看起來好一點。」

「哎唷，你不用管那種人啦，他們看你不順眼，是他們自己的問題，跟你又沒關係！其實這也是你的個人特色呀，別人想模仿都還模仿不來呢！你就表現出你最自在的樣子就好，像我就很欣賞這樣的你，根本不覺得你需要改變，我是認眞的喔！」

對上邵曉春晶亮篤定的眼睛，尙東磊輕輕頷首，「謝謝。」

「不會啦。」邵曉春伸了個懶腰，望著遍地翠綠，「欸，尙東磊，我問你唷，你爲什麼會想要打籃球啊？」

尙東磊含住吸管，思考了一下才回：「因爲老師認爲我的運動細胞不錯，說我適合打球，所以拉我進入籃球隊，就這麼一直打到現在。」

「就這樣？不是因爲你對籃球有興趣？我還以爲你只要碰到籃球就會滿腔熱血，比如說希望未來能打入職籃、NBA……諸如此類的，都沒有像這樣的夢想嗎？」

「沒有。」尙東磊搖頭。

她一臉不可思議，「那你怎麼能一直打到現在？」

「我雖然覺得打籃球很好玩，但沒有到狂熱的程度。那時老師跟學長鼓勵我加入校隊，我也覺得沒什麼不可以，就加入了。」

他接下去說道：「不過比起籃球，現在更吸引我的，應該是那種團隊合作的感覺。我剛開始打球時很自負，很不喜歡輸的感覺，習慣自己一個人衝來衝去；直到有次在重要的比賽中失利，才終於轉變心態，懂得尊重隊友跟團隊合作。後來我才開始慢慢覺得，打籃球好像變得比以前更有趣了。」

尙東磊停住，反問：「爲什麼要問這個？」

「喔，因爲前陣子有人問我寫小說的動機，我一直以爲是自己有興趣才開始寫小說；可是現在仔細回想，卻又覺得好像不只是這樣，但偏偏我怎麼想也想不通到底是爲什麼。」

「妳爲什麼那麼想知道？如果不知道的話，妳就沒辦法再寫小說？」

邵曉春愣愣搖頭。

「那不知道又有什麼關係？」尙東磊望向她問道。

她與尙東磊對視，一時之間兩人都沒再說話。

離開舊校舍時，校園裡已經沒什麼學生，兩人在夕陽的餘暉下一同走向校門口。

「你現在已經可以開始練球了嗎？」

「可以。」尙東磊關心地問：「那妳的手機拿回來了沒？」

邵曉春把手機拿出來在他眼前一晃，「救回來了。如果你下次有急事沒辦法來，可以直接打給我，當然沒急事也可以打啦，哈哈！」

尙東磊聞言，定定看著她，「眞的可以？」

「嗯，不一定要有關小說的事，只要你有任何事情想告訴我，隨時都能打來，傳LINE也可以。我們現在應該已經是朋友了，沒錯吧？」

他的目光始終停留在她臉上，「嗯。」

「啊，不過，如果我不小心說錯了什麼話，有讓你覺得不舒服或不高興的地方，你一定要讓我知道喔！簡博安說我有時候挺白目的，說話都不經大腦，所以你不要委屈自己，絕對要說出來，好嗎？」

「好。」他的脣角揚起一道好看的弧度，露出一口乾淨白齒。

尙東磊笑了。

邵曉春十分意外，這是她第一次這麼清楚看見尙東磊的笑容。訝異之餘，不禁心想，要是他可以常笑，那大家對他的印象，或許就會完全改觀了吧？

兩人跨出校門口，正要往捷運站的方向走，邵曉春隨即注意到前方的某個身影。

邵曉春停下腳步，儘管只看見背影，她還是很快地認出那人是韓詩妘。還以爲她早就已經和簡博安一起回家了，沒想到她也這麼晚才離開學校。

由於韓詩妘已經走遠，邵曉春來不及叫住她，只是目送著她消失在自己的視線裡。

尙東磊問：「怎麼了？」

「沒有，只是剛剛看到一個朋友……」邵曉春當下沒再多想，「你家離學校遠嗎？」

「還好，搭個公車很快就到。」他送她到捷運站，愼重地對她說：「路上小心。」

經過了這些日子以來的相處，邵曉春越來越覺得尙東磊這個人其實比想像中有趣。

始終關注邵曉春和尙東磊的李敏珂，得知兩人「發展順利」，隔天一到學校便異常亢奮。

「不錯嘛，想不到你跟尙東磊這麼合得來，一個看起來悶得要命，另一個吵得要命，居然還可以迸出火花，曉春妳眞厲害！」

「什麼火花不火花？我跟尙東磊又沒什麼，就只是普通朋友而已啊。而且他其實也沒那麼悶，眞要聊起來也是可以很健談的。」邵曉春辯解。

「是對妳才特別健談吧，不然他幹麼對妳那麼好，願意每個禮拜三特地幫妳看小說？我覺得妳可以考慮看看喔，雖然尚東磊乍看之下有點可怕，但整體看來還是滿不錯的！」

「只要是籃球隊的人對妳來說都不錯吧？」邵曉春翻翻白眼，「小珂，妳不要亂猜我跟尚東磊的關係啦！再說，他天生就長那樣，又不是故意的，妳不要光憑外表就誤會人家，這樣他會難過的。」

「好好好，我知道了。對不起啦，讓妳心疼了。」

李敏珂滿臉曖昧，讓邵曉春覺得現在不管說什麼都只會越描越黑。

她們原本打算放學相約到速食店寫作業，但邵曉春前一晚熬夜寫稿寫得太晚，早上睡過頭遲到，被藍宇處罰要把教學大樓的花圃全部澆過一輪水才能回去。

雖然又被處罰，但這跟之前的懲罰相比之下實在輕鬆太多，因此邵曉春不但不埋怨，反而對藍宇感激涕零。

放學後，李敏珂先去速食店占位子。當邵曉春澆完花，準備去跟好友會合時，卻在前往校門口的途中，再次看到韓詩妘的身影出現在圍欄外。

韓詩妘的身邊跟著一個男生。

但是那個男生並不是簡博安，他們正朝著捷運站的反方向走去。

眼前這一幕讓她不由得回想起，之前去體育館找尚東磊的時候，似乎也曾看到一個很像是韓詩妘的女生身影。

邵曉春忍不住好奇，跟了上去。

看邵曉春姍姍來遲，正在滑手機的李敏珂抬頭埋怨：「曉春妳好慢，怎麼這麼久？我肚子都快餓扁了，先去點餐了喔！」

邵曉春始終不發一語，等到李敏珂點餐回來，才發現她面色有異。

「曉春，妳怎麼啦？」

「小珂，我問妳，妳知道詩妘除了簡博安以外，還有其他特別要好的男性朋友嗎？」

「詩妘？我不曉得耶，怎麼了嗎？」李敏珂揚眉。

「我剛剛在離開學校的路上看到她和一個學長走在一起。」邵曉春沉聲說道。

「學長？」李敏珂拿起漢堡準備開動，「會不會只是朋友而已？」

「只是朋友的話，會十指交扣牽手，然後接吻嗎？」邵曉春的表情陰沉。

李敏珂手中的漢堡一時沒拿穩，差點掉到托盤上，她驚愕道：「眞的假的？」

邵曉春拿出手機，將方才跟蹤他們所拍下的親暱照片拿到李敏珂眼前。

李敏珂看著看著，臉色發白，完全不敢置信：「怎麼會這樣？詩妘怎麼會做出這種事？她跟簡博安感情不是很好嗎？」

「我也不知道。」邵曉春緊咬下脣，「我們現在要怎麼辦？」

「怎麼辦……」李敏珂手足無措地喃喃自語，隨後提議：「要不要跟簡博安說？」

「妳說得出口嗎？」邵曉春皺眉。

李敏珂露出爲難的神情，「不然，我們私底下找詩妘談一談？問問她到底是怎麼一回事？」

「好，我現在打給她！」邵曉春急忙點進手機通訊錄，卻馬上被李敏珂制止：「等一下，曉春，妳不要衝動，我們先想想要怎麼跟她說會比較好吧？」

「為什麼還要想？當然是直接問啦！」邵曉春氣到渾身發抖，「她怎麼可以這樣對簡博安？居然背著他偷偷跟學長約會，做出這種事太過分了吧？」

「我知道妳很生氣，可是如果妳衝動地打給她，萬一詩妘不承認怎麼辦？」

「證據都有了，她能不承認嗎？不行，我不能接受，我一定要詩妘給我一個交代！」

邵曉春正要撥電話，李敏珂又抓住她的手，勸阻道：「我想到了，不然我們先觀察一下情況，看看詩妘跟簡博安之間最近是不是有什麼問題，也順便問簡博安知不知道這個學長是誰，之後再決定要不要告訴他。雖然我也很生氣，可是這畢竟是他們兩人的事，所以還是讓他們自己解決會比較妥當，我們最好別干涉太多，否則對大家都不好。」

邵曉春一聽，才慢慢放下手機，但內心的怒氣仍然無法平息。

當天晚上，邵曉春在臉書上小心地探問簡博安，得知他和韓詩妘前天晚上還一起逛街，感情依然甜蜜，並沒有什麼問題。

邵曉春在跟蹤韓詩妘時也拍到了學長的獨照，便把照片傳給簡博安看，他馬上認出這是和韓詩妘同一個社團的三年級學長，韓詩妘曾告訴他，說他們從國中時就認識了。

「這次輪到他撿到妳的小說了嗎？哈哈哈！」簡博安不覺有異，開玩笑地問。

「不是啦。」每打出一字，邵曉春的心就像被針扎一次難受。

她終於明白，原來韓詩妘有時會在學校待這麼晚，就是爲了和那個學長見面。

韓詩妘放學先是與簡博安一起回家，和他道別後，再從捷運站偷偷溜回學校。若不是偶然撞見，邵曉春根本想不到韓詩妘居然會背叛簡博安，還欺騙了他們這麼久。

接下來該做的，就是將這件事告訴簡博安，可是邵曉春猶豫了半天還是說不出口，陷入了天人交戰。

◆

星期六那天，邵曉春到陸之陽家裡作客，齊廣成恰巧也在，三人坐在客廳一塊吃著點心。

深感煩惱的邵曉春突然好奇，如果是以成年人的角度來看的話，他們會如何解決這個問題？

於是，她決定試探地問道：「之陽姊姊、齊哥哥，我有一件事想請教你們。」

「好啊，妳說。」陸之陽笑著對邵曉春點點頭。

邵曉春坐正身子，吶吶地問：「假如你們不小心發現……好朋友的情人偷偷腳踏兩條船，你們會怎麼做？會馬上告訴你們的朋友嗎？」

陸之陽跟齊廣成安靜下來，驚訝地互望一眼。

齊廣成首先回答：「我想，我會依我好友的個性來決定怎麼處理，假如他沒辦法接受這種事，我就不會告訴他。」

他話才剛說完，坐在一旁的陸之陽立刻瞪大眼睛，驚訝地反駁：「這種事有誰能接受？當然要和他說啊！」

齊廣成解釋，「我的意思是，如果我的朋友是個無法控制自己的脾氣、容易衝動，或是嫉妒心強烈的人，我就會先仔細斟酌，考慮到底該不該跟他說，否則他也許會在盛怒之下做出不理智的事。或者我可能會告知好友的情人，讓她知道你已經發現這件事，請她盡快私下處理。無論如何，這種事也只能讓當事人自己解決，要是太過干涉，我的好友也可能不會領情，反而責怪我亂說話。所以，假如我的朋友是個不能成熟處理事情的人，我是不會告訴他的。」

陸之陽不以爲然，「我不認同，誰會喜歡被欺騙？要是發現身邊的好友早就知情，卻什麼都沒透露，那最後知道眞相後，受到的打擊不是更大嗎？你一定沒想過被背叛的人的心情吧？這種事拖得越久，對被害者的傷害就越大，不管結果再怎麼不堪，身爲他的朋友就是要讓他早日看清眞相，這樣才能幫助他早點走出來，不再浪費時間在對方身上。如果因此被好友怨恨，那就證明他不明事理，不懂誰是眞正爲他好。明知好友被情人背叛，卻必須裝傻，繼續看朋友被騙，這種事我絕對做不到！」

「我知道，但是每個人的狀況本來就不一樣，也不是每個人都能夠承受這種事情，所以我認爲這個問題沒有標準答案，完全因人而異。我只是單純分享我的想法，並不代表我會縱容這種事。」齊廣成回應。

陸之陽質問：「問題是你這種作法聽起來就是在縱容呀！那我問你，假如現在是你的好友劈腿，而且屢勸不聽，你敢不敢老實告訴他的女友？還是認為這樣做也等於背叛了你的朋友，擔心他怪罪於你，最後乾脆默不吭聲，選擇坐視不管，眼睜睜看著那個女生繼續傻呼呼的被騙？」

邵曉春瞠目結舌，沒想到自己這一問，竟然會讓兩人當場激烈辯論起來，連忙大喊：「那個，之陽姊姊、齊哥哥，你們不要激動，我只是突然好奇問問，想聽聽看你們的想法而已！」

邵曉春接著望向齊廣成：「所以……假如齊哥哥是被劈腿的那個人，你會寧可傷心難過，也要知道眞相，對不對？」

「對。」齊廣成頷首，「我會選擇知道事情的眞相。」

邵曉春只覺喉嚨乾澀，再也說不出任何一句話。

傍晚回到家裡，邵曉春回到自己的房間趴在書桌上發呆。在聽完陸之陽和齊廣成的說法後，她的思緒依舊一片混亂，沒想到即使是心智成熟的大人，面對這種事也會有如此截然不同的看法，愛情果然是最複雜棘手的千古難題。

打開臉書，看到簡博安今天又和韓詩妘出去約會，還放上兩人親暱的甜蜜合照，邵曉春只覺得心情更加複雜，完全不知道自己該要怎麼做了。

就在這時，不知道爲什麼，她想到了一個人。

猶豫許久，邵曉春決定傳訊息給那個人，卻遲遲沒收到回應。

將近十五分鐘過去，她也不好意思再傳訊過去叨擾，決定出去走走，到書店翻翻小說，轉換一下心情。

到了書店，邵曉春心不在焉地走過一排排花花綠綠的書櫃前，隨意瀏覽。來到雜誌區時，某本刊物突然引起她的注意，也留住她的腳步。

那是一本創刊已久的藝文雜誌，邵曉春忍不住拿起那本雜誌，專注地凝視起封面右上角的紅底白字圖樣。

剎那間，一股熟悉感湧上心頭，讓邵曉春不自覺地掉進回憶裡，連前一刻還在煩惱的事，也在此刻暫時忘卻。

「曉春，妳爲什麼會想要寫小說呢？」

直到口袋裡的手機鈴聲忽然響起，她才猛然回過神來，匆忙接起電話：「喂？」

「妳找我？」對方問道。

「呃……對。」聽到另一頭隱隱傳來運球和說話的聲音，她好奇問：「你現在在外面嗎？」

「嗯。」

與對方通完電話，邵曉春隨即走出書店。

她搭上公車，二十分鐘後，來到一座鄰近河堤的戶外運動場。

一身輕便運動裝扮的尙東磊，早已經抱著籃球坐在街燈下等候。

看到邵曉春氣喘吁吁的跑過來，他站起身，「妳其實不用特地趕過來的。」

「嘿嘿，反正我正好想出來透透氣，乾脆就直接過來找你，沒有打擾到你吧？」

「沒有。我剛剛在運動，所以沒有馬上看妳的LINE，抱歉。」

「沒關係沒關係，你不用道歉！」語畢，她環顧周圍，「你平常都在這裡練球嗎？」

「嗯，因爲離家近，只要籃球隊不用練習，晚上我就會來這裡練球或跑步。」

「你眞的很喜歡運動耶！」邵曉春打從心底佩服。

「我只是從很久以前就這樣被天天逼著練體力，最後就自然而然地養成運動的習慣了。」尙東磊回答。

「原來如此，不過我是第一次來這裡，感覺很不錯耶，視野好棒！」邵曉春想像尙東磊每晚在這裡練習投籃的樣子。「對了，你的籃球可不可以借我一下？」

尙東磊濃眉一挑，把籃球遞給她，邵曉春接過馬上跑到籃框下投籃，卻沒有投進。

直到投了第五遍，才投進一顆。

邵曉春洩氣地轉頭，「尙東磊，你都是怎麼投籃的？可以示範一次給我看嗎？」

他走到她身邊，拿起球，連瞄準的動作都沒有，直接從容地舉手射籃，只見球直直地落入籃網裡，而且還是個三分球，讓邵曉春看傻了眼。

「妳的身體要保持平衡，肩膀夾緊，膝蓋微彎，手也要再抬高一些，不要讓球擋住妳的視線。」尚東磊仔細示範。

經過尚東磊的指導，邵曉春再試了一次，只見球高高地拋飛出去，先是驚險地在籃框邊緣上轉了一圈，最後總算成功入網。

「投進了！」邵曉春驚喜歡呼，此時忽然一陣風吹來，讓她打了個噴嚏。

「怎麼了？」

「沒事沒事，這裡好像有點涼，我剛剛本來只是在家附近逛書店，所以沒有穿外套就跑出來了，我再多投幾顆球，讓身體暖和一下就行了。我覺得我好像有慢慢掌握到投籃的訣竅了！」邵曉春十分興奮，一副躍躍欲試的模樣。

尚東磊一聽，隨即脫下身上的夾克，「給妳。」

「不用了，我沒有那麼冷啦！」

「還是穿上吧。」他堅持。

邵曉春微怔，不好意思地笑道：「謝謝。」

套上尚東磊有點大的夾克，邵曉春再投了一次球，很幸運地又投進了，她開心地跳了起來，大喊：「尚東磊，我又進了耶，你看我是不是也有打籃球的天賦呀？哈哈哈！」

當她捧著籃球小跑步回到他面前，尚東磊的目光卻突然落到一旁。

邵曉春好奇地問：「怎麼了嗎？」

「沒有。」他低低回了一句，微微別過頭，臉上看不出任何情緒，「妳說有事情想問我，是什麼事？」

「喔，那個……」邵曉春的視線左右飄忽，停了幾秒才開口：「其實也沒什麼，只是我有一件事想聽聽別人的意見。」

邵曉春其實很想知道，如果是尙東磊碰上這種事的話，會怎麼處理？

畢竟他和簡博安年紀相仿，想法可能會比較相似。

她並沒有說出事件的主角是簡博安，只問尙東磊如果他是被劈腿的一方，會不會希望知道事情的眞相。

原本就不多話的尙東磊被這麼一問，更是陷入沉默。他低頭沉思了一陣，待抬頭對上邵曉春那雙期待答案的眼神時，又安靜了一會兒。

「如果是我的話……」他將視線移開，盯著地上的籃球，緩緩說：「我應該不會想知道。」

邵曉春深感訝異，「爲什麼？」

「如果我眞的很喜歡她，那我寧可繼續被矇在鼓裡，也不想知道事情的眞相。」

「可、可是，要是知道自己被背叛，卻還要裝成什麼事都沒發生，這樣不是太委屈自己、太痛苦了嗎？」

尙東磊點點頭，「問題是，假如最後可能會失去對方，也許我就會爲了不讓她離開我而假裝不知情。」他語氣平靜，彷彿談論的是件再尋常不過的小事，「如果我眞的非常喜歡她，我就會選擇這麼做。」

邵曉春啞口無言。

原本好不容易下定決心想將真相告訴簡博安，卻在聽到尚東磊的回答後，開始動搖。

掙扎了整整一夜，邵曉春終於做出了決定。

她不想看到簡博安受傷，所以不打算告訴他，但同時會去找韓詩妘談清楚，要她在學長和簡博安之間盡快做出選擇。

星期一的中堂下課，李敏珂突然把一罐飲料放到她桌上，「曉春，這是簡博安要給妳的。」

「咦？」邵曉春有些意外。

「我剛剛在合作社遇到他，他說妳這陣子看起來愁容滿面，所以請我把飲料拿給妳，算是為妳打氣。」李敏珂嘆了一口氣，「我剛才都不知道該怎麼正眼看他了，心裡真的好難過。妳跟簡博安那麼好，又和他認識這麼久，感覺一定比我更糟吧？」

邵曉春盯著桌上的飲料，心情滿是苦澀。

「對了，曉春，妳不是打算跟詩妘談嗎？我稍微跟簡博安打聽過了，他說詩妘今天跟學姊約好放學後去逛街，所以不會跟他一起回去。妳覺得我們要不要趁機去找她好好談一談？」李敏珂提議。

邵曉春悄聲問：「小珂，妳覺得詩妘在騙簡博安嗎？」

見李敏珂默認不語，邵曉春做了個深呼吸，挾著破釜沉舟的氣勢，雙手握拳，「好，那我們今天放學一起留下來，看看詩妘是不是眞的在說謊。」

簡博安後來傳訊息問她們放學要不要一起去速食店吃東西，爲了不讓他起疑，兩人各自找了個藉口，婉拒他的邀約。

放學鐘聲一響，學生紛紛步出學校，邵曉春和李敏珂也動作迅速的在校門口附近選好了埋伏的地點。

等人潮都走得差不多之後，她們繼續耐心地等著，最後果眞發現韓詩妘獨自從穿堂半跑半走而來，還不斷左右張望，行跡非常可疑。韓詩妘一走出校園，她們立即尾隨跟上，當看到那個站在人行道轉角處的男生時，兩人心中一涼。

韓詩妘果然是和那個學長見面。

他們直接走向學校後門的角落，那裡是比舊校舍還要偏僻的地方，平時根本不會有學生經過。

看著韓詩妘和學長神態親暱的坐在一起，彼此緊牽著手，韓詩妘接著還將頭靠在學長的肩上。

邵曉春和李敏珂悄悄地走近，他們的交談對話也隨之傳入耳中。

「簡博安有問妳要去哪裡嗎？」學長問。

「我跟他說今天要跟學姊去逛街。」韓詩妘笑道。

邵曉春跟李敏珂面色凝重的互望一眼，屏氣凝神的聽下去。

「你們現在還會四個人一起出去玩啊？我有在臉書上看到你們的合照。」

「對呀，其實我根本不想跟他們一起出去，我覺得他們好幼稚，每次跟他們說話都覺得好無聊，跟你在一起還比較有趣。」韓詩妘用甜甜的溫柔嗓音抱怨。

「不是有一個很愛寫小說的，叫邵曉春對不對？她現在還會一天到晚逼你們看她寫的小說嗎？」

「會呀，老實說，我們對她的小說根本就沒興趣，如果寫得好也就算了，問題是寫得一點都不好，每次她問我的感想時，我還要假惺惺的跟她說寫得很棒，又要一直鼓勵她，眞的好煩喔！」韓詩妘的聲音充滿不耐。

「喔？聽妳這麼講，我還挺好奇她到底寫得有多爛耶。」

「各方面都很爛啊，不只人物設定奇怪，情節漏洞百出，連最基本的故事背景也交代不清楚，而且劇情都發展得莫名其妙，我覺得自己隨便寫寫還比她好，她的小說簡直跟小學生寫出來的水準差不多，一點重點也沒有，完全讓人讀不下去。每次看到一半我就覺得頭好痛，好想拜託她不要再寫這些傷我們眼睛的東西，偏偏她沒天分又愛寫，寫不好又愛吹噓，開始寫了又寫不完，我眞的受夠了，根本就是在折磨人嘛！」韓詩妘抱怨連連。

學長笑到肩膀抖個不停，「這也太扯了，妳下次也把她的小說拿給我吧，我想讀讀看是不是眞的有這麼糟糕。」

「好呀，不過我想你看完第一頁應該就看不下去了，隨便翻翻就好，千萬不要太認眞。」韓詩妘跟著掩嘴笑道。

他們的嘻笑聲不斷傳來，這時李敏珂的臉色早已慘白一片，她拉拉身邊動也不動的邵曉春，「曉春……我們不要聽了，先離開好不好？」

才剛往後退一步，就撞在了某個人身上，回頭一看，那個人居然是簡博安，她們忍不住同時發出驚呼聲。

而這一聲驚呼也驚動到了甜蜜依偎的韓詩妘和學長，兩人連忙拉開彼此的距離。

此時現場的氣氛一陣尷尬，沒有人敢說話。

簡博安靜地望著韓詩妘及學長，面無表情的開口：「邵曉春、李敏珂，抱歉，妳們先走吧。」

邵曉春還來不及回應，就被李敏珂用力拽走。

回到校門口後，邵曉春因爲驚魂未定而顯得有些精神恍惚，不安地問：「我們放簡博安一個人處理眞的沒關係嗎？」

「應該沒問題，我相信簡博安他會好好處理的，讓他們自己解決吧。」李敏珂停下腳步，緊張兮兮地盯著她，「曉春，倒是妳還好嗎？」

「咦？什麼？」

「就是詩妘剛剛說的那些話……」李敏珂欲言又止。

邵曉春呆了呆，搖搖頭：「喔，我沒事啦，重點是簡博安，現在最該擔心的是他才對！」

李敏珂依然滿臉不安，「妳眞的沒事嗎？」

「眞的沒事啦，寫、寫小說碰到批評，本來就是很正常的事，又沒什麼大不了的，妳看網路上那些眞正有名的作家，才是被大家批得更慘呢，像我這種不算什麼啦，我不會在意的！」

望著邵曉春的笑臉，李敏珂心裡更是憂慮了。

這天晚上，邵曉春沒有打開電腦，完全失去了寫小說的動力。

她坐在床上環抱膝蓋，靜靜靠著牆壁發呆。

李敏珂打了電話過來關心：「曉春，妳在幹麼？」

「我、我在忙呀，怎麼了？」邵曉春隨口回了句。

「沒有啦，因爲我看妳沒有上線，LINE也沒讀，所以想問問妳在做什麼……」李敏珂的聲音漸漸低了。

「喔，我在忙著寫小說啦，剛剛寫得太專心了，所以沒有看到妳的訊息，抱歉抱歉。我今天寫得特別順唷，有種靈感大神上身的感覺，打了兩個小時都還停不下來，好久沒有寫得這麼過癮了！」邵曉春的口吻故作歡快。

「曉春……」李敏珂的語氣有些遲疑：「其實簡博安很擔心妳聽到詩妘說的那些話之後，心情會受到影響，可是他現在沒辦法親自打給妳，所以才請我幫忙關心妳，希望妳可以諒解。」

邵曉春微微一愣，「簡博安他……現在還好嗎？跟詩妘談過了嗎？」

「不知道，我還不敢問，但我有問他爲什麼會知道詩妘在那裡，簡博安說他是跟著我們過去的，因爲我們明明跟他說各自有事要回家，他卻在放學後看到我們一起往學校後門的方向走去，加上他想到妳這幾天心事重重的模樣，覺得事有蹊蹺，才偷偷地跟在我們後面。我想他是眞的很擔心妳，才會這麼做的。」

邵曉春頓了頓，回應：「好，我知道了。」接著，她又開口：「小珂。」

「嗯？」

「我之前……一直跟你們抱怨小說寫不完，還老是逼著妳跟簡博安看我寫的小說，你們應該覺得很困擾吧？」邵曉春緊咬下唇，「對不起，我以後不會再這樣了，眞的很抱歉。」

李敏珂慌了：「曉春，妳不要這麼說啦！」

「沒事沒事，今晚睡過一覺後，我就會忘記這件事了，所以不用擔心我啦，幫我跟簡博安說一聲我沒事，無論如何，我們這些好友都會在他身邊支持他的。那就先這樣，我繼續去打小說嘍，明天學校見，晚安。」

切掉通話的那一刻，滾大的淚珠從邵曉春的眼裡奪眶而出。

邵曉春將臉埋入雙掌之中，再也抑止不住地顫抖啜泣起來。

她哭了很久，哭到雙手都被淚水沾溼，覺得心好痛好痛。

最後當邵曉春虛脫地躺在床上時，臉頰仍掛滿淚痕，直至枕頭也逐漸浸溼了一小塊，才終於累得閉上眼睛，昏昏入睡。

◆

星期三的日落時分，邵曉春一如往常帶著這週剛完成的小說紙稿前往舊校舍，而尚東磊也如同往昔一樣接過紙稿，坐在一旁專心閱讀。

邵曉春吞吞吐吐地說：「那個……尚東磊，假如你不喜歡這個故事的話，其實可以不用讀完的。」

聞言，他抬起頭，她伸手將小說慢慢從他手中抽回來，斂下視線。

「如果你覺得很難看，其實不用勉強自己繼續看下去，我可以理解的。從今以後，你再也不需要每個禮拜三都專程趕來這裡了，一直以來占用你的時間，眞的很抱歉，也謝謝你的幫忙。」邵曉春努力維持平靜的語氣。

尚東磊靜靜望向她，「是不是發生什麼事了？」

邵曉春抿脣，抓緊腿上的小說，輕聲回：「沒有，我只是發現自己從來沒有考慮過別人的意願，就硬是要大家讀我的作品，也沒想過這麼做可能會造成大家的困擾。我的故事明明就差勁得讓人讀不下去，但大家因爲怕傷害我而不敢對我說出實話，又不忍心拒絕我，這樣下去只會更讓大家備感壓力。我已經反省過了，決定以後再也不會強迫別人讀我的小說了。」

她忍不住鼻酸，「對不起，尚東磊。因爲我的一頭熱，害你不得不騙我說我的故事不錯，還願意每週花時間讀完它。現在我終於明白，我對我的作品其實並不是那麼有信心，所以才總是不滿意，而我越不滿意，就越難把故事寫完。因爲我沒自信，反而更渴望別人的肯定，希望能得到讚美。我不敢把作品給更多人看，就是因爲害怕失敗，我怕別人給的負面回應，會讓我發現自己其實並沒有寫作的天分。」

邵曉春將頭垂得更低，「我可能暫時不會寫小說了，我想等自己變得更好、也更有信心時，再重新開始。假如你覺得我是在逃避現實，心裡瞧不起我、想嘲笑我，我也不會反駁的，我知道選擇放棄很丟臉也很可恥，可是現在我眞的沒有繼續寫下去的動力了……」

尙東磊沒有出聲，邵曉春也沒有迎上他目光的勇氣。

長長的靜謐中，尙東磊凝視前方許久，才淡淡開口：「我上次有跟妳說過我國中打籃球時很自負的事吧？」

邵曉春微微一凜，「嗯。」

「當時我在比賽中能靠自己拿下許多分數，又被大家的讚美推崇沖昏了頭，覺得自己無所不能，根本不需要隊友的協助。就算教練曾狠狠教訓過我的態度，我還是堅持用自己的方式打球。結果因爲我的一意孤行，害我們的球隊在聯賽中連敗好幾場，連預賽都過不了，成爲第一個慘遭淘汰的隊伍。」

尙東磊無視邵曉春驚愕的神情，繼續說：「那是我第一次發現自己原來並沒有那麼厲害，一連串的敗北也讓我的自尊心徹底瓦解，都是因爲我，才害大家比賽不能晉級。原以爲教練從此不會再讓我打球了，可是他還是讓我上場，甚至罵都沒有罵我一句。我忍不住問他爲什麼，他說以前的我太過一帆風順，沒遇過什麼挫折，所以他認爲這次的『失敗』對我來說就是最慘痛的教訓，同時也是最好的禮物。因爲失敗，我才能看清自己的弱點和缺點。他說如果我想進步，就要先從認清自己開始，知道自己哪裡不足就從哪裡改進。而我那時最致命的弱點就是自視甚高、目中無人。於是，我試著不再以自我爲中心，學習多跟隊友溝通，終於同心協力一起贏得比賽。」

邵曉春因尚東磊的這番話而陷入沉思，腦袋裡尤其不斷迴響著其中一句話。

「失敗是禮物。」

同時，她也想起了藍宇對她說過的話。

「那就要看妳對失敗的定義是什麼了。」

尚東磊望向遠方：「在那之後，只要我們每次輸球，教練就會提醒我們，當你已經覺得很難過沮喪的時候，就別再對自己『自我肯定』，有時一味的肯定跟鼓勵只會徒增壓力，尤其在陷入谷底時更是半點用處也沒有。這時，還不如選擇『自我接受』，去面對已經輸球的事實；可以盡情的生氣或是不甘心的大哭一場，等冷靜下來之後再開始思考輸球的原因，下次再碰上這種狀況時可以怎麼改進。教練說，只有坦然接納自己並沒有那麼優秀和完美，才可以進步得更快，也能儘早擺脫輸球的陰影，把所有心力放在下一場比賽上。」

他的視線落在邵曉春手上的小說紙稿上，「我想，這也跟妳寫小說一樣，妳不需要在已經失去信心的時候，還硬要勉勵自己『下次我一定要寫得更好』，可以試著告訴自己『我知道我寫得還不夠好，但是我已經了解自己不足的地方，我會慢慢補足，一次比一次進步』，這樣或許能讓妳的心情比較好過一點。過去很多人都說我有打籃球的天分，但如果我沒有持續虛心學習和自我反省、沒有聽教練的話好好跟隊友團結合作，就算我的天分再高，一個人再會打，也不可能贏得比賽。」

邵曉春愣愣地盯著他，良久才開口：「你的教練人眞的很好耶。」

尙東磊頷首，「嗯，他是我最喜歡的一位教練，也是改變我最多的人，現在只要碰到低潮時，我就會想起他說過的話。」

他看向她，繼續說：「妳之前曾告訴我，妳很想寫完一個故事，如果有人在等待妳的小說，那妳說不定就有動力寫完它，這是妳從國中一直以來的願望，所以我想幫妳達成。只要我一直讀，妳就會一直寫；若我願意讀到最後一頁，妳也會堅持寫到最後一頁，那樣的話，就算妳覺得自己寫得很差，最後還是會努力地把小說寫完，我認爲這遠比妳寫得好還要來得更重要。所以只要妳寫，我就會看，從來不覺得有什麼勉強；更不可能笑妳，我不會嘲笑一個爲夢想努力的人。」

尙東磊始終平穩有力的語調，讓邵曉春的眼眶逐漸泛紅。

邵曉春低頭注視著手上的小說紙稿，很長一段時間不敢抬頭，就怕被發現她的淚水快要潰堤。

她的內心感動萬分，激動不已。尚東磊剛剛說的那些話，讓她現在不禁想要大哭一場。

「尚東磊，謝謝你。」說出最後一個字時，邵曉春還是不小心哽咽了。

每一道灑落在她身上的夕陽餘暉，都讓她感到無比溫暖。

◆

下班時段的咖啡館裡人潮湧現，陳菲菲一看到陸之陽推門走進，連忙向她微笑招手。

陸之陽放下包包，在她對面的位子坐下，「等很久了嗎？」

「不會，我也才剛到不久。」陳菲菲將一盒禮物移到她面前，「這個送妳，我在布拉格買的。」

「謝謝，蜜月旅行愉快嗎？」

「嗯，雖然我老公的工作太忙，拖到這個月才能去玩，但我們還是玩得很愉快，去了很多地方。還有這個，給妳看看。」陳菲菲將一張照片遞給她。

接過那張超音波照片時，陸之陽驚喜地道：「妳懷孕了？」

「對呀，是個女生，身邊朋友我第一個告訴妳唷！」陳菲菲的眉眼之間滿含笑意。

「太好了，恭喜妳。不過妳懷孕還出國去玩，這樣會不會太累？」

「還好耶，其實沒什麼影響，不過還是被我媽唸了幾句。」陳菲菲笑道。

陳菲菲隨即調整了一下坐姿，語帶關心：「之陽，妳還是不肯原諒蔣莘嗎？」

陸之陽停頓了一會兒，搖搖頭，「不是原不原諒的問題，而是我已經決定要結束這段友誼了。她應該有找妳抱怨吧？」

「是呀，氣炸了。可是比起生氣，我覺得她更驚訝妳會對她說出那些話。其實不光是蔣莘，連我聽到時也覺得很訝異。」

「對不起，應該害妳過得不太安寧吧？」

陳菲菲笑得無奈，「我知道這件事其實是蔣莘不對，但妳也很清楚，她的個性從以前就是這樣，不過我認爲蔣莘也有點受到打擊，不然她的反應不會這麼激烈。假如她已經知道錯了，妳願不願意再給她一次機會呢？」

陸之陽凝視著陳菲菲，「妳覺得她能拉下臉親口跟我道歉嗎？」

陳菲菲一時語塞。

「我知道我和蔣莘的這件事讓妳的立場很爲難，但妳也說了，蔣莘從以前就是這種個性，問題是都已經過這麼多年了，到現在她還是這個樣子。從前我可以忍，是因爲我太過重視這份友誼，重視到不管她做出什麼傷害我的事，我都能忍氣吞聲。但是現在我們都長大了，很多想法不可能還跟高中時一樣。我會狠心放棄跟她多年來的情誼，不光是因爲蔣莘一直都沒有成長，也是因爲她帶給我的壓力，已經大於這段友誼給我的快樂了。我累了，菲菲，不可能再繼續忍氣吞聲，也不想再像以前一樣不被尊重。」陸之陽立場十分堅定。

陳菲菲凝視桌上的熱飲，嘆了口氣：「我明白，妳以前確實受了很多委屈，現在回想起來，我也覺得對妳很抱歉。雖然我不希望看到妳們變成這樣，但就像妳說的，我們確實都該長大了，假如蔣莩還停留在原地不肯改變，那妳選擇離開也是沒辦法的事。」

「眞要追根究柢的話，我也有不對的地方，可能是我一直以來都不生氣也不反抗，才會讓蔣莩以爲她可以這樣對我吧？」陸之陽心中不無感慨。

陳菲菲問道：「妳會恨蔣莩嗎？」

「不會，在我心中還當她是朋友，只是已經沒辦法再像過去那樣跟她相處了。而我也清楚不是所有的友誼都能夠維持一輩子，不如順其自然，不要強求。」陸之陽莞爾一笑，「不過我希望我跟妳的友誼還能繼續下去。」

「那當然，我可捨不得失去妳這個好姊妹，妳還得當我寶貝女兒的乾媽呢！」陳菲菲認眞說道。

「這當然沒問題，我現在就已經在想該送什麼禮物給我的乾女兒了。對了，爲了不讓妳困擾，妳以後可以不用再回應我臉書上的訊息，也不用點我的貼文讚，以免蔣莩看到不高興，又波及到妳身上。」

陳菲菲聞言，苦笑著點頭表示明白。

結束與好友的晚餐後，陸之陽回到住處，習慣性的先停在一樓，打開信箱查看。

她拿出幾封信件，發現有一張粉紅色信封，上頭的筆跡十分工整漂亮，不過收件人的名字寫的是邵曉春。

於是她便直接把信送到六樓，摁下門鈴，出來應門的是邵曉春的母親。

陸之陽先打招呼：「妳好，我這裡有曉春的信，對方應該不曉得妳們已經搬家，所以寄到我這兒來了。」

「好，謝謝妳。」邵母笑盈盈地接過，看了一眼卻面色有異，盯著信封不發一語。

陸之陽好奇地問：「怎麼了嗎？」

「沒什麼。之陽，妳有和曉春提起這封信嗎？」

「沒有，我剛剛才收到這封信，就直接拿過來了。」

邵母明顯鬆了一口氣，「之陽，麻煩妳，假如以後妳再收到像這樣的信，請先不要告訴曉春，直接把信交給我就好。」

陸之陽一愣，「爲什麼？」

邵母神情有些緊張地往樓梯口跟電梯門張望，對陸之陽說：「進來坐吧，我倒杯茶給妳。」

踏進屋裡，陸之陽不見邵曉春的人影，忍不住問：「曉春還沒回家嗎？」

「是呀，她跟小珂去逛街，會晚一點回來。」邵母端著兩杯茶到客廳，遞過其中一杯給陸之陽時，再次語氣慎重的叮嚀：「雖然很唐突，但希望妳能答應我剛才的請求，我不想讓曉春知道這封信的存在。」

滿滿的疑惑自陸之陽的心底油然而生，「這封信……有什麼嚴重的問題嗎？」

邵母淡淡地笑了笑，「這是我前夫寄來的信。」

「前夫？」陸之陽一愣，「曉春的父親？」

「對，大概從兩年前開始，每逢曉春的生日和聖誕節，她爸爸都會寄卡片來，就連過年也會寄壓歲錢給她，我把那些錢直接存進她的戶頭，卡片也全都收了起來，沒有讓曉春知道。」

陸之陽很是驚訝，「爲什麼呢？」

「妳可以說是我的私心，但我並不想讓曉春和她父親見面。當年他完全不顧曉春還年幼，執意跟我離婚，後來帶著別的女人遠走高飛，多年來對我們母女不聞不問，也不曾關心過曉春的情況。所以我實在不曉得他突然做出這些舉動，是不是因爲終於良心發現，想要彌補女兒？不過無論如何，我都不想讓那個人出現在曉春面前，讓他再傷害她一次。」

邵母面色凝重，幽幽地說：「我十六歲就懷了曉春，被我父親趕出家門，我不顧一切投奔曉春的父親，當時他還是個負責任的男人，加上我們深愛彼此，很快就結了婚。我公公婆婆還買了妳現在住的那間屋子給我們住，雖然我公婆對我不滿意，但前夫卻對我很好。直到婚後第三年，他開始每天早出晚歸、行蹤不定。當他第一次跟我提出離婚時，我並不願意，他就乾脆連家都不回，後來我才知道他在外面有了女人。」

她勾勾脣角，「妳知道那時他是怎麼跟我說的嗎？他說從前是他太年輕，不小心被愛沖昏頭，跟我結婚是因爲衝動，那個女人才是他的眞愛，是他在這個世界上的另一個靈魂。曉春的爸爸是個有才華的人，我剛認識他時，就是被他的浪漫和文采所吸引，但我怎樣都沒想到，有一天會親耳聽見他在我面前這樣形容另一個女人。」

陸之陽沒有跟著笑，視線更不曾從她的臉上移開。

邵母吁了一口氣，繼續說下去：「我曾經爲了曉春多次求他不要離婚，但他還是寧可拋棄孩子和這個家，也堅持要獲得自由。所以在曉春六歲時，我決定離婚，而他最後的仁慈，就是把房子留給我，不讓我公婆收回，因此我跟曉春才不至於流落街頭。離婚後我開始出去工作，從早忙到晚是常有的事，幸好那時我跟家裡的關係也修復了，忙到分身乏術時，我爸媽就會幫我照顧曉春。

「前幾年，我因爲工作太拚，累壞身體，甚至還被醫生警告，但我不能停下來，因爲我不想讓曉春吃苦，我想讓她沒有後顧之憂的快樂長大。我一個人獨自撐到現在，就是爲了給曉春一個安穩的生活，所以，我不想再讓那個人打擾我們，更不想讓他影響曉春。存了一筆積蓄後，我終於有能力買下一間房子，原本打算想搬離這棟大樓，但曉春說她喜歡這裡，加上住習慣了，離我的公司近，我上班也比較方便，因此最後還是決定留下。沒想到，那個男人今年又寄了信過來。」

陸之陽望向那封信，「曉春的父親寫了什麼給曉春？妳有打開看過嗎？」

「有，在我第一次收到國際郵件的時候，就覺得不太對勁，再看到信封上的筆跡，馬上就知道是他寄來的信，我認得他的字。我前夫在信裡關心曉春這幾年的生活，也向她道歉，還把他自己的電話、電子信箱、在國外的住址寫上，我想他是希望女兒可以跟他聯絡。」

「妳前夫有在信裡提到妳嗎？」

「沒有，隻字未提。」邵母揚揚嘴角，眼裡不見任何情緒。

「不管怎麼樣，我跟曉春現在過得很好，不想再讓他介入我們的生活。從他去年寄來的信中，我得知他已經回到台灣，希望能有機會跟曉春見面。關於我跟前夫離婚的原因，我只跟曉春說是我們個性不合，並沒有讓她知道她的父親外遇。曉春雖然看起來單純天眞，但其實心思很細膩，無論如何，我都不能讓曉春受到二度傷害。」

邵母懇切的望著陸之陽，「之陽，請妳體諒我這個當母親的心情，我知道曉春很喜歡妳，把妳當親姊姊看待，對我來說，我也將妳當成像妹妹一樣對待。我看得出來妳很疼曉春，但爲了她好，希望妳別告訴曉春這件事，跟我一起守護她，好嗎？」

邵母的殷切眼神讓陸之陽十分動容，只好點頭答應。

◆

五月底的春末，迎來的是邵曉春的生日。

星期五晚上，齊廣成和李敏珂來到陸之陽家中，要幫邵曉春舉行慶生派對，這次還多了一個新客人——簡博安。

由於李敏珂先前已經將邵曉春與簡博安最近遭逢的低潮偷偷告訴陸之陽，因此這次的聚會不只是要慶祝邵曉春的生日，更是爲了替他們加油打氣。

齊廣成從烤箱裡端出一盤熱騰騰的餅乾，陸之陽嚐了一片，大爲驚豔：「好吃，你眞的很厲害耶，什麼時候去學做餅乾的啊？」

「過獎了，隨便做做而已，妳不嫌棄就好。」齊廣成露出靦腆的笑容。

「這樣叫隨便做做？簡直好吃到可以開店了！下次來幫我多烤一些吧，我想上班時帶去當點心。」

「沒問題，只要妳想吃就隨時跟我說，我直接過來幫妳烤。」齊廣成笑道。

兩人邊吃邊聊的融洽氣氛，全被坐在客廳的簡博安看在眼裡，他轉頭悄聲對邵曉春說：「欸，我發現齊大哥其實是一個『妹控』。」

「為什麼？」邵曉春不解。

「很明顯啊，每次只要被之陽姊姊稱讚，他就會非常開心，高興得連眼睛都會發亮，妳們沒發現嗎？」簡博安分析。

兩個女孩也往廚房探頭一看，李敏珂隨即問道：「曉春，齊哥哥有沒有女朋友呀？」

「我也不知道，如果有的話，照理說假日應該都會跟女友約會，但我發現齊哥哥好像比較常來找之陽姊姊，所以我猜是沒有。」邵曉春手伸向一旁的洋芋片。

李敏珂再問：「那之陽姊姊呢？」

邵曉春叼著洋芋片揚眉，抱胸思考，「好像也沒有耶，我沒聽她說過。」

「真是的，妳常跟之陽姊姊在一起，怎麼連這個都不知道？不曉得之陽姊姊會喜歡上怎樣的人？」

「搞不好早就已經有心上人了也說不定喔！」簡博安加入討論。

三人正想繼續八卦時，陸之陽和齊廣成一起端著餅乾和蛋糕走了出來：「久等了，餅乾烤好嘍，蛋糕也準備好了，我們開始幫曉春慶生吧！」

眾人聚在一起開心地唱生日快樂歌，還送上邵曉春最想要的小說作爲生日禮物，讓她驚喜不已。

歡樂時光持續到深夜十一點，齊廣成因爲隔日還要上班，便先載著順路的簡博安一起回家，留下三個女生繼續聊天。最後女孩們索性直接在陸之陽家過夜，睡在另一間臥房。

凌晨十二點半，陸之陽出來上洗手間，卻發現邵曉春抱著膝蓋，一個人靜靜地坐在客廳的沙發上發呆。

她走過去關心地問：「曉春，怎麼還不睡？小珂呢？」

「我……睡不太著，所以想出來坐一坐。小珂已經睡了。」

陸之陽在邵曉春身邊坐下，「今年生日過得開心嗎？」

「當然很開心呀，我超感動的，謝謝之陽姊姊特地幫我辦慶生會，齊哥哥還親手幫我做生日蛋糕，再加上小珂和簡博安的陪伴，有你們陪在我身邊，我眞的覺得很開心喔！」

「那就好。」陸之陽摸摸邵曉春的頭，「恭喜妳十七歲了，祝妳接下來的這一年，也能一直開開心心。」

「謝謝。」邵曉春微笑，忽然問道：「對了，之陽姊姊，我想問妳一件事，妳現在有男朋友嗎？」

陸之陽一怔，隨即噗哧一笑，「怎麼會突然問這個呢？」

「因爲我們都很好奇妳跟齊哥哥兩人究竟有沒有交往的對象。」

「我沒有，他也沒有。雖然我沒有問過他，不過如果他有，應該會告訴我的。」

「那妳現在有喜歡的人嗎？」

陸之陽搖頭，「沒有。」

「那之陽姊姊以前應該有談過戀愛吧？」見陸之陽點頭，邵曉春眼睛發亮，馬上追問：「幾次？」

「三次。第一次是在高三，第二次是在大學時，第三次是在出社會後，我來到台北之前。」

邵曉春更好奇了，「他們都是怎樣的人？」

「嗯……」陸之陽也和邵曉春一樣雙手抱著膝蓋，坐在沙發上，「第一個男友是我的高中學長，他留級一年，分到我們班，坐在我隔壁，不但抽菸又愛打架，是個讓老師和教官相當頭痛的人物，我們認識兩個月就開始交往，但他後來一被退學，我們就分手了。」

陸之陽笑了笑，又接著往下說：「第二個男友是我的大學同學，交往時間最長，我當時還打算一畢業就跟他結婚呢，但是他最後劈腿被我抓到，所以也只能以分手告終。第三個男友是我的公司主管，是個快四十歲的中年人，我們在一起一年多，直到有天我不小心出車禍，在醫院躺了很長一段時間，一出院我就決定跟他一刀兩斷，隨後辭職離開家鄉，後來就搬來台北生活了。」

邵曉春張大嘴巴，「之陽姊姊的故事聽起來好轟轟烈烈喔！」

陸之陽有些自嘲，「是啊，我曾有過一段非常荒誕的過去。現在想想，我當時並不知道自己在做什麼，每天都過得很茫然。不過，我第一個眞心喜歡上的人並不是第一任男友，而是高一時認識的學長，他是妳齊哥哥的同班同學，兩人還是非常要好的朋友。但那時我太懦弱、害羞，只敢偷偷躲在一旁看他，從不敢主動接近，直到對方畢業都沒能提起勇氣跟他告白，最後這段暗戀就這樣無疾而終了。」

「可是，既然對方是齊哥哥的好朋友，爲什麼妳當時不找他幫忙呢？」

「因爲那時候我和妳齊哥哥還不熟，加上後來發生了一件事，我跟他就再也沒有說過話，直到後來我出了車禍，才終於和好。」看到邵曉春滿是問號的訝異表情，陸之陽眼神柔和地望著她，「我相信曉春妳比我聰明，也比我勇敢，所以絕不會像以前的我一樣，把自己弄得一團糟。有些年輕時無法弄懂的事，等到長大以後，答案自然就會出現了。」

邵曉春安靜了一會兒，輕聲地問：「那什麼事情，是等到之陽姊姊長大之後，才終於弄懂的呢？」

陸之陽沉吟，「我想，就是體認到妳原本深信不疑的一切，其實跟想像中的完全不同。妳會慢慢認清誰是眞心對妳，誰是有心利用妳。妳會開始只重視自己，但那並不是自私，而是終於開始懂得爲自己著想，想讓自己過得更好，因此願意離開那些不斷傷害妳、再也不適合妳的人。就像曾經再怎麼要好的朋友，未來也有可能形同陌路，永遠不再聯絡。

「至於愛情，以前會覺得能兩情相悅最好，但是相愛後該如何相處其實才是最困難的事。我們年輕的時候讀愛情小說，往往會希望男女主角最後能在一起，永遠只愛著對方，可是在那之後，兩人要能堅定不移地攜手走過五年、十年，甚至二十年，那才是眞正嚴苛的考驗。明明這是最純粹，也是最單純美好的一種情感渴望，卻會被未來的自己嘲笑不切實際。如果故事沒有完美的結局，我們就會說這就是現實；我覺得這才是成長最殘酷的地方，因爲長大後的我們，已經很難再去相信有眞正的永遠跟純粹的感情，很多時候只會想著怎麼做才能自私一點，不要被騙，不讓自己受傷。」

見邵曉春沒有回應，陸之陽一凜，趕緊說道：「抱歉，我說得太複雜了，這只是我的想法，並不代表每個人都是這樣。每件事都有一體兩面，長大當然也會經歷很多美好的事，我不希望妳被我的話嚇到。」

邵曉春搖搖頭，「其實我多少也能理解，就像我爸媽，我外婆說他們以前眞的非常非常相愛，我媽甚至還爲了他離家出走，結果他們還是分開了。」

陸之陽愕然地望著邵曉春。

邵曉春猶豫一陣，輕聲說：「之陽姊姊，妳之前不是曾經問過我，爲什麼會想要寫小說嗎？」

陸之陽點點頭。

「有一次我去逛書店，看到一本藝文雜誌，突然想起來那是我爸爸以前經常看的雜誌，聽說他曾經投過稿，作品也被刊登了出來。雖然我已經找不到刊有我爸文章的那一期，但我確實記得有這回事。爸媽離婚時，我年紀還非常小，可是他最喜歡的那本雜誌，我還留有印象。」

「所以，曉春妳會想寫作，其實是因爲妳的父親？」陸之陽繼續問：「妳是不是希望有天能讓妳的父親看到妳寫的文章？」

邵曉春囁嚅道：「老實說……我也不知道自己是不是這麼想，可是當我想起這件事之後，寫小說的時候常會不知不覺地想到他……」

陸之陽溫聲問：「曉春，妳是不是很想念妳父親？」

邵曉春表情一僵，絞弄起手指，「是不至於到想念啦……我其實也不太記得有關他的事。可是我還是會忍不住好奇，他現在人在哪裡、在做什麼、過得怎麼樣……」

「妳有沒有問過妳媽媽呢？」

邵曉春低下頭，「我不敢問。我怕要是讓媽知道，會讓她覺得受傷。」

陸之陽想起了邵母懇切的請託，一時有些恍惚。

「為了她好，希望妳別告訴曉春這件事，跟我一起守護她，好嗎？」

邵曉春吶吶開口：「之陽姊姊，這件事我只告訴妳一個人，連小珂都沒說過，就當作是我們之間的祕密好嗎？千萬不要讓我媽知道，求求妳。」

「好，我知道了。」陸之陽頷首，「妳還有在繼續寫小說嗎？」

「有，雖然前陣子發生了一件很難過的事，讓我差點放棄，可是後來有人鼓勵我、幫我打氣，他說只要我肯寫，就會繼續讀我的小說；有了他的支持，我決定堅持到底！」

「那就好，我很喜歡《花園森林》，妳要是放棄，我就看不到後續了。」

「之陽姊姊有看？」邵曉春又驚又喜，「不、不過，如果妳覺得還好，其實不用故意騙我說妳喜歡啦！」

陸之陽噗哧一笑，「我是眞的很喜歡，這個故事讓我印象很深刻。但我想問妳，故事裡的男孩跟有超能力的那個男生，都分別問了姊妹倆爲什麼會喜歡他們的原因，我對姊姊紅蘋果的答案很好奇，妳是怎麼想到那個回答的？」

「喔，這個啊，其實也沒什麼深層的意思啦。有些女生不就是會喜歡對自己冷漠、看起來不在乎自己的男生嗎？少女漫畫中有很多男主角都是這樣呀，男人不壞，女人不愛嘛！」

「原來如此。也許眞的是這樣吧，過去我交的那些男友，一開始也是對我完全沒興趣，反而激發我的征服欲望，非要對方專注看著我不可。幸好，在我出了車禍之後，也跟著清醒了，我發現我的每段感情之所以會落到那些悲慘下場，並不全然是前男友的錯，而是我自己的選擇；我也發覺比起前男友，或許我更愛我自己。所以當我看到紅蘋果的故事時，感覺就像看到了過去的自己一樣，覺得特別心驚膽顫呢！」

「所以之陽姊姊和三個男友分手的時候，都不難過嗎？」邵曉春好奇。

「會呀，但我難過並不是因爲太愛他們，而是因爲發現他們終究不屬於我。以前我的內心就像是有一個巨大的黑洞，自卑、脆弱，缺乏安全感，害怕被拋棄。因爲極度渴望別人的愛和肯定，才做出許多傷害自己，也傷害別人的傻事。」

陸之陽溫柔說道：「曉春，那個帶給妳力量、讓妳重新振作起來、願意在身邊支持妳的人，妳一定要好好珍惜，千萬不要在徹底失去他之後才後悔莫及。」

「之陽姊姊也有過這樣的人嗎？願意陪在妳身邊、給妳力量的人？」

「曾經有，可是最後他也離開了。」陸之陽眼神黯淡，「雖然那已經是很久以前的事了，可是我偶爾還是會想，假如那個人當時沒有離開，也許我就不會把自己的人生弄得一團亂了。」

邵曉春第一次見到這樣的陸之陽，不由得替她感到有些難過。

陸之陽食指貼脣，向邵曉春眨眨眼，「我說的這些，妳千萬不要告訴妳齊哥哥喔。他只知道我談過兩次戀愛，唯獨最後一次，我不想讓他知道。」

「爲什麼？」

「這個有點難以啓齒。我的第三任男友其實是個有婦之夫，但在他妻子發現之前，我就離開了他。以前我眞的是鬼遮眼，失去了理智才會這麼糊塗，直到後來發現自己眞的做錯了，爲了不再錯下去，才決定離開辭職，轉換環境開始新生活。要是妳齊哥哥知道了，說不定還會跑來質問我，我明明也當過別人的第三者，結果上次跟他吵劈腿的事還那麼理直氣壯。」陸之陽微微一笑。

「我倒覺得齊哥哥不會生氣，反而會很心疼，因爲我覺得齊哥哥眞的很珍惜之陽姊姊，對妳非常好。」邵曉春由衷這麼認爲。

「我知道，我也是在出了車禍後，才終於認清這世上眞心對我好的人，除了我媽之外，就是他了。」

「那之陽姊姊的爸爸呢？」

陸之陽沉默不語，許久才淡然道：「我不知道，其實我從來都不知道他是怎麼看待我的，只知道他曾經帶給我很深的傷害。我大學時會那麼想結婚，就是爲了能早日離開原來的家，擺脫我的父親，這樣就能擺脫那個家庭帶給我的痛苦。只是爲了母親，我終究還是隱忍並留下來，直到發現再不離開，我眞的會撐不下去，才終於狠心拋下那些牽絆，放自己自由。」

她嘆了一口氣，摸摸邵曉春的頭，「我眞的說太多了，妳應該聽累了吧？抱歉，我已經很久沒有跟別人提起這些了，希望妳不會覺得我這個囉唆的大姊姊很奇怪。」

「不會呀，我很高興可以像這樣跟之陽姊姊聊心事耶！雖然感覺妳以前遭遇了很多傷心難過的事，但我相信將來都會好轉的，妳也一定會再找到喜歡的人，那個在妳傷心的時候給妳力量、永遠在身邊支持妳的人！」邵曉春爲陸之陽打氣。

陸之陽笑了開來，「謝謝妳。那我們就把今晚聊的這些，當作只有妳跟我知道的祕密嘍？」

「好！」這時邵曉春忽然想到，「對了，之陽姊姊，我到現在都還沒有妳的LINE，可以加妳嗎？」

「當然可以呀，但我只有用電腦版的，手機沒有辦上網喔。」

「爲什麼？手機有網路的話不是比較方便嗎？」

「是沒錯，但老實說，我還是習慣打電話，覺得光用文字溝通有點冷冰冰的感覺，直接聽對方的聲音會比較溫暖親切。」

邵曉春驀然間呆住。

不知爲何，她總覺得這些話聽起來有點耳熟。

陸之陽看了時鐘一眼，「時間很晚了，早點睡吧！明天早上我再爲妳跟小珂準備一頓豐盛的早餐。」

「好，之陽姊姊晚安。」

「晚安。」

走回房間的途中，邵曉春仍不斷想著那股異樣的感覺究竟是從何而來。

直到闔上房門，她才驟然想起，忍不住小小驚呼了一聲。

陸之陽跟藍宇說了一樣的話。

Chapter 6

時序還未到七月，台北的氣候就已經熱得和盛夏沒有兩樣。

放暑假的前一日，簡博安約邵曉春以及李敏珂放學後在校門會合，當她們到達時，竟發現許久未聯絡的韓詩妘也在那裡。

雖然簡博安在那次事件後就和韓詩妘分手，韓詩妘卻仍希望兩人還能繼續當朋友，她一直想復合，但是簡博安並不願意。

「我可以答應繼續跟妳當朋友，但是妳必須先跟邵曉春道歉。」簡博安當著兩人的面，慎重地對韓詩妘說：「我從國中就看著這傢伙寫小說，所以我知道她有多努力；這些年來她付出的心血跟精神，不是妳隨隨便便就能污衊跟評斷的。我要妳現在就爲那天說出傷害她的話跟她道歉，如果妳不肯，那我們的事也不用談了。」

邵曉春跟李敏珂一臉驚訝，韓詩妘也神情尷尬。

見狀，邵曉春連忙打圓場：「算、算了啦，簡博安，我已經不在意了！」

「不行。」他絲毫沒有妥協的餘地，「她一定要道歉，這是她欠妳的。」

韓詩妘低著頭，雙手緊握書包背帶，終於吐出一句抱歉。

邵曉春萬萬沒想到簡博安會爲了自己這麼做，內心十分感動。

而他們的高一生活，就在這一段小小插曲中，劃下了句點。

開始放暑假後，邵曉春沒辦法繼續和尚東磊約在學校碰面，與他討論過後，決定時間不變，但改約在尚東磊平時練球的那座戶外運動場相見。

某個週三午後，邵曉春帶著稿件搭公車到了運動場，遠遠就看見尚東磊和幾個像是大學生的男生站著對峙，還有一群小學生躲在尚東磊背後，小小臉蛋上寫滿緊張與不安。

這一幕立即讓邵曉春腦中警鈴大作，直覺有事情即將發生，當她看到尚東磊被一名大學生猛推了一下肩膀，邵曉春二話不說便衝上前，用力推開動手的男生，擋在尚東磊前面，直指著對方鼻子喊：「喂，你有話不會好好講嗎！幹麼動手動腳？」

那群人先是愣了愣，但隨即又擺出一副盛氣凌人的模樣：「我們要使用這裡的球場，所以才請這些小鬼們離開，有什麼不對嗎？」

「可是是我們先來的耶！」一個小男生哀怨的抗議。

「對呀，我們很早就來了，我們也想打籃球啊！」另一個小男生哭喪著臉說。

聽到這裡，邵曉春雙手叉腰，再度質問：「奇怪，明明是人家先來的，你們憑什麼趕人？這個運動場又不是你們的，難道只有你們可以打球，別人不行嗎？不懂得尊重別人還欺負弱小，算什麼男人？」

「喂，妳這傢伙，別亂講話喔！」那名男子提高音量，態度十分不善。

「我哪有亂講？既然是他們先到的，本來就應該先讓他們玩，以大欺小，就算再會打球又有什麼用啊！」邵曉春越說越激動。

那幾個大學生面面相覷，注意到周遭的人開始紛紛往這裡看，才悻悻然的轉身離去。

小朋友們開心地抱著籃球奔向球場，還不忘向邵曉春道謝。

邵曉春緊盯著那些大學生的背影，氣得鼻孔直哼氣，直到確定那群人走遠，才回頭關心問道：「尙東磊，你沒事吧？」

「嗯。」

「你也眞是的，人家都出手推你了，你還不動如山，萬一他們眞的打你怎麼辦？」

「應該不會，這裡還挺多路人經過的。」尙東磊仍是維持他一貫的平靜淡然，「妳剛剛都不會害怕？」

「怕呀，我最怕這種場面了，但我這人最不能忍受的就是看到朋友被欺負，看到你被那樣一推，我整個火都上來了，根本來不及害怕就已經衝過來了。」邵曉春邊說邊笑。

他微微一笑，「謝了。」

隨著相處時間久了，兩人也漸漸熟稔起來，尙東磊露出笑容的次數也變多了。

雖然他依舊沉默寡言，邵曉春甚至覺得他先前爲了「開導」她而講的那番話，已經把他半年份的講話額度用完了，但那些話也從此刻印在邵曉春的心中，成爲支持她的力量。

兩人在運動場旁的綠草地上席地而坐，邵曉春一邊喝著帶來的飲料，一邊問正在讀小說的尙東磊：「你們什麼時候會再比賽？」

「校慶。」

「那就是十月嘍？可是，我記得隊上好像有幾個三年級的學長，今年不是畢業了嗎？」

「嗯，隊長跟另外兩位學長。」

「對耶，隊長也是三年級的，眞可惜。」想到李敏珂曾經熱烈崇拜不已的隊長已經畢業，讓邵曉春不禁感慨時光流逝的飛快。

尙東磊忽然抬起頭，「欸。」

邵曉春看向他，「怎麼了？」

「我想起第一次在舊校舍見到妳的那天，隊長的櫃子好像被人偷放了禮物跟卡片，過沒多久後，妳就出現在那裡。」他定定看著她，「隊長的禮物是妳送的嗎？」

邵曉春心一驚，猛搖頭：「不不不，不是我，眞的不是我！」

「眞的？」

「眞的，我發誓，絕對不是我！」她舉起右手認眞宣示。

他點點頭，目光轉回小說上，「那就好。」

那就好？

邵曉春還來不及細想尙東磊這句話的意思，他就將紙稿收好，遞還給她：「我看完了。」

「你覺得這次還可以嗎？」她有點緊張。

尙東磊頷首，「文筆有越來越順暢的感覺。」

邵曉春驚喜道，「眞的嗎？」

「嗯。」他注視著她的眼睛，「不過，不管我的感想是好還是壞，我都不希望妳被我的意見影響。」

邵曉春怔忡幾秒，靦腆地笑道：「我知道，我不會再這麼執著於別人的想法了，不管怎樣我都會繼續寫下去，直到完稿爲止！」

尚東磊聞言，回以一抹淺淺的微笑。

◆

度過愉快的暑假，新學期也緊接著開始。

得知新班級的分配後，讓邵曉春在開學第一天就心情大好。

她和李敏珂繼續同班，簡博安則是在隔壁班，而尚東磊這次也被分到同層樓的班級，以後若要直接找人也很方便。

唯一不曉得究竟是好消息還是壞消息的，就是藍宇今年依舊擔任邵曉春的班導師。

由於這次班上有一半都是藍宇之前的學生，因此當他在班會上宣布第一件事時，立刻就讓台下的眾人一陣驚恐、哀號連連。

「上學期因爲活動調動的關係，原本四月要進行的家庭訪問，將改到這學期舉行。高一就在我班上的同學，我會從這個月中開始陸續進行家庭訪問，至於其他同學，則會安排自明年三月開始。所以現在，請高一就在我班上的同學們，自動過來領取通知單帶回去給家長塡寫，再由邵曉春同學負責收齊，在星期三放學前交給我。」藍宇點完名，將手中的一疊通知單放在講台上，口氣親切，「各位應該沒有問題吧？」

藍宇微笑，教室裡的一半學生卻嚇得絲毫不敢吭聲，與另一半還懵懂天眞的同學完全呈現兩種對比。

速食店裡，邵曉春崩潰地趴在桌上痛苦抱怨：「哪有剛開學就馬上家庭訪問的啦？藍藍路太誇張了！」

「你們老師眞用心耶，我沒聽說還有哪個老師會做家庭訪問的。」簡博安悠哉地拿起邵曉春的通知單，「我已經開始期待藍宇會跟妳媽媽聊什麼了！」

李敏珂馬上答腔：「那還用講？一定是說曉春每天都在學校看小說，她媽媽則是回說曉春每天都在家裡寫小說。」

兩人放聲大笑，邵曉春的臉色更難看了，忍不住捶桌抗議：「都這種時候了，你們兩個還糗我！萬一藍藍路眞的跟我媽告狀，說我上課都在偷看小說，我媽一定會把我房間的小說和漫畫統統拿去扔掉的啦！你們趕快幫我想想辦法嘛！」

「無法可幫，請節哀。」簡博安吸了一口可樂。

「我也自身難保，既然對方是藍宇就絕不可能防得了，所以我決定隨遇而安。」李敏珂完全放棄掙扎。

過了一會兒，簡博安先行離去，李敏珂看著他的背影好奇問道：「欸，曉春，簡博安現在應該已經不在意被詩妘劈腿的事了吧？」

「他是沒跟我說過什麼啦……但我想應該是沒事了，不過他們私下還有沒有接觸，我就不清楚了。」邵曉春嘆道：「我倒是沒想到，他連對詩妘都會這麼絕情呢。」

「我不覺得那是絕情耶。」李敏珂扭頭看向邵曉春，「我認爲那是因爲簡博安很在乎妳的感受，畢竟詩妘那樣說妳，他也有聽見，可是他完全沒有偏袒詩妘，反而還站在妳這邊，堅持捍衛妳。簡博安被劈腿，最後不僅選擇原諒詩妘，還願意繼續和她當朋友，這眞的讓我對他有點另眼相看。」

邵曉春頗有同感，也點了點頭。

李敏珂凝視著簡博安離去的方向，若有所思地說：「我覺得簡博安其實……很有男子氣概。」

說完，李敏珂突然發起呆來，好一會兒沒有出聲，邵曉春在她面前揮揮手，「小珂，妳怎麼啦？」

「沒有啦！」李敏珂有點尷尬地推開邵曉春的手，「我們再去逛逛吧，去吃豆花好不好？」

去夜市繞了一圈，回到家時已經八點多，由於邵母這天加班，因此邵曉春沒有直接回家，而是先跑到八樓去找陸之陽串門子。

看邵曉春全身無力的倒臥在沙發上，陸之陽關心地問：「曉春，怎麼了?怎麼無精打采的？」

「我們老師說，這個月要開始家庭訪問。唉，可怕的藍藍路要來我家了，我光是用想的就覺得世界末日要降臨了。」邵曉春沮喪地說。

「家庭訪問？不是才剛開學嗎？」

「原本是上學期就要舉行了，可是後來取消才改到現在。討厭，藍藍路幹麼要那麼大費周章？這麼熱心幹麼嘛！」

陸之陽微笑，「這表示妳的老師是個很關心學生的人啊。」

「唉，我看我真的應該先把房間的小說全部藏起來，以免家庭訪問結束後，被我媽整批拿去回收。」邵曉春爬起來，從書包裡抽出一張單子遞到陸之陽眼前，「之陽姊姊妳看，藍藍路還特地做了這張通知單，要我們拿回家給家長填呢。」

陸之陽接過，迅速瀏覽了一下，稱讚道：「喔？這份通知單製作得不錯耶，一目了然，你們老師挺厲害……」當她的視線落到最底下，倏地睜大眼睛，整個人像被定格般，動也不動。

陸之陽張著口，不敢置信地盯著通知單上的導師名字瞧。

「之陽姊姊，妳怎麼了？」

她回過神，怔怔開口：「曉春，妳導師的名字……」

「叫藍宇呀，單子最底下有寫。」

「他幾歲？」陸之陽極力克制自己的聲音不要發抖。

「才三十幾歲，藍藍路很年輕喔，他可是我們學校人氣最高的老師呢，不只女教官對他有意思，還有女學生寫情書給他呢！」邵曉春說起自己的導師，語氣帶著幾分難掩的自豪。

陸之陽只覺喉嚨發乾，「那……妳有他的照片嗎？」

「照片？我看看。」邵曉春拿出手機找了一會兒，肩膀一垂，「沒有，我之前原本有偷拍過幾張，可是全部被刪掉了。怎麼，之陽姊姊對我們老師有興趣嗎？」

「不是妳想的那樣。」陸之陽腦海一片紊亂，「我以前認識的某個人……也叫這個名字。」

「真的？一模一樣嗎？難道老師就是之陽姊姊認識的那個人？」邵曉春驚呼。

「我沒看過妳的老師，所以也不確定。」

邵曉春還想開口，手機卻響了起來，接起沒多久，她歉然道：「之陽姊姊，我媽回來了，她叫我趕快回家，別打擾妳休息。那我先走嘍，我還得快點把通知單給我媽填，確認家庭訪問的時間，要是忘記就糟了。晚安！」

「晚安。」等女孩背起書包，帶著通知單起身離開後，陸之陽依然坐在客廳裡呆了好長一段時間。

她的心跳依舊不安分的急速跳動著。

應該只是巧合吧？剛好同名同姓而已。

但問題是，居然連年齡都差不多……這有可能嗎？

陸之陽神情恍惚地靠在椅背上，思緒混亂。

邵曉春的班導師，眞的是她心裡所想的那個人嗎？

她很想知道，卻發現自己又沒有接受答案的勇氣，直到關燈上床，都還圓睜著雙眼遲遲無法入睡，心思完全被這件事所占據。

結果這一夜，她失眠了。

◆

週三的打掃時間，邵曉春抱著一疊收齊的通知單來到了導師室。

藍宇正在批改作業，她走到他身旁，小聲說：「老師，我把家庭訪問的通知單送來嘍。」

「辛苦了，放在後面就好。」他頭也不抬地回答。

邵曉春將通知單擺在藍宇座位後方的矮櫃上，正要離開時，腦中卻閃過陸之陽的臉。猶豫片刻，她又走上前，「老師，可不可以請問你一個問題？」

「什麼問題？」藍宇依然盯著作業本，手上的筆絲毫未停。

「呃，其實也沒什麼特別的事，只是想問你認不認識一個人。」

「誰？」

「陸之陽。」邵曉春答道，「陸地的陸，之乎者也的之，太陽的陽。」

藍宇的手登時停住。

他緩緩抬起頭，面無表情的注視著邵曉春。

「妳怎麼知道這個人？」

「喔，因爲她是我們家的房客，就住在我家樓上，我常去找她聊天。她一看到通知單上有你的名字，就說她也認識一個同名同姓的人，所以我就好奇地想問問老師，是不是也認識她……」

「她就住在妳家樓上？」

「對，她是今年二月搬進來的，跟我們住在同一棟大樓，是個個子很高的女生，大概比老師你小五歲左右。」

藍宇沉默不語。

半晌，他唇角微揚，露出一抹意義不明的笑容。

邵曉春從來沒見過藍宇臉上出現這樣的表情，忍不住睜大眼，「難道……老師眞的認識之陽姊姊？」

藍宇點頭，「認識。」

她興奮的跳起來：「眞的？未免也太巧了！你們是什麼時候認識的？」

「在她還是妳這個年紀，我快大學畢業的時候。」

邵曉春渾身起了雞皮疙瘩，「所以說，這幾年來你們完全沒再見面，也失去聯絡，現在卻因爲我而重逢？好神奇，根本就是緣分嘛！」

「她現在過得怎樣？」藍宇問道。

「不錯呀，之陽姊姊現在是托兒所的老師，跟你一樣都是老師喔！」

藍宇掩不住臉上更深的笑意，「謝謝，我知道了，妳去忙妳的吧。」

邵曉春走出導師室後，內心雀躍萬分，迫不及待馬上在樓梯口傳簡訊給陸之陽，告訴她這個「好消息」。

「之陽姊姊，我幫妳問過藍藍路了。他說他認識妳，也還記得妳耶！」

十分鐘後，在辦公室裡看到這則訊息的陸之陽，不由得倒抽一口氣，腦袋一片空白，臉都僵了。

這兩天爲了女孩導師的事，她睡也睡不好，整天心神不寧；好不容易暫時放下，卻看到這則訊息。

不一會兒，陸之陽告訴自己，就算眞的是那個「惡鬼藍宇」又如何？都已經過了八年，就算以前的她再怎麼膽小窩囊，現在也早就不一樣了。

只是在得知這個消息後，她也完全無心工作了。

當年自從他離開後，她就沒想過有一天能再見到他，直到她來到台北碰上藍曄，才興起打聽藍宇下落的念頭。雖然也曾試圖透過臉書尋找他，但結果還是不了了之。

問題是，爲什麼當發現他其實近在咫尺之後，竟然會讓她的心這般不安定，甚至有些手足無措呢？陸之陽想破了頭，還是理不出答案……

那個人，此刻眞的就在這裡。

日暮時分，邵曉春和尙東磊一如往常來到舊校舍。

等他讀完這週的小說進度後，她忍不住向他分享陸之陽跟藍宇的事，「你不覺得很不可思議嗎？我的導師跟我的鄰家姊姊，竟然是舊識耶！想不到只會出現在小說裡的情節，居然會發生在現實生活當中，感覺就像是我讓他們重逢一樣，我到現在都還覺得好感動唷！」

「他們以前是情侶？」

「不是，但我總覺得他們之間好像有什麼祕密的樣子，因爲我從來沒有看過藍藍路那麼開心。」

下一秒響起的鈴聲隨即打斷邵曉春的腦補小劇場，原以爲是自己的手機，結果是尙東磊的。

等到尙東磊結束通話，邵曉春眨了眨眼，「有人在找你嗎？」

他停頓了一會兒，才說：「是新任的籃球隊隊長。爲了準備校慶的比賽，從這個月開始，我們每個禮拜三放學後也要練球，今天我已經先跟隊長請假三十分鐘了，等等還要回體育館練習。」

「什麼？所以剛才是隊長打來催你的嗎？」邵曉春嚇一跳，頓時緊張起來，「你怎麼不跟我說呢？既然今天要練球，只要跟我說一聲，我們改天再約就好啦！」

邵曉春趕緊把尙東磊拉起，在背後推著他，「你趕快去吧，不要讓大家等你，若是耽誤到練習，我會有罪惡感的！」

「抱歉。」

「不用道歉啦，準備比賽比較重要，下次你不可以再瞞著我，沒空就要老實說，知道嗎？」

原本被乖乖推著走的他突然停下腳步，回頭問：「那妳會來看我下個月的比賽嗎？」

「咦？」邵曉春一愣，不假思索地用力點頭，「好哇，既然是你上場比賽，我當然會去看！」

「眞的？」

「那還用說，這是一定要的呀，平常都是你幫我加油打氣，這次當然要換我當你的啦啦隊嘍！所以你放心，我一定會去看的！」

尚東磊放心地笑了。

九月下旬的某個週日，終於輪到了邵曉春的家庭訪問日。

下午兩點，藍宇準時出現在大門外，邵曉春立刻畢恭畢敬地上前招呼，只差沒鋪紅地毯迎接。此時，邵母也已經準備好招待的茶點。

大概是年齡相近的關係，藍宇和邵母相談甚歡，氣氛十分和樂融洽，客廳也充滿了歡笑聲。

邵母開口：「那麼，藍老師，我們家曉春平時在學校表現怎麼樣呢？」

「曉春的個性開朗，在校表現也很活潑，人緣非常好，是個很討人喜歡的學生。」

邵母眼裡透著欣慰，邵曉春在一旁也鬆了一口氣。

藍宇再接著道：「只不過，因爲她很有想像力，平時腦袋裝著許多點子，加上十分熱衷於寫作，所以有時上課比較不專心，經常發呆，也會在課堂上偷偷寫東西。雖然有熱忱是好事，但還是希望曉春在學校時可以專注於課業。」

「老師，眞的很不好意思。我這個女兒只要一談到小說就變這樣，平常不是抱著小說看，就是寫小說寫到三更半夜，都不認眞念書，怎麼罵都罵不聽，眞不知道她一天到晚寫那些要做什麼。沒想到連在學校也一樣，我一定會好好管教曉春的。抱歉，造成老師的困擾了。」

看著母親對藍宇滿臉堆笑，卻扭頭狠狠瞪了自己一眼，邵曉春霎時打了個冷顫，只覺欲哭無淚，明白自己即將大難臨頭。

藍宇微笑，「不會，這也表示曉春很有毅力，對自己喜歡的事情不會輕言放棄，這種精神很難得可貴。能夠專注熱衷於某件事，不畏困難跟挫折地堅持了這麼久，並不是一件容易的事，而這就是曉春最大的優點。所以，我很希望她能夠一直保持著這樣的熱情和信念，繼續爲她的夢想努力。」

藍宇的一席話，讓邵曉春聽得雙頰微熱，受寵若驚之餘，也覺得胸口暖暖的，十分感動。

結束一個小時的訪問後，邵曉春跟著藍宇步出家中，「老師，今天很熱耶，你還特地跑來訪問，眞的辛苦你了，謝謝！」

「既然明白我很辛苦，以後上課就要認眞一點，知道嗎？」

「好啦，知道。」她害羞地抓抓頭，送他到電梯門前，藍宇卻忽然停下腳步。

「邵曉春，妳之前說，陸之陽現在跟妳住在同一棟大樓，是嗎？」

「嗯，之陽姊姊住在八樓。」

「一個人？」

「對。」邵曉春點頭。

聞言，藍宇臉上漸漸漾起一抹笑容。

◆

「之陽姊姊，我老師明天下午就會來我家訪問嘍，到時妳要不要下來跟他見個面呀？」

陸之陽昨夜在臉書上看到這段訊息時，一顆心就開始七上八下，到今天都還無法平靜。

知道邵曉春的導師就是藍宇後，她忍不住想，萬一有天眞的遇到他，應該要用什麼樣的態度去應對？又該說些什麼話，才不會顯得生疏？

站在浴室的鏡子前，她緊抿雙脣，好像就連該怎麼微笑都得先經過一番深思熟慮。

只是當陸之陽對著鏡子左右拉扯嘴角時，突然間又覺得自己很愚蠢，到底爲什麼要爲了他把自己搞得神經兮兮的？搞不好他早就對她沒留下什麼印象，只是恰巧記得她的名字而已，就用自然的態度去面對他，不就好了嗎？

是啊，何必非要把自己逼進死角呢？

像平常一樣就沒問題了，她早就已經不是當年那個傻傻不經世事的十七歲小女生了啊！

這麼一想，原本懸在半空的心，終於安定了下來，臉上的線條也不再那麼僵硬了。

陸之陽忍不住自嘲，一切根本是她想太多，自己嚇自己罷了。

沒錯，就用現在這樣的笑容面對他，表現出穩重又不失自然的一面便行。當她正如此告訴自己時，門鈴在這時響了起來。

她匆匆走出浴室，打開門一看，一張從容帥氣的笑臉同時映入眼簾。

「嗨。」門外的人微笑招呼。

陸之陽大驚失色，嚇得把門一把關上。

等她意識到自己剛剛在驚慌失措中做了什麼的時候，她連忙再次把門打開，只見那個男人還氣定神閒的站在門外，眼裡的笑意不減。

「這個反應有點傷人喔。」藍宇饒富興味地看著她。「『六隻羊』小姐。」

「對……對不起，我不是故意的！」她當下簡直丟臉到想咬舌自盡，除了乾笑之外什麼反應也做不出來，「我沒想到你會突然出現，所以……」

「沒關係，在忙嗎？」

「沒、沒有。」

藍宇偏偏頭，似笑非笑：「老朋友再次見面，不請我進去敘敘舊？」

陸之陽再一次爲自己的行爲感到無地自容，連忙請他進來。

藍宇神色自若的在客廳的沙發上坐下，等陸之陽端著茶走到他面前，眼神就這麼定在她身上，讓她的臉沒來由的隱隱發燙，不敢抬頭。

「我聽曉春說，妳是二月搬到台北的？之前都待在家鄉嗎？」

「對。」

「我弟現在也在這裡工作，妳知道嗎？」

陸之陽神色一凜，沒想到他會提起藍曄，「……我知道。我現在上班的地方離藍曄的公司很近，已經有碰過幾次面了。」

「喔？」他語調微微上揚，「那你們挺有緣的。」

陸之陽差點順口說出這間房子其實就是藍曄幫忙找到的，但一聽見這句話便及時打住。她忘了這個男人因爲藍曄，很早之前也認識了齊廣成，但是並不曉得她和齊廣成之間的關係。

大概因爲他是藍曄的哥哥，又在多年後突然出現在自己面前，才讓她一時之間有點分不清什麼事能說、什麼事不能說。

「他已經有女朋友了喔！」

藍宇拋出的話，讓陸之陽一愣，她很快回道：「我知道，他有告訴我。不過，我已經沒有那種想法了，現在對我來說，藍曄就只是朋友，我並沒有對他抱有……像過去的那種感情。」

「我想也是，畢竟都這麼多年了。」藍宇傾身端起杯子，「只是一看到妳，我就不自覺想起這件事。」

陸之陽偷偷瞥了一眼正低頭喝茶的藍宇。

八年過去，藍宇的面容已不若她記憶中青澀，無論是氣質或談吐都比以前更加穩重，已經是個成熟的男人了。

「聽說妳現在是托兒所老師？」藍宇放下茶杯，抬頭看著她。

「只是一個小小的教學人員而已，也不算是正職老師。」

「至少妳已經在做一直以來想做的事了，不是嗎？」

陸之陽不可思議地瞪大了眼，「你還記得？」

藍宇微微一笑，「應該說，是沒有忘記過，不是還記得。」

聞言，她的心掀起陣陣漣漪，雙頰莫名泛上一股熱。

「你之後出國了，對不對？」她終於提出埋藏在心裡多年的疑問：「你在國外待了多久？」

「五年，直到這兩年我才回到台灣，到學校當老師。」藍宇反問：「妳怎麼知道我出國了？」

陸之陽不語。

「妳後來還有再去『小烏龜』？」

聽到這個久違的名字，陸之陽心裡一緊，「我是偶然間聽說的。」

「是嗎？」藍宇沒深入追問，端起杯子再喝了口茶，「不管怎樣，我很高興還能再見到妳。感覺妳現在過得不錯，這樣就好。」

面對這張曾經再熟悉不過的笑顏，陸之陽發現自己其實還沒準備好，能夠用輕鬆釋然的心情去和藍宇笑談那段往事。

那些該解釋的，以及自己想知道的，明明還有那麼多，偏偏她卻連一個字都說不出來。因爲陸之陽不曉得此時此刻再提起那些，究竟還有沒有意義？

八年後的她，還來不來得及將那些話告訴他？

茶杯見底，藍宇放下杯子，俐落落地起身：「謝謝妳的茶，很好喝。那我今天就先告辭，不打擾妳了。」

「咦？」她沒料到藍宇這麼快就要離開，「你要回去了嗎？」

「嗯，我今天是來幫曉春做家庭訪問的，她說妳住在這裡，所以結束後我就上來跟妳打聲招呼，等等還有別的事要辦，沒辦法待太久。」他背上單肩包，走到門邊，對她笑了笑，「下次見面，我們再聊吧。」

藍宇關門離開後，陸之陽還呆站在門邊好一會兒，再緩緩走回客廳，癱坐在沙發上。

光是看到藍宇，身體就好像突然變得不是自己的了，腦袋一片空白，根本不知道眼睛該看哪裡、下一句該說什麼，該如何應對。

虧她還堅信自己已經可以從容面對他，在他面前表現出最好的一面，結果才一見到他就立刻潰不成軍；懊惱之餘也不禁感到沮喪萬分，忍不住暗罵自己實在是太沒用了！

「至少妳已經在做一直以來想做的事了，不是嗎？」

陸之陽原以為藍宇早就已經遺忘了她，沒想到藍宇居然連當年她說過的話都還記得。

「應該說，是沒有忘記過，不是還記得。」

這句話更是讓陸之陽久久無法回神。

雖然藍宇臨走前說了下次見面再聊，卻沒約定何時會再見，也沒向她要聯絡方式，但這也讓陸之陽稍稍鬆了口氣，因為她發現這個男人帶給她的影響，絲毫不亞於當年。

陸之陽只好自我安慰，等到下次再有機會和他見面，一定可以用平常心去面對他，不會再讓自己出糗。

幾日過去，又是一個晴朗週末的來臨。

邵曉春、李敏珂以及簡博安齊坐在沙發上，圓睜著大眼，望著眼前這不可思議的一幕。

他們極度疑惑不解，因為這幾乎可算是他們生平見過最詭異的畫面——

陸之陽、齊廣成、藍曄將餐桌弄成一張臨時麻將桌，每人各坐一邊，打起了麻將。

而最後一位麻將成員，竟然是藍宇。

這天邵曉春一群人來到陸之陽家玩，齊廣成本來要烤餅乾，卻臨時發現材料不夠，便開車與陸之陽一起出去採買，最後卻帶回了兩個客人。

原來他們在途中巧遇藍氏兄弟，三個男人一聊開，不知怎地竟有人提議說要打麻將，藍曄甚至直接買了一副全新的麻將，四人就這麼回到陸之陽家中。

看到藍宇出現在陸之陽家裡打麻將，這種強烈的違和感讓三位少男少女完全說不出話來了。

「阿曄，你今天不用跟女友約會嗎？」齊廣成問。

「她回台中老家了，禮拜一才回來。嘿，這局打完可以暫停一下嗎？我想抽根菸。」藍曄笑道。

「去外面抽，別讓我的學生吸二手菸。」藍宇邊拿牌邊叮嚀。

邵曉春他們默默互望一眼，這時藍曄忽然轉過頭問：「曉春，你們老師平常在學校恐不恐怖？會不會欺負你們？」

齊廣成微笑，「藍宇哥個性那麼好，怎麼可能會做這種事情？」

「那可不一定，萬一『藍宇老師在學生面前公然聚賭』這種消息被傳出去，那可就糟了，所以我當然要先確認我哥有沒有跟學生結仇，才能保住他的飯碗啊！」

「這你就不用擔心了。」藍宇對客廳的女孩們綻放出帥氣逼人的耀眼笑容，「我相信我的學生不會這麼對我的，是吧？」

霎時，一股來自地獄的強烈寒意瞬間如電流般從她們的腳底傳至頭頂，邵曉春和李敏珂立刻挺直背脊，面色慘白，像個波浪鼓似地拚命搖頭！

齊廣成啞然失笑：「沒這麼誇張啦，現在是假日，我們也只是在家裡打個幾圈麻將，應該不算公然聚賭吧？」

三個男人愉快閒聊之際，坐在藍宇對面的陸之陽卻不發一語，神情緊繃。

老實說，她仍然不太明白，現在怎麼會突然變成這種情況？

陸之陽怎樣都沒想過有一天這對兄弟竟會同時出現在她家裡，若是藍曄的話，她還可以保持平常心；問題是現在坐在她對面的這個男人，才是讓她始終無法平靜的主因。

自從上禮拜藍宇親自登門拜訪之後，她就有預感會再跟他見面，卻沒想到這一天來得這麼快，她根本就沒有心理準備，也還沒整理好心情。

看到藍宇跟藍曄一起坐在自己面前，更讓她連抬頭迎視對方的勇氣都沒有，簡直如坐針氈、心亂如麻。

「陸之陽，換妳嘍。」藍曄提醒。

「噢，好！」她伸手要摸牌，卻因為一時緊張，不小心撞倒藍宇面前的幾副牌。她趕緊道歉並想要把牌放回去，藍宇也主動伸手幫忙，兩人的手就這麼不經意地擦碰而過。

陸之陽一愣，正好抬眸接觸到他的目光，下意識地匆匆別開視線，只覺得呼吸紊亂，心臟就快跳出胸口！

打完一輪後，四個大人決定暫時放下麻將，休息片刻。

藍曄到頂樓去抽菸，藍宇和齊廣成則是坐在麻將桌前聊天，兩個年輕女孩也和簡博安在客廳裡開始玩起撲克牌。陸之陽朝廚房走去，打算弄點飲料給大家喝。

她揉揉眼睛，覺得渾身無力。神經緊繃了這麼久，直到現在才終於能稍微放鬆一些。

陸之陽發現放在櫃子上的飲料瓶空了，打開抽屜，裡頭的紅茶包和奶茶粉也已經用完了，就連開水也幾乎快喝光了。

她走出廚房說：「那個，飲料已經沒有了，我出去買一點喝的回來。」

藍宇一聽，隨即開口：「我跟妳去吧。」

「咦？」陸之陽傻住。

不等陸之陽答應，藍宇已經站了起來，齊廣成也略顯詫異：「藍宇哥，還是我跟之陽去就好，不用麻煩你了？」

「不會麻煩，我也想順便去買個東西，她一個女生恐怕扛不動太多飲料，正好可以一起幫她提回來。」藍宇對表情僵硬的陸之陽說：「走吧。」

藍曄剛好抽完菸回來，得知他們要一起去買東西，笑了一下，打趣道：「哥，對人家要有點紳士風度喔。」

兩人出門後，簡博安也對身旁兩位好友悄聲說：「你們不覺得之陽姊今天有點不對勁嗎？」

「嗯，我也覺得。」李敏珂二話不說地贊同。

反倒是邵曉春一頭霧水：「怎麼說？」

「妳沒發現她跟藍宇都沒有交談嗎？而且藍宇主動說要跟她去買東西的時候，之陽姊的表情突然間變得很怪異，但看起來又不像是在不高興。」

「我也覺得他們之間的氣氛有點微妙。」李敏珂點頭如搗蒜。

「不過我現在發現一件更奇怪的事，就是邵曉春妳明明說他們很早之前就認識，可是爲什麼齊大哥和藍曄哥從頭到尾都像是不知道這回事一樣？」簡博安表情帶點神祕。

「眞的嗎？不然我現在問問齊哥哥——」邵曉春立刻就想走到麻將桌前。

「等一下，曉春，妳別輕舉妄動啦！搞不好是因爲有什麼原因，他們才沒有讓齊哥哥知道他們認識，還是先觀察一下再說吧。」李敏珂一把抓住邵曉春的手臂。

「不然等之後再問問之陽姊吧？」簡博安建議。

「沒錯，就是這樣！」李敏珂一個勁地猛點頭。

看著好友們一搭一唱，邵曉春不禁盯著他們，滿臉困惑。

等到簡博安去上廁所，她終於忍不住開口：「欸，小珂。」

「嗯？」

邵曉春皺眉，「我覺得妳也有點奇怪耶。」

「我哪裡奇怪了？」李敏珂指著自己問道。

邵曉春回：「我發現最近不管簡博安說什麼，妳都會馬上附和，他說東妳就說東，他說西妳也說西；只要他開口，妳不是回答『對』、『沒錯』，就是『我也覺得』，好像完全把他的話當聖旨，半點也不懷疑。」

李敏珂先是愣了愣，才吞吞吐吐答：「那、那是因爲，簡博安每次說的話都很有道理，也很正確啊，曉春妳不這麼認爲嗎？」

「是沒錯啦，可是妳的反應就是讓我覺得特別奇怪，好像簡博安一出聲，妳就恨不得立刻附和他一樣。」

李敏珂雙頰漸漸紅潤起來，再度結巴：「才、才沒有這回事，曉春妳別亂說，不要把妳寫小說的想像力發揮到我身上來啦，眞是的！」

簡博安一回來，李敏珂更是緊張地捂住邵曉春的嘴，阻止她繼續說下去。

雙雙踏進便利商店的陸之陽及藍宇，正並肩站在冰箱前，望著裡頭琳琅滿目的飲品。

「妳要買什麼？」

「我想買果汁跟奶茶，曉春他們喜歡喝。你呢？」

「不用了，我包包裡還有礦泉水。」

她一怔，「但你不是說要買東西？」

「那是藉口。」他淡然回應：「爲了要跟妳單獨說話。」

陸之陽愣住，藍宇已經轉過來面向她。

「看著我。」他命令道。

她半張著口，直盯著倒映在冰箱門上的男人側臉，腦中一片空白。

陸之陽好不容易慢慢轉身，視線一抬，發現藍宇的身影比方才更靠近了些。

當藍宇的指腹輕貼在她的臉上時，立即引起陸之陽一陣輕顫，她呼吸一窒，完全不敢動彈。

隨著那張臉越貼越近，藍宇那雙清幽深邃的眼睛也就越鮮明清晰……

一陣慘叫聲驟然劃破店內的寧靜。

這時店裡正好沒有其他客人，因此只有兩位店員被他們嚇了一跳。

陸之陽迅速拉開和藍宇之間的距離，捧住自己剛被用力捏過的臉頰，眼角泛淚喊道：「好痛，你在幹什麼啦？」

「這是給妳的一個小小教訓。」藍宇笑盈盈地說：「妳今天拚了命的在躲我，我已經忍妳很久了喔。」

陸之陽盯著這個皮笑肉不笑的男人，不禁背脊一涼，彷彿看見當年的惡鬼藍宇重出江湖。

「你這人……怎麼還是跟以前一樣，動不動就亂捏別人的臉？也不懂得控制一下力道，真的很痛耶！」陸之陽揉揉還在發疼的雙頰。

藍宇斜睨她一眼，「誰叫妳要惹我不高興？我可不記得妳以前會這樣不理我。怎麼現在人長更高了，個性反而變得更彆扭了？」

陸之陽完全無法反駁。

「我幫我弟還有廣成選飲料，妳幫曉春他們挑，我先拿去櫃檯。」

陸之陽撫著臉，看著他拿完飲品就走，簡直無言以對。

兩人提著飲料走出便利商店，藍宇問了句：「妳一直都有跟廣成聯繫？」在她反應過來前，他再問：「你們在交往？」

陸之陽立刻回話：「沒有！」

「剛看到你們走在一起，我還以爲你們在交往。」

她低聲說：「我跟他之間不可能。」

信號燈轉換的倒數前幾秒，他沉聲：「知道了，走吧。」

藍宇剛往前邁了一步，陸之陽想也沒想，忽然就抓住他的手。

「藍宇。」她脫口而出：「你沒有其他事想問我嗎？」

他停下腳步，「妳是指什麼事？」

陸之陽艱澀地說：「比如當年……我最後沒能赴約的原因。」

藍宇凝視著她，「如果妳想解釋，我就聽。」

聞言，陸之陽猛地心跳加速起來。

由於兩人還站在斑馬線道上，一旁傳來車輛催促的喇叭聲，藍宇便拉著陸之陽的手快步過街。

走到對街後，他沒有立即鬆手，她也沒有急著掙脫。

陸之陽此時心裡千頭萬緒，更有千言萬語想要述說，但又不好在外頭逗留太久，齊廣成和那幾個孩子們都還在家裡，要是太晚回去，可能會讓人覺得奇怪。

「明天開始我會比較忙，可能暫時沒什麼機會碰面。」藍宇終於放開陸之陽的手，「十月四號，星期六，有沒有時間？」

「四號……應該可以，怎麼了？」她低頭，完全不敢看他。

「那天是我們學校校慶，會有學生擺攤子辦園遊會，還有籃球比賽。如果妳沒事，要不要過來看看？那天我也會在。」藍宇的語調裡沒有什麼起伏，「妳有什麼話想說，也可以在那天告訴我，怎麼樣？」

陸之陽望著他，並沒有考慮太久，很快就點頭答應。

方才他握住她手的力道及餘溫，直至回到家後，依然隱隱殘留在她的心頭上。

Chapter 7

今天，是邵曉春就讀的高中建校七十週年的紀念日。

星期六上午十點鐘，由熱鬧的園遊會展開序幕，這次一共有十八個班級的學生在操場周圍擺攤，除了闖關遊戲外，還有販售熱食、冷飲以及甜食的攤位。

邵曉春的班級主要販賣的商品是冰糖葫蘆，由於反應相當熱烈，一上架馬上就被搶購一空，讓負責洗番茄跟熬煮糖漿的同學忙得不可開交，一度補貨不及。

負責在櫃檯招呼的邵曉春及李敏珂，看到人潮絡繹不絕都樂不可支，沒多久迎面走來的高眺身影，更是引起攤位上所有學生一陣雀躍歡呼，齊聲大喊：「老師，快來吃冰糖葫蘆！」

藍宇走到攤位前，關心地問：「大家辛苦了，生意好不好？」

「超好的，都來不及補貨，你看還有人在排隊呢，連事先多準備的番茄都快沒了。老師，這串請你吃，你嚐嚐看！」邵曉春拿起剛做好的一串冰糖葫蘆遞給他。

「那怎麼行？這是你們努力的成果，老師怎麼可以讓你們請客呢？」他二話不說，拿出幾枚銅板放在桌上，隨即吃了一口，點頭讚賞，「很好吃，誰教你們做的？」

「小珂的媽媽教我們的。剛剛連主任跟教官都有來吃耶！」邵曉春興奮說道。

「不簡單唷，糖漿煮得不錯，味道很棒。」藍宇從口袋中再抽出幾枚銅板，「邵曉春，再給老師一串吧。」

「沒問題，老師你喜歡吃糖葫蘆呀？」

「嗯，因為很好吃，所以也想讓別人品嚐看看。」他莞爾一笑，對大家說：「那老師就不打擾你們了，煮糖的同學用火時要小心一點，等園遊會結束，老師再請你們喝飲料。」

導師的捧場讓現場同學們士氣大增，藍宇一離開，李敏珂便問：「曉春，妳有跟之陽姊說我們今天有園遊會嗎？」

「喔，我前幾天就有在臉書上問她這天有沒有空，可是她回我說她有事，所以我就沒告訴她了，不然我也很想請之陽姊姊來玩。」邵曉春惋惜地嘆氣，突然又交代道：「對了，小珂，那我大概下午的時候會先離開，到時就麻煩妳幫我顧攤子嘍！」

「知道、知道，妳就放心去看尙東磊比賽吧，妳已經說過好幾次啦！不用擔心，要是我忙不過來的話，會再找人來幫忙的。」李敏珂的笑容充滿鼓勵，「這次是和別校學生比賽吧？戰況應該會很精彩喔！尙東磊會這麼慎重邀請妳去看他比賽，一定是很期待能看到妳，妳可要好好幫人家加油喔！」

「那還用說？他平時幫我這麼多，現在也該是我報答他的時候了，當然要努力當他的啦啦隊！」邵曉春一副當仁不讓的樣子。

「我看這樣吧，假如尙東磊最後贏球，妳就馬上飛奔到球場上，給他一個大大的擁抱，尙東磊一定會很開心！」李敏珂作勢擁抱邵曉春。

邵曉春推開她，笑罵：「李小珂妳在胡說八道什麼啦？」

「不覺得這樣很浪漫嗎？」李敏珂大笑，「好啦，不鬧妳了，我去一下廁所喔！」

李敏珂離開沒多久，簡博安這時正好和他的同學路過，向邵曉春打了聲招呼，「欸，邵曉春，妳們還在忙啊？」

「對呀。簡博安，你下午會去體育館看球賽嗎？」

「我跟我同學會去看啊，幹麼，妳也要去？」

「我要去幫尚東磊加油。」

「喔？用打呼聲幫他加油？我怕妳會看到睡著欸。」簡博安揶揄。

「才不會呢，我還在想說要不要拿兩個空保特瓶，裝彈珠進去當加油棒，我在《灌籃高手》漫畫裡有看過，效果好像不錯！」邵曉春比手畫腳道。

簡博安笑：「不錯嘛，有用心喔，那妳有帶彈珠嗎？」

「沒有。」她搖搖頭。

「那妳講心酸的喔？」簡博安毫不留情地挖苦她。

李敏珂走回來，發現兩人聊得起勁，不禁好奇：「你們在說什麼呀？」

「我們在討論要用什麼道具幫尚東磊加油，結果這傢伙光會空想，一點實質行動也沒有。」簡博安回。

「我哪有？不然乾脆這樣好了，我就帶我們班的冰糖葫蘆去幫他加油，你們覺得怎麼樣？」邵曉春兩手各拿起一串冰糖葫蘆，擺出十字，做出要敲打加油棒的模樣。

「用冰糖葫蘆當加油棒，虧妳想得出來！」簡博安當場捧腹笑彎了腰，「邵曉春妳真的很白痴耶，哈哈哈！」

一旁的李敏珂看著這一幕，卻沒有跟著笑，目光來回地掃視著兩人，陷入沉默。

這個時候，陸之陽也出現在校門口，站在原地等候約定的對象出現。

雖然是假日，校園中還是響起了鐘聲。那緩慢嘹亮的十六音節，讓她的神思暫時從現實中抽離，回到那段久違的學生時光。

大約過了一分鐘後，藍宇走進她的視線裡。

陽光將男人的身影照得發亮，也讓他臉上的笑容格外耀眼。有那麼一刻，陸之陽有種恍然的錯亂感，分不清這一秒是過去，還是現在？

「歡迎。」藍宇站在她面前，將手中的東西遞給她，「這是今天的見面禮。」

她望著那一串冰糖葫蘆，略顯訝異，「謝謝……不過怎麼會有這個？」

「我班上學生做的，邵曉春負責賣，要去跟她打聲招呼嗎？她看到妳應該會很高興。」

陸之陽點點頭。

兩人走到操場時，遠遠就看見賣冰糖葫蘆的攤位人潮洶湧，隊伍排得老長。

「曉春好像還在忙。還是先去別的攤位看看？妳想不想吃點什麼？」藍宇提議。

「沒關係，我還不餓。」

藍宇微笑，「那就帶妳參觀學校嘍？」

「好啊。」她跟著他的步伐離開操場。

不到三分鐘，陸之陽就開始後悔方才答應得這麼乾脆。

繞行校園途中，她不時發現有學生對他們行注目禮，尤其是不少女學生，更是一邊偷偷盯著她和藍宇，一邊帶著驚訝的表情竊竊私語。所有從身邊經過的學生，也都會再回頭打量他們幾眼。

漸漸的，陸之陽越來越覺得尷尬，不曉得究竟該怎麼應付這些目光。而她身邊的藍宇自始至終仍是一派輕鬆自在，態度從容不迫；碰上幾個大膽的男學生直接問他陸之陽是不是他的女朋友時，藍宇的反應也是故弄玄虛，從不正面回應。

深感不對勁的陸之陽，等兩人走到比較沒有人的教室大樓時，終於提出疑問：「藍宇，你是不是在打什麼主意？」

藍宇揚眉，「怎麼說？」

「我發現，你好像專挑學生最多的地方走，每當有學生問你，你也不解釋我們的關係，像是刻意要讓他們誤會一樣。」

「所以妳比較想逛沒什麼人打擾的地方？既然這樣，可以早說。」他勾起脣角。

陸之陽一窘，「你少故意曲解我的話，你果然是有什麼目的，才找我來學校的對不對？」

「真要說的話，確實是這樣沒錯，不過我也想跟妳見面聊天。」他嘴角微勾，「就當作是幫我一個忙吧，只要妳忍耐一下，就可以替我省去不少麻煩，拜託了。」

陸之陽聽他這麼一說，才想起曉春之前跟她提過，曾經有學生寫情書給藍宇的事，就連學校裡的女教官也傾心於他。

「難道……你是因爲太受女學生歡迎，才想讓大家以爲你已經有女朋友了？」陸之陽恍然大悟後，忍不住噗哧一聲，笑了出來，「你居然也會有不知如何是好的時候？」

「怎麼會沒有？我也只是個普通人啊！」

「我實在很難想像你也會有今天。」陸之陽掩嘴。

「其實妳見過的。」藍宇回：「當年我認識妳時，就是我人生中最徬徨無助的時候。」

陸之陽愣然，步伐不自覺慢了下來。

「怎麼可能？」她難以置信，「你那時候明明……」

藍宇目光平靜地望著她，「因爲當時跟妳在一起，我才能暫時忘記那些不安，所以妳才感覺不到。」

她吶吶道：「你那時候……發生什麼事了？」

男人不答，只是停下腳步：「中午了，去吃點東西吧。這樣繞了一圈，『謠言』應該也傳得差不多了，等吃飽後我再帶妳去其他地方走走。」

尖峰時段一過，邵曉春班上的攤位終於不再大排長龍，人潮也少了許多。

邵曉春從廁所出來時，已經一點多了，她伸伸懶腰，也差不多要準備出發到體育館看尙東磊比賽了。

這時，班上其他女同學迎面走來，一見到邵曉春就興奮的爆料：「曉春，妳有聽說藍宇老師的事嗎？」

她好奇問道：「什麼事呀？」

「他帶了一個女生來學校，好像是他的女朋友，好多人都看到了！」

邵曉春大驚，這個超級大八卦立刻讓她的精神爲之一振，「藍藍路的女朋友？眞的假的？在哪裡？」

「聽說剛剛有人在教室大樓那邊看到他們。」

「好，那我也過去看看！」還來不及回攤位告訴李敏珂，邵曉春就急忙往教室大樓奔去，生怕錯過這精彩的一幕。

抵達教室大樓，她四下張望，找了一會兒，終於在穿堂看見藍宇的身影。

一看清陪在他身邊的人，更讓邵曉春當場震驚的張大嘴巴，不敢相信自己的眼睛。

那個謠傳是藍宇女朋友的女人……居然是之陽姊姊！

邵曉春霎時又是震驚又是不解，完全不曉得這是怎麼一回事。

陸之陽怎麼會在學校？又怎麼會跟藍宇走在一起？

眼見兩人往舊校舍的方向前進，邵曉春才猛然回神，趕緊尾隨跟上。

午後的舊校舍旁一片靜謐，陽光也沒那麼強烈，徐徐微風吹來，十分涼爽舒適。

陸之陽望著被樹蔭包圍的這片小空地，再指向旁邊的白色建築，「這棟屋子是做什麼的？好像沒什麼人使用。」

「那是以前的校舍，現在一樓是籃球隊的學生和其他社團在使用，二樓則是我們老師的休息室。」藍宇坐在花臺上，打開手中的袋子，「吃中飯吧。」

接過巴掌大小的紙盒，陸之陽打開蓋子一看，裡頭是一個漢堡。

「像不像當年在『小烏龜』吃的？」

聞言，陸之陽的心猛然一抽，對著漢堡發呆，沒有回應。

「妳和妳的父親，現在關係怎麼樣？」

「爲什麼忽然問這個？」

「以前像這樣一起吃漢堡的時候，妳不是都會跟我聊起家裡的事？」

她斂下眼，不知該如何回話。

偷偷跟蹤兩人的邵曉春，發現他們坐在平常她和尚東磊常坐的位子，便隱身在牆後，小心翼翼的探頭看去。

「妳可以解釋了。」

「什麼？」

「當年妳沒來赴約的原因。」藍宇說：「妳今天不就是爲了這件事，才來跟我見面的嗎？」

「對……可是在那之前，我覺得應該先告訴你另一件事。」陸之陽深吸了一口氣，「是我跟齊廣成的事。」

邵曉春使勁想聽清楚兩人的交談，但因距離有點遠，加上他們的聲音不大，讓她聽得更加吃力。儘管無法聽清每句話，她還是依稀能知道他們現在似乎正在聊齊廣成。

經過一段時間的沉默後，藍宇開口：「所以，妳跟廣成，其實是同父異母的兄妹？」

陸之陽點點頭，繼續說：「你約我在小烏龜見面的那天，正好就是我得知眞相的那天。

因爲打擊太大，我才會忘記去和你見面，不是故意要放你鴿子的。」

藍宇再問：「廣成從一開始就知道了？」

她頷首，「對，他都知道，而且藍曄也知道。很早以前，齊廣成就已經告訴他了，而藍曄也一直替我們守住這個祕密，沒有告訴過任何人。我也是直到最近，才知道藍曄其實知道這件事。」

「他的確是個守信的人，雖然他是我弟，可是只要是他認爲絕不能讓別人知道的事，連我也不會洩漏，這是他的優點。」藍宇凝望著她的側臉，「不過現在看起來，這件事似乎並沒有影響到妳和廣成的感情，這樣就好。」

陸之陽搖搖頭，「不是的，其實我也是經過很長一段時間才終於接受。齊廣成跟我不一樣，他比我成熟，也比我更早釋懷。現在想想，和他比起來我眞的很沒有用，我以前實在太幼稚了。」她脣畔漾起一抹苦笑，「也難怪我爸會比較喜歡他了。」

揮手驅趕在身邊不斷盤旋的蚊子，邵曉春的小腿又被叮出一個包，讓她癢得十分難受。回頭一看，兩人還在聊，陸之陽的臉上此時卻浮現出悲傷的表情。

下課鐘聲響起，讓邵曉春驀地想起某件事，差點當場叫了出來。

尙東磊的籃球賽！

邵曉春驚恐地查看手機上的時間，距離球賽開始已經過了四十分鐘。

她居然把比賽的事忘得一乾二淨了！

當下她再也顧不得藍宇和陸之陽，連忙拔腿離開舊校舍，往體育館飛奔而去。

邵曉春遠遠地已經看見不少學生從體育館走出來，簡博安也在其中。

她馬上衝上前，氣喘吁吁的問：「比賽已經結束了嗎？」

「結束啦，妳沒看到大家都出來了？妳剛剛在哪裡，我怎麼都沒看到妳？」

「完了……」邵曉春臉色蒼白，一副大事不妙的樣子。

簡博安揚眉，「喂，邵曉春，妳該不會根本沒來看吧？妳忘記了對不對？」

「那是因爲……我突然有很緊急的事嘛！怎、怎麼會這麼快就結束了？」

「還好吧，就一個多小時啊，剛才還提前十分鐘打了咧！」

「隊員人呢？」

「應該還在體育館裡面吧。」簡博安伸手指指體育館。

邵曉春連忙跑進體育館，但裡頭人潮都散得差不多了，看不到任何一名球員。

她急壞了，連忙再回到外頭四處搜尋了一會兒，直到一個熟悉的聲音喚住她：「邵曉春。」

尚東磊一身黑色球衣，筆直向她走來。

剛比賽完的他看起來並不疲憊，反而容光煥發，面露微笑，「妳來看我比賽了？」

邵曉春說不出話，完全不知道該怎麼解釋。

尚東磊領著她來到體育館後方，邵曉春低著頭，小聲坦承：「尚東磊……對不起，我失約了。我今天……沒能來得及趕上看你的比賽。」

尚東磊沒有反應。

邵曉春將頭垂得更低，雙頰滾燙，從頭到尾都不敢正眼看他，恨不得當場在他面前切腹謝罪。

「眞的很對不起，希望你不要生氣……不對，你儘管生氣吧！我知道現在不管怎麼解釋都像是在找藉口，你發飆吧，盡情把我痛罵一頓，我絕不會反駁的；因爲確實是我的錯，我失約了，對不起！」

事已至此，她幾乎已經做好被尚東磊唾棄，甚至被絕交的準備。

一想到最糟糕的結果，邵曉春的眼眶不禁隱隱發熱，雙手緊握成拳，也不敢厚著臉皮要求尚東磊原諒，因爲就連她自己都無法接受爽約的行爲。

「如果……你願意再給我一次機會，你要我做什麼我都願意做，眞的！但要是你想從此一刀兩斷，不想再看到我，我也不會有任何怨言的。」

語畢，邵曉春依舊沒等到任何回應。

恍若過了一個世紀這麼久，尚東磊終於出聲：「邵曉春。」

她一顫，緊閉雙眼，等著他大發雷霆。

「妳可不可以當我的女朋友？」

「好，我知道，當你的女朋友……」她猛然睜眼，滿臉錯愕。

「你說什麼？」她難以置信地望著他。

「妳願不願意跟我交往？」尚東磊用平穩無波的語調再問了一遍：「當我的女朋友？」

邵曉春傻了。

她原本以爲是自己聽錯，沒想到他又清楚的說了一次，而且完全不像在開玩笑的樣子。

「尙東磊你……」她好不容易回神，「你不是故意鬧我的吧？你知道你在說什麼嗎？」

「嗯。」尙東磊點頭。

邵曉春慌了，「可、可是，你突然這麼說，我覺得好奇怪，而且，你要我當你的女朋友，不就表示你心裡喜歡——」

「我喜歡妳啊。」尙東磊不假思索，「就是因爲喜歡妳，所以才會想要跟妳在一起。」

她再也答不出話來，一股熱氣再度湧上她的雙頰，卻已不再像先前一樣困窘。

邵曉春滿臉通紅、心跳加速，面對尙東磊突如其來的告白，她比前一刻還要更加不知所措、無所適從。

「你爲什麼喜歡我？」

「因爲我覺得……妳很可愛。」他回得認眞，「而且每次跟妳在一起時，我都覺得很開心，甚至比打球的時候還要開心。」

「你、你不要亂說啦！你這樣講，好像你喜歡我的程度，勝過喜歡藍球一樣！」邵曉春結結巴巴，連耳根子都紅了，「難道我現在叫你不要打球，退出籃球隊，你就眞的會退出嗎？」

聞言，他想了一下，旋即掉頭就要離開，「好，我去找教練。」

「哇，等等，尙東磊你不要亂來！」邵曉春一個箭步立刻把他抓回來，「你瘋啦？我是開玩笑的，你先別衝動，冷靜一點！我跟你說，你現在只是一時沖昏頭，懂嗎？要是你眞的因爲我而退出球隊，我會被你的教練跟隊友殺掉的，而且你以後一定會後悔的！」

邵曉春驚嚇之餘，還不忘苦口婆心規勸一番，雖然叫一個平常就淡定過頭的人「冷靜一點」，實在是有說不出的奇怪。

「就算退出球隊，我還是可以繼續打球。」尙東磊並不在意，「可是妳只有一個，不一樣。」

聽到他又從容地說出讓她瞬間起雞皮疙瘩的話，邵曉春簡直不敢想像自己現在的表情，只能羞澀又焦急的乾喊：「喂，你這人怎麼這樣？你之前不是還說很喜歡團隊合作的感覺嗎？現在居然爲了一個女生狠心抛棄跟你同甘共苦的隊友，你這樣對嗎？」

「那妳願不願意答應我？」

邵曉春仍然臉頰發燙，思緒一片混亂，囁嚅道：「我、我不知道。你突然這樣說，害我現在腦子裡亂糟糟的，根本沒辦法思考。可以給我一點時間想想嗎？等我想清楚後再回答你……好不好？」

尙東磊很快點點頭，表示同意。

離開體育館，邵曉春頭也不回，快步走向操場。

迎面吹拂而來的涼風，讓她清楚感受到臉上的燥熱，整個人也覺得頭重腳輕，呼吸紊亂，心臟更是劇烈地撲通撲通跳個不停。

等她回到操場，才發現園遊會已經結束，攤子也都收得差不多了。

邵曉春趕回教室，看到李敏珂在座位上收拾東西，馬上奔過去：「小珂，妳要回家了嗎？」

李敏珂頭也不抬，「嗯。」

「那妳等我一下，我們一起走，我有重要的事要跟妳說，我——」

「抱歉，曉春。」李敏珂打斷她的話，頓了頓，「我今天……想要一個人回去。」

「爲什麼？怎麼了嗎？」邵曉春擔心地問。

「沒什麼，就只是突然想自己回家而已，我們下次再一起走吧，再見。」李敏珂歉然一笑，卻沒有正視她，急匆匆地走出教室，留下一臉錯愕的邵曉春呆站在原地……

仍舊待在舊校舍的陸之陽跟藍宇，聊著過去的往事，兩人手中的餐盒也空了。

藍宇沉穩的嗓音傳進她耳裡，「我懂了，既然當年妳發生了那樣的事，我自然不會再計較妳的爽約。不過我從來沒怪過妳，也沒因爲這件事而生妳的氣。」

他柔聲說：「只要妳之後過得很好，那就好了。」

陸之陽低頭看著自己的手，沒有回應。

「那你呢？」她輕輕問：「我沒去赴約的那一天……你本來想要跟我說什麼？」

藍宇默然了一會兒才開口：「已經不重要了。」

「可是我想知道！」陸之陽被自己說話的音量嚇了一跳。

藍宇望著陸之陽，緩緩說道：「也沒什麼，只是要告訴妳，我隔天就會離開台灣，準備出國念書。」他低笑了聲：「不過妳那天要是來了，說不定我就會選擇另一條路。」

陸之陽不解，「什麼意思？」

「其實我那天本來是打算聽聽妳的想法。」他微微一笑，「假如妳說不希望我出國，或是稍微露出一點點不捨的表情，那我就有可能放棄原先的決定，選擇留下。」

陸之陽沒有出聲，目光落在遠處的天際。

藍宇看看手錶，收拾完兩人的餐盒，起身說：「我們走吧，園遊會應該差不多要結束了，謝謝妳今天專程過來，我會直接送妳到校門口。」

他往前踏出一步，卻發現陸之陽仍面無表情的僵立在原地。

「怎麼了？」藍宇想要伸手拉她，她卻激動地後退一步避開。

陸之陽緊咬著下唇，眼眶微紅，全身止不住地顫抖。

那一刻，他們兩人就這麼面對面站著，久久不發一語。

◆

她其實不喜歡自己的名字。

「陸之陽」這個名字，讓她自小就飽受同學的欺負。從幼稚園開始，就有同學幫她取了「陸小羊」跟「羊咩咩」之類的綽號；到了國小，班上幾個頑皮的男生，更是特別喜歡嘲笑她才不是羊，應該是長頸鹿。

國小時的陸之陽是全班最高的學生，六年級時身高已經有一百六十公分，她的座位永遠都是班上最後一排，因爲她的身高總會擋住別人的視線。每逢在禮堂聽演講，或是在視聽教室看影片時，只要聽到後方學生發出「嘖」的一聲，即便不是對自己，她也會下意識地低下頭，努力把身子壓低，就怕防礙到其他同學。

在學校受到的種種委屈，她從來只敢對母親埋怨，不敢跟爲她取名的父親訴苦，因爲她怕惹脾氣不好的父親生氣，反而招來一頓痛斥。

陸之陽的家位在菜市場的一間雜貨店裡，睡在二樓的她，每天清晨五點多就會在父親拉開一樓鐵門的聲響中醒來。

早上菜市場的人潮總是絡繹不絕，家中生意自然也忙得不可開交。每天上學前跟放學後她都會下來店面幫忙，假日也得顧店。那些無止盡的嘈雜聲響跟來來去去的婆婆媽媽身影，都是她童年歲月裡最鮮明的記憶。

偶有幾個光顧的客人，看到陸之陽辛苦跟著父母親忙進忙出，就會笑咪咪地稱讚：「弟弟好乖，都會幫忙家裡做生意呢！」

這時，陸之陽就會一臉憤慨，又氣又難過的回道：「我是女生啦！」

如此中性化的名字，加上國小時的她習慣頂著一頭短髮，常被人誤認是個男孩。

於是到了國中，陸之陽便下定決心將頭髮留長。

國小就已經過得不是很快樂，沒想到國中的日子更是滿布灰暗。

當時個子又長得更高的她，始終交不到什麼親密的女生朋友，就連男生也都不太敢站在她身邊。每逢體育課分組，或是活動要組隊時，陸之陽都是落單的那一個。

這般不堪的窘境，讓原本就自卑的她變得越來越安靜，而這種孤伶伶的滋味往後也伴隨著她，在她的青春時期留下難以抹滅的陰影。

一直以來，與陸之陽最親近的人，始終是母親。

陸母是典型傳統的好妻子，個性溫柔賢淑，常常笑臉迎人。嫁給陸父後，每天都忙著和丈夫做生意，無論再怎麼辛苦也總是任勞任怨，爲了這個家付出不少心力。

陸父的性情急躁，十分大男人主義，嗓門極大，尤其一忙起來就特別容易發脾氣，但這僅對於家人；在外人面前他永遠都是一副大方好客，對朋友有義氣、隨和好相處的形象。

陸父的權威在這個家裡根深蒂固，陸之陽從小就對他充滿敬畏。

國中時，她偶然從姑姑口中聽到關於父母親結婚前的故事。

原來陸父一開始要娶的人並不是陸母，而是另一名女子，對方父母因爲看陸父當時沒什麼錢，於是拒絕將女兒嫁給他，後來女子很快就另嫁他人。過了一年，陸父經由別人介紹娶了陸母，家裡的生意也開始蒸蒸日上，穩定成長。

陸母一直都知道陸父婚前的這段往事，還告訴陸之陽，當年她也不是因爲對陸父懷有感情才嫁給他，只是剛好被人做媒，外公外婆又急著要她出嫁，才很快同意結婚。婚後，她努力爲丈夫和這個家盡心盡力，做個稱職的好妻子。

當陸之陽得知父母並不是因爲相愛而結婚時，其實心裡是感到有些落寞，也有點難過的。

她八歲那一年，陸父爲了店裡的事對妻子大發脾氣，甚至出言恐嚇，作勢動手打人，陸母因此受到驚嚇不慎跌跤，身懷六甲的她當晚便因身體不適送醫，結果仍然不幸流產。

那是陸之陽第一次看見母親掉眼淚，她心疼母親，也心疼那無緣見面的妹妹，於是抱著母親，跟著一起哭了起來。

然而最讓陸之陽無法忘懷的，是陸父並沒有一點懺悔或悲傷的樣子，仍舊動不動就對陸母大小聲，似乎對失去這個孩子並不覺得可惜；而向來溫順老實的陸母也沒有責怪丈夫的意思，身體才剛康復，就馬上回到店裡繼續忙碌。

這件事始終停留在陸之陽內心深處，並沒有隨著歲月的流逝，而眞正淡忘。

「陸之陽，要不要跟我們一起吃中飯？」

升上高中的第一個星期，陸之陽正坐在教室裡吃便當，前方忽然走來兩個女生。一個女生綁著有氣質的公主頭，笑容親切可愛，另一個頂著一頭俏麗的捲短髮。她們拿著在合作社買的麵包及熱食，向陸之陽提出共進午餐的邀請。

陸之陽先是愣了幾秒鐘，連忙點頭如搗蒜，「好、好啊！」

這兩個女生就是陳菲菲和蔣莘。

兩人拉過椅子在她身邊坐下時，陳菲菲好奇地看著她的便當：「妳的便當看起來好好吃，是妳媽媽做的嗎？」

「對。」陸之陽靦腆的笑。

「眞好，還有人幫妳準備便當。要不是學校餐廳的飯實在太難吃，我們也不會到合作社去買麵包！」蔣莘欣羨地嘆了一口氣。

過去從未有女同學主動對她表示友善，因此陸之陽緊張之餘，更是感到受寵若驚。

從此，她們三人無時無刻都聚在一起，形影不離，不只在學校一起行動，放學後還會一同逛街，假日也常相約出遊。

陸之陽十分珍惜這份得來不易的情誼，有她們陪在身邊，也漸漸填補了她內心的空虛與寂寞，讓她得到了一直渴求的認同感。

陳菲菲及蔣莘逐漸變成她最需要也最不可或缺的依靠，更成了她快樂的來源，原本黑暗孤寂的世界也就此出現曙光。

終於，她不再是孤伶伶的一個人。

不再是那個只會被身邊的人忽視、被冷落在一旁的陸之陽了。

「之陽，那我們先去幫妳占位子，妳要快點來喔！」蔣莘說。

「好。」某一天，她們準備到視聽教室上課，剛巧碰上陸之陽的生理期，她因爲經痛而感到不適，打算到保健室拿點止痛藥再過去。

從保健室去到視聽教室的途中會經過運動場，走到一半，陸之陽突然聽見有人大喊一聲：「小心！」她反應不及，瞬間一顆籃球飛來，直直砸中她的左手臂，強烈的衝擊使她一個重心不穩，當場跌坐在地。

幾個穿運動服的男生匆忙跑過來，肇事的男生尤其驚慌：「欸，對不起，妳沒事吧？」

陸之陽還來不及回答，另一道清亮的嗓音在一旁響起：「就叫你不要丟這麼用力，現在砸中人了吧？」說完，那人主動對她伸出手，「妳要不要緊？來，我扶妳。」

她盯著向自己伸出手的男生，呆呆地讓他扶起。

陸之陽一起身，砸到她的男孩詫異地對其他同學悄聲說：「哇，這女生好高！」

她的臉熱了起來，不自覺縮起肩膀，低下頭不敢看他們。

那個聲音好聽的男生這時又訓斥對方：「你還不趕快問一下人家有沒有受傷？」

陸之陽趕緊道：「沒關係，我沒事，只是有一點痛而已，我沒有受傷！」

那個闖禍者再度向陸之陽道歉後，就與其他朋友回到球場。

幫她出言教訓肇事者的男孩並沒有馬上離開，反而慎重的再向她確認一次：「真的沒事？如果很痛的話不要勉強，一定要去保健室檢查喔。」

「好。」陸之陽點點頭。

他朝她燦然一笑，旋即轉身離開。

男孩笑容裡的耀眼光芒，始終停留在陸之陽的腦海裡，沒有消失。

從此，她再也忘不了他的笑容。

再次看見那個男孩，是在幾天後的升旗典禮上，他正站在隊伍裡偷偷和身旁的同學講話。他臉上那率眞的陽光笑容讓陸之陽一眼就認了出來，同時也清楚地感覺到左胸口傳來一陣不安定的跳動。

後來，她終於得知他的名字叫藍暐，是二年級的學長。

下課時，陸之陽經常會在籃球場上看到他打球的身影，而她有時候也會刻意繞過運動場，只爲了偷偷看他一眼；偶有幾次與藍曄遠遠對上視線，她就會害羞地別過頭去，雙頰滾燙，不敢讓他發現自己紅透的臉。

如果說，陳菲菲和蔣莘是點燃她青春的一絲曙光，那麼藍曄就是閃耀的陽光，是她這朵向日葵只能遠望，卻無法高攀的明亮。

對陸之陽來說，藍曄太耀眼也太美好，所以她從沒想過她和他之間會有任何發展的可能，只能默默的暗戀他。

陸之陽也注意到藍曄有一個交情特別好的男生朋友，幾乎都和那個男生一起結伴行動，但她並不知道那個人的名字。

她喜歡藍曄的事，自始至終就只有讓陳菲菲及蔣莘知道。

因爲看重她們，所以陸之陽自然願意將自己心中的祕密告訴她們。蔣莘和陳菲菲在看見藍曄時，還會故意起鬨，鬧鬧陸之陽。

只是，就在她對好友吐露心意不久之後，卻在某天和陳菲菲撞見蔣莘與藍曄一起站在穿堂說話，兩人看來互動熱絡，相談甚歡。

之後陳菲菲問起，蔣莘卻故作神秘地語帶保留，笑咪咪的回答：「我們之間沒什麼啦，不過，我發現我跟藍曄還挺聊得來的耶！」說完，她還眨眨眼睛，對陸之陽探問：「之陽，妳不會生氣吧？」

大概是從第二個學期開始，陸之陽就注意到蔣莘對她的態度已經有些不同以往。

有的時候，蔣莘會突然對陸之陽特別冷淡，不跟她說話也不想理她，放學時還會直接拉著陳菲菲回家，完全把她冷落在一旁。

陸之陽還以爲自己做了什麼惹蔣莘不高興的事，爲此而緊張的寢食難安，但過了一兩個禮拜後，蔣莘卻又滿懷熱情的來找她，恢復往昔的親暱，一副什麼事都沒發生的樣子，讓陸之陽完全摸不著頭緒。

然而這並不是蔣莘第一次這樣，從那之後每隔一段時間，她就會毫無預兆的不時疏遠陸之陽，甚至某次在廁所裡，陸之陽還親耳聽見她不斷跟陳菲菲說自己的壞話，讓陸之陽當場在廁所裡淚流滿面。可是她不敢當面質問蔣莘，也不敢跟她撕破臉，深怕一旦鬧翻，就會徹底失去這兩個朋友，回到過去那段只有她一人孤單寂寞的日子。

蔣莘的忽冷忽熱讓陸之陽無所適從，只能將委屈默默隱忍在心裡，每次當蔣莘不理她時，陸之陽就覺得十分難受；但也只能小心觀察蔣莘的臉色，努力討她歡心，終日戰戰兢兢，一顆心隨著蔣莘的情緒起伏七上八下。

那時的陸之陽幾乎完全是爲蔣莘而活，甚至相信自己是因爲做了惹她生氣的事，蔣莘才會這樣對待自己。

升上高二，陸之陽漸漸習慣蔣莘的陰晴不定，也終於明白蔣莘或許並沒有那麼喜歡自己，但只要能不失去蔣莘和陳菲菲這兩個朋友，就算蔣莘對她再不友善，或故意做出讓她傷心的事，她也覺得無所謂了。

一個週末午後，陸之陽獨自在家裡顧店。

她懶洋洋地趴在桌上讀言情小說，眼角餘光瞥見門口站著一個人，而且還是個讓她意想不到的人物。

那位與藍曄感情很好的學長，正背著背包站在門口往店內張望。

陸之陽探頭看了一下，喊道：「你要買東西嗎？」

男孩的目光落在她臉上，接著走進店裡環顧四周，開口說：「請問有賣白砂糖嗎？」

「有。」陸之陽離開櫃台，從架上抽出一包白砂糖給他，「三十五元。」

「好。」結了帳，陸之陽說了聲謝謝惠顧。

他的視線又定在她身上，「妳是二年十班的陸之陽，對不對？」

陸之陽沒想到對方居然知道自己的名字，連班級也沒說錯，不禁詫異：「你怎麼知道？」

「我……聽說的。」他沒有多做解釋，「我在學校看過妳幾次。」

她頓了頓，忍不住說：「其實我也看過你，因爲我知道藍曄這個人，你們是很要好的朋友，對不對？」

「對。」他溫溫一笑，「我叫齊廣成。」

聊了一陣子後，陸之陽發現他其實人挺不錯，而且個性與藍曄很不一樣。和藍曄的爽朗外向比起來，齊廣成顯得十分沉穩內斂。

雖然始終無法再與心儀的男孩接觸，但能夠和他的好朋友這樣說話，也多少塡補了一些陸之陽心中的遺憾，為此感到小小的滿足。

與齊廣成認識後，後來在校園碰巧遇見他和藍曄時，齊廣成都會主動對她微笑點頭，她也會點頭回禮，然而當藍曄隨後也向她打招呼時，陸之陽就會不由得神情僵硬，因為過度緊張而什麼話都說不出來。

那年的春天來得準時，三月一到，天氣也漸漸舒適溫暖起來。

週六與陳菲菲及蔣莘逛完街，陸之陽卻在返家途中意外瞥見藍曄的身影。

他一個人提著袋子走在路上，似乎買完東西正要回家，陸之陽先是呆呆看著他好一會兒，最後竟做出了連自己都意想不到的事。

她決定尾隨藍曄。

約莫十五分鐘後，她跟著藍曄繞進一條巷子，再看著他走進一棟白色透天厝裡。

陸之陽在門口站了一下，好奇的朝大門裡面探頭窺望。

就在這時，背後忽然響起一道低沉的嗓音：「妳找我弟有什麼事？」

陸之陽差點嚇得驚叫出來，只見一名五官端正，眼神清澈的高眺男子，不知何時站在她身後。

她驚魂未定，心臟差點跳出胸口，「你……你弟？」

「剛才進屋的人是我弟弟，妳從巷口跟蹤他過來的時候，我就走在妳後面。」

陸之陽啞口無言，萬萬沒想到自己的鬼祟行徑竟會被別人看得一清二楚！

「妳是他同學？」男子揚眉問道。

她感到十分羞愧，恨不得立刻拔腿就跑，勉強答道：「是……學妹。」

「原來是學妹啊。」他似笑非笑地偏頭，「妳喜歡他？」

陸之陽滿臉通紅，連忙辯解：「不是，我只是要回家的時候剛好順路經過，不是故意要跟蹤他的……」

「是喔？那可不可以順便告訴我妳家在哪，我看看是不是眞的順路？」男子不肯輕易放過她。

陸之陽被問得說不出話來，不知如何是好。

碰上這個意料之外的發展，更是讓她不知所措。

於是，陸之陽就與這名自稱是藍曄哥哥的年輕男子，繼續站在他家門外，開始聊了起來。

男子問：「妳喜歡藍曄多久了？」

她低下頭，傻傻的老實回答：「一年……」

「他知道嗎？」見陸之陽搖頭，男子好奇又問：「怎麼不跟他表白？」

「我、我只是單純喜歡他而已，從來沒有過其他想法！」陸之陽羞得滿臉通紅。

「所以妳打算一直暗戀下去，就這樣躲得遠遠的偷看他？」他挑眉，饒富興味地勾起唇角，「幹麼這麼辛苦？」

陸之陽扭捏不安，低頭絞弄自己的手指，吞吞吐吐：「因爲……我對自己沒什麼信心。

我沒什麼特別的優點，既沒有女人味，長得也不漂亮。而且從以前到現在，周遭的男生都覺得我的身高會讓他們有壓力，根本不會想親近我。所以我想，藍曄應該也不會喜歡我這種女生……」

男子雙手抱胸，靜靜望著她，「妳大可放心，我倒不覺得藍曄會是個只看表面的人。」

她抿抿嘴，思緒依舊一片亂糟糟，「可是……」

「要不要我幫妳？」男子打斷她的話。

「什麼？」陸之陽瞪大眼睛。

「我大概知道他喜歡什麼樣的女孩子，妳如果有興趣，我可以告訴妳，妳只要照我說的開始努力，我想他注意到妳的機率會更大。」男子解釋。

陸之陽雙眼圓睜，臉上光彩熠熠，心中燃起了一簇希望的火光，「眞的嗎？」

「嗯，不過我現在沒辦法立刻告訴妳。妳有手機吧？下禮拜我回來時會打給妳，到時再教妳怎麼做。」

「你不住在這裡嗎？」陸之陽疑惑。

「我在台北讀大學，不過每個週末都會回來。妳叫什麼名字？」

「我叫陸之陽。」她答道：「陸地的陸，之乎者也的之，太陽的陽。」

他淺淺一笑，「我叫藍宇。」

結果這段意外插曲，成了陸之陽這一天最奇妙的際遇。

待幾日過去，腦袋冷靜了點之後，陸之陽開始覺得不太對勁，那個人會不會只是故意鬧著她玩？他眞的會打電話給她嗎？是不是別把那些話當眞會比較好？

沒想到星期六下午，居然眞的接到藍宇打來的電話，嚇了陸之陽一大跳。

藍宇約她七點在某個山腳下見面，那裡是個登山的入口，每逢假日就會湧現不少登山客，是當地十分有名的景點，許多在本地長大的孩子幾乎都爬過這座山。

起初她對藍宇晚上約在那裡碰面感到有些疑慮，但幾經掙扎後，還是決定前往赴約。

約定的那天，陸之陽騎著腳踏車，遠遠就看見距離山腳下不遠的路邊，停著一輛白色小廂型車。

等她停好車，走近一看，才發現那是一台餐車，而藍宇和另一名年輕男子就坐在一旁的椅子上聊天。

「來了？」藍宇起身，爲她介紹，「這位是我的朋友，這台餐車是他的，平常晚上他都會在這裡做生意。」

「我從來都不知道晚上有餐車在這裡賣食物耶！」陸之陽很驚訝。

「這幾個月才開始的，這是我的興趣。」男子咧嘴一笑。

「可是，晚上會有人來爬山嗎？這裡又沒什麼人潮……」陸之陽納悶。

「其實還是有的，有些喜歡上山看夜景的人就會光顧，若剛好碰上什麼天文奇景，像是流星雨或月全蝕，就會吸引更多人潮，那時的生意也會特別好。」

藍宇話音剛落，正好有一輛摩托車騎來，停在餐車旁。「妳看吧？」

後來陸之陽才知道，這台餐車的主人外號叫阿輝，大藍宇四歲，他們兩人是從小一起長大的好友。阿輝平時白天上班，晚上就來這裡賣一些美式熱食，供應的餐點有漢堡和薯條，還幫餐車取了一個可愛的名字，叫「小烏龜」。

當阿輝開始忙碌，藍宇和陸之陽就坐到對面的小小瞭望台上，從這個角度也可以看得到一些夜景。

「我本來以爲妳不會來，六隻羊。」藍宇微笑。

「什麼『六隻羊』？你不要幫我亂取綽號啦！」她嚷道，「我原本也在考慮到底要不要來……最後想想，還是決定來了。」

藍宇點頭，「很好，這足以證明妳是眞的很喜歡我弟。那就不浪費時間了，我現在就傳授妳幾招。」

陸之陽十分期待，「哪幾招？」

「首先，妳笑一個給我看。」

「笑？」呆了呆，陸之陽慢慢的牽動嘴角。

「妳身體不舒服嗎？」藍宇問。

陸之陽錯愕，「沒、沒有啊，你不是叫我笑嗎？」

「我是叫妳笑，不是叫妳模仿顏面神經失調。現在，再試一次。」

反覆試了幾次以後，陸之陽笑到臉頰都發疼了。

過了一會兒，她終於忍不住崩潰的哀號：「到底哪裡有問題？我明明就笑得很自然啊，爲什麼你要一直叫我笑？」

「因爲妳皮笑肉不笑，而且笑容裡一點光采也沒有。想讓別人對妳留下好印象，首先就是要擁有一個討喜的笑容，不是嗎？」

「這樣的話，化妝不就好了嗎？不但看起來比較有精神，也更漂亮啊！」陸之陽反駁。

「微笑就是最好的化妝品，妳沒聽過嗎？而且靠化妝品堆出來的美，妳覺得能維持多久呢？」藍宇嗤之以鼻。

「但是你們男生本來就是特別喜歡看那些會化妝的漂亮女生啊，不是嗎？」

藍宇靜靜看著陸之陽，招手要她靠近。陸之陽乖乖照做，等她一靠過來，他就伸指掐住她的臉頰，毫不留情的用力一捏。

陸之陽發出慘叫，痛到差點哭出來，「幹麼突然捏我？」

「不要強詞奪理，也不要一竿子打翻一船人。」藍宇繼續說下去：「先弄清楚目的，妳現在是想吸引藍曄，還是想吸引大部分的男生？並不是每一個男生都是那樣的。我弟弟不喜歡虛有其表，卻沒有半點內涵的女生。我要妳笑，就是要妳發自內心，因爲快樂而笑，而不是爲了笑而笑。重點在於妳的眼神，眼神不會騙人，懂嗎？」

「但……」她一時語塞，「如果沒有什麼快樂的事，那該怎麼辦？」

「這就是妳要做的第二件事了。」藍宇接著說：「現在，說出三個喜歡自己的地方，任何事情都可以。」

對陸之陽而言，這個問題簡直是比登天還難。

她想破了頭，幾乎要將腦漿榨乾，還是吐不出半個答案，最後只好放棄：「我想不到……」

「若我問妳討厭自己哪三個地方，妳大概花三天三夜都講不完吧？」藍宇回：「拿妳的身高來說，妳會對自己長得高有意見，是因為『妳』不喜歡，還是因為『別人』不喜歡？假如他們從來就沒有對此表示過意見，妳還會特別介意這件事嗎？」

陸之陽沒有說話。

「如果別人說妳哪裡不好，妳就眞的認爲自己不好，那妳當然不會覺得快樂，因爲妳的快樂都是別人給的。只要妳發現有人不喜歡妳，妳也就會跟著不喜歡自己。」

藍宇的這番話，讓陸之陽想起了蔣莘。

想起自己一直以來都在蔣莘的臉色下過活，蔣莘對她不好，她就痛苦不堪；對她和顏悅色，她就感到開心。陸之陽的快樂，全是依蔣莘的心情而定。

她讓蔣莘控制著她的悲喜，就像父親始終掌控著她的畏懼與不安一樣。

陸之陽吶吶說道：「可是……這跟藍曄能不能喜歡上我，又有什麼關係？」

「有啊，若妳總是嫌棄那些『自認爲是缺點』的缺點，總是嫌棄自己，當然就不會發自內心感到開心；既然不開心，也就不可能發自內心的笑，這樣的笑容自然不會有感染力，更不可能吸引到藍曄。」藍宇笑道：「我弟弟可不會喜歡一個老是自怨自艾的女生喔。」

藍宇那天指導她如何獲取藍曄歡心的方法，和她想像中的完全不一樣。

陸之陽沒有讓別人知道這件事，連陳菲菲跟蔣莘都沒提，尤其是蔣莘。要是蔣莘知情，不知道又會刻意做出什麼事來？就像之前蔣莘一得知陸之陽喜歡藍曄，便突然積極與藍曄親近，甚至在陸之陽面前也毫不避諱。

因此這次，她想要獨自守住這個祕密，不想讓任何人知道。

幾天後的傍晚，陸之陽出門回來，發現家裡有客人。

看見齊廣成跟父母坐在一起時，她十分訝異，不知他爲何會出現在這裡，沒想到陸父這時忽然開口喝道：「之陽，叫哥哥！」

她嚇了一跳，陸母趕緊笑著解釋：「之陽，他是妳爸爸朋友的小孩，過來打聲招呼吧。」

陸母告訴她，齊廣成的母親是陸父以前的朋友。

由於齊廣成的父母現在都在國外生活，僅留他一個人在台灣，因此陸之陽的父親答應幫忙照顧齊廣成，要他今後有空就多來家裡走走。

稍晚，陸之陽親自送齊廣成到門口時，仍感到不可思議，「沒想到你媽媽跟我爸是朋友耶，你一開始就知道嗎？上次來店裡買東西的時候怎麼沒說呢？」

齊廣成眼裡閃過一抹遲疑，笑容淺淡，「我也沒想到。」

自從那天起，陸父幾乎每天都會找齊廣成到家裡吃晚餐，還要陸之陽放學後直接找他一起回家。

隨著接觸的機會變多，陸之陽和齊廣成的互動也跟著頻繁起來，連陳菲菲跟蔣莘也發現了。

雖然陸之陽極力澄清，仍止不住蔣莘的嘲諷：「我還以爲妳是爲了接近藍曄，才打算收買他的朋友，不然就是發現自己追不到藍曄，乾脆轉移目標，之陽妳還挺會挑的嘛！」

有天，陸之陽忍不住在回家途中問齊廣成：「你這幾天都跟我一起回去，藍曄會不會覺得奇怪或是誤會我們之間有什麼？」

「阿曄不會誤會我們，妳放心，他知道我們只是朋友。」齊廣成回答得肯定，沒有一絲懷疑。

其實若想要接近藍曄，齊廣成無疑是可以馬上幫助她的最佳人選，但陸之陽實在無法厚著臉皮向他開口，也不好意思讓他知道自己一直喜歡著他的好朋友。

陸之陽認爲現在該做的，就是努力成爲藍曄會喜歡的女生，這樣才會增加他注意到自己的機會。

每個週六晚上，陸之陽都會準時騎著腳踏車上山，到「小烏龜」找藍宇。

與其說這是一對一的改造計畫，倒不如說更像是心理輔導課程，每一次藍宇提出的考驗都讓陸之陽頭疼不已，卻也讓她學到了不少東西。

「把今天讓妳覺得感恩的事，寫在這個本子上。」他遞給她一本筆記本，「小事也可以，最少列出十項。」

「十項？哪有辦法寫這麼多？」陸之陽驚呼。

「妳現在可以好好呼吸、身體健康的坐在這裡跟我抱怨，算不算是值得感恩的事？」藍宇總是能輕易駁回她的疑慮，「別多話，快點寫。」

經由他這樣一提示，陸之陽也有些頭緒了。

藍宇瀏覽著她最後湊出的十個答案，不禁疑惑：「『沒有踩到黑黑的尾巴』，這是什麼意思？」

「喔，黑黑是我鄰居養的狗，牠平時很喜歡從門縫裡露出尾巴來，我出門上學的時候常常不小心踩到牠的尾巴，所以牠每次看到我都會很生氣，常對著我狂吠。不過今天沒上課，也不用趕公車，經過門口時我特意放慢腳步，及時發現牠的尾巴，就沒有踩到了。」

藍宇一聽，當場仰頭放聲大笑。

陸之陽臉一陣熱：「幹麼笑我啦？你不是說小事情也可以寫嗎？」

「沒有踩到牠的尾巴，讓妳覺得很感恩嗎？」

「是啊，不然每次看到黑黑我都覺得很過意不去……」她咕噥。

「知道了。」他忍俊不禁，「那『芝芝叫了我的名字』又是什麼？」

「芝芝是住在我家對面的一個非常可愛的小孩，剛滿兩歲，我每天都會跟她玩。今天她第一次叫我『之陽姊姊』耶，讓我超感動的！」

「妳喜歡小孩？」

「對啊，我最喜歡小孩子了，你別看我這樣，我其實很有小孩子緣喔。如果可以的話，我希望將來可以從事跟小孩有關的工作；比方說像幼稚園老師或是安親班老師。」

藍宇望著臉上泛出光采的陸之陽。

她羞澀地說：「這是我的夢想。」

藍宇微笑，「有夢想是好事，妳要記得妳現在立下的目標。」

「那你的夢想是什麼？」陸之陽反問。

他沉吟片刻，「與其說夢想，倒不如說我現在只有一個願望。」他用筆記本輕敲她的額頭一記，「不過，我不告訴妳。」

「小氣！」她噘嘴。

藍宇走到餐車前，回頭對陸之陽說：「妳今天表現不錯，過來吧，我請妳吃東西。」

阿輝做了兩份熱騰騰的豬肉漢堡，陸之陽聞到香味，忍不住口水直流，「看起來好好吃喔，謝謝輝哥。」

「不客氣，要謝就謝藍宇吧。」他親切的擺擺手後，就去忙著招呼其他客人了。

陸之陽望著藍宇，開口：「欸……」

「我不叫『欸』，直接叫我名字就行了。」他慢條斯理地吃著漢堡，「什麼事？」

「沒有，只是想問一下，假如平日我有事想找你的話，可以聯絡你嗎？」

藍宇看她一眼，「可以，但若非必要，盡量別傳簡訊。」

她好奇問道：「為什麼？」

「我不喜歡用簡訊聯繫事情，除了文字往返很花時間之外，也覺得手機裡的文字讀起來冷冰冰的，所以我向來習慣直接用電話溝通。」

陸之陽有些意外，「想不到你還……挺龜毛的。」

「我比較希望妳說我有原則。」藍宇又毫不客氣地伸手往她的臉頰一捏，「給妳一個回家功課，從明天開始，每天都要在我給妳的筆記本上回答今晚我問妳的問題，下次見面時再交給我看。每個答案不許重複超過三次，一定要每天寫，不准在最後一天臨時抱佛腳，知道嗎？」

「你又捏我！」陸之陽吃痛，摸著臉露出哀怨的表情：「為什麼一定要每天做這些事嘛！」

「這樣妳才沒時間想一些不好的事，才會去注意能夠讓妳覺得開心的事。」藍宇邊吃邊說，再補一句：「我弟喜歡凡事都往好處想的樂觀女生。」

也許是因為發現自己無法忤逆這個男人的話，陸之陽每次都會乖乖遵從藍宇的要求，卻也因此感覺到了自己的心正漸漸地起了變化。

有時藍宇的一針見血會讓她感到十分赤裸，覺得自己內心深處的自卑和懦弱全被他看得一清二楚，但他的開導又像在她心頭注入了一道強心劑，給了她不同的視野和想法。

因此，陸之陽也慢慢開始覺得，自己其實並沒有想像中這麼糟糕。

甚至，當蔣莘有一天又突然拉著陳菲菲不理她時，陸之陽也不像過去那樣倉惶無措。

她意識到，或許不僅是因為自己的心已經變得堅強，而是因為她發現還有一個人，願意聽她說話。

過去有心事，陸之陽只能說給蔣莘跟陳菲菲聽，但是當碰上連向她們都無法述說的時候，她只能將那些心事悶在心裡，成爲沉重的煩惱。如今每個星期六晚上固定與藍宇的會面，不知不覺讓藍宇成了陸之陽另一個抒發情緒的出口。

跟藍宇在一起時，陸之陽可以暫時擺脫那些負面情緒，也能在和他交流的過程中，讓她受傷的心獲得平靜，得到前所未有的勇氣和力量。

縱使平日得面對蔣莘的冷漠與尖酸刻薄，但她不再像以前那麼絕望，也不再懼怕自己無處可去。

只不過，也不是每一次都能這麼順利。

自從齊廣成時常來家裡拜訪以後，陸之陽發現，父親漸漸也變得不太一樣了。

先前總是動不動就焦躁生氣的他，提到齊廣成時總是笑容滿面，無論何時何地，他開口閉口都是「齊廣成呢？叫他來家中坐坐啊！」。

每當齊廣成來家裡吃飯時，陸父更是忙著挾菜給齊廣成，筷子從沒有停過。

一直以來，陸父從來都沒有對陸之陽做過這個舉動。

在齊廣成身邊，陸之陽就像個隱形人，父親看不見她，眼裡也不曾有她，連一句簡單的問候或是關心的笑容也不願意給。

「這孩子簡直就像你的兒子一樣。」當有人對陸父這麼說時，陸父聽了更是異常高興，久而久之，陸之陽也隱隱聽出了某些弦外之音。父親對齊廣成的好，已經到了連左鄰右舍都覺得匪夷所思的地步，各種謠言也開始不脛而走。

「你母親能有個這麼優秀的兒子，眞是上輩子修來的好福氣！」陸父的笑容很是驕傲。

這天在餐桌上，微醺的陸父毫不掩飾的讚美齊廣成，擅長察言觀色的齊廣成也及時回應：「叔叔能有像之陽這樣的女兒，也是福氣啊。」

「唉，不一樣不一樣，女兒沒有用啦！」他大手一揮，與方才的態度截然不同，「一個女孩子家能幹什麼？我這個女兒根本一點用也沒有！她還是快點嫁出去比較實際，省得我麻煩！」

陸父這番話一出口，讓在場三人頓時鴉雀無聲，陸之陽更是緊咬下脣，盯著手中的碗動也不動，只能強忍住即將奪眶而出的淚水。

那個週末，在天色暗下前，陸之陽已經提早抵達小烏龜對面的瞭望台，抱膝眺望著遠方。

藍宇走到她身旁，「怎麼愁眉苦臉的？」

陸之陽沒有回應，只是慢吞吞的拿出筆記本，老實招供：「這禮拜的作業……我沒有寫。」

看到本子裡一片空白，藍宇再問：「爲什麼？」

「我寫不出來。」她神色黯淡，悶悶不樂，「這次不管我怎麼努力想，就是找不到任何一件能讓我開心的事。」

「發生什麼事了？」藍宇溫聲問。

這一夜，她向藍宇傾吐藏在心底最深的心事，關於父親的事。

聽完之後，藍宇說：「原來廣成和妳家有這樣的關係。」

聽到藍宇這麼稱呼齊廣成，陸之陽頗感訝異，「你認識他嗎？」

「嗯，他和藍曄很好，週末偶爾會到我們家玩，今天他也有來。」他的聲音很溫柔，「所以妳覺得，妳爸爸對待廣成的方式傷到妳了？」

陸之陽默認不作聲。

「妳會討厭廣成嗎？」藍宇凝視著遠方問道。

「是不會……他人還不錯，我跟他也處得很好。每次我爸在我們面前稱讚他的時候，我知道他其實也有點尷尬，最主要的問題出在我爸身上。但我覺得難過的是，在我爸眼裡，我好像根本一點都不重要，是個可有可無的存在。從小我就沒聽他對我說過任何讚美的話，平常也沒怎麼關心我。可是自從齊廣成出現後，我才知道原來他也有那一面，我從來沒看過我爸對誰這麼好，只要提到齊廣成，他永遠都是一副笑嘻嘻的模樣。」

陸之陽說著說著悲從中來，有些哽咽：「我眞的這麼差嗎？爲什麼他從來就不能好好看看我，對我說些鼓勵的話？爲什麼可以對別人的小孩，比對自己的小孩還要好？我這個女兒眞的讓他這麼沒有面子嗎？對他來說，我眞的一點用處也沒有？我眞的這麼糟糕嗎？」

看見陸之陽極力忍住不哭，藍宇只是輕輕摸摸她的頭，「眞的很難過的時候，就別憋著，乾脆哭出來吧。」

「不要，好丟臉，而且我沒有帶衛生紙。」陸之陽悶聲，硬撐著不掉淚。

「好吧，那肩膀借妳，順便給妳當衛生紙，如何？」

陸之陽一聽，紅著眼眶望向他，略帶鼻音問：「真的可以？你不會又趁機捏我的臉吧？」

藍宇微笑，「只要妳不故意拿我衣服擤鼻涕的話。」

最後，陸之陽將頭倚在藍宇肩上，無聲掉著眼淚。

她隱隱感覺到自己的淚水，正一點一滴滲進他肩上的衣料。

其實她從沒想過要藉由大哭一場來抒發這些情緒，也不想當著藍宇的面前流淚，但他此時的溫柔陪伴，卻讓她的眼淚止不住地潰堤。

那些哽在心頭的委屈、自童年起就受了傷的心靈，都在此刻化成濃濃酸楚，排山倒海湧來。

努力不發出啜泣聲，已經是陸之陽所能做到的最大極限了。

「妳的鼻涕流下來了。」藍宇語中帶著笑意。

「亂講，哪有？」陸之陽一窘，大聲反駁。

「哭過以後覺得舒服一點了吧？」藍宇走到餐車前跟阿輝買了兩杯冰紅茶，遞給她一杯，「給妳止止渴。」

陸之陽捧著紅茶，注視著藍宇的側臉，「藍宇，你是不是都沒有什麼煩惱啊？」

他放下飲料，瞇眼看她，「……妳這是在諷刺我嗎？」

「不是啦，我的意思是，感覺你對許多事都很有自己的想法，總是一副頭腦冷靜、從容淡定的樣子，所以我才會忍不住懷疑，是不是沒有什麼事能夠讓你害怕？」說完，陸之陽還機警的遮著自己的臉倒退一步，以免藍宇又突然伸手捏她。
藍宇安靜片刻，才緩緩說道：「如果我說有呢？」
「如果有……」陸之陽頓了頓，「我覺得你也可以說出來啊！」
「對誰說？妳嗎？」
「不行嗎？雖、雖然我可能無法給出什麼好建議，也許你認爲我只是個高中生，覺得告訴我沒有用，然而我知道有人肯聽自己傾訴心事是一件很棒的事情，就算只是陪伴跟傾聽，也會帶來很大的幫助。這種感覺，我最清楚了！」
「所以妳的意思是，如果我有心事，妳也會願意陪伴我，並且聽我述說？」
「呃……類似這個意思啦！」陸之陽難爲情的別開視線，「你平常不是要我學習感恩嗎？既然這樣，我當然也會想要有所回報呀，我又不是那種把別人的付出視爲理所當然的人，我才沒這麼厚臉皮呢！」
陸之陽紅著臉說完這些話，一旁的阿輝正好聽見，不禁笑著看了藍宇一眼。
「六隻羊。」藍宇沉聲喚道。
「啊？」她抬起頭看著他。
「我問妳，假如到最後事情無法如妳所願，妳會怪我嗎？」藍宇神情淡然，「如果妳努力了這麼久，最後藍曄還是沒有喜歡上妳，甚至還交了女友，妳會生我的氣，不再理我嗎？」
陸之陽連忙回：「不……不會啊，怎麼可能因爲這樣就生你的氣？我雖然不聰明，但也知道這種事情不是光靠努力就能成功的啊！如果我眞的因此不理你，那也太幼稚了吧？」她盯著杯子，低聲說：「況且，就算失敗了，我也還是會想來小烏龜吃漢堡跟……看夜景啊。」

陸之陽差點把「跟你見面」這幾個字講出來，幸好及時打住。這樣難爲情的話，她實在不好意思說出口。

藍宇露出開心的微笑，「那就好。」

時序來到五月，和煦溫暖的春風陣陣吹來，已經嗅得到初夏的味道。

陸之陽發現，今年的夏天，來得比較早。

某天晚餐後，她與齊廣成兩人站在家門口吹著風。

對面房子外牆上的藤蔓，上頭的幾朵小白花被風吹落了幾片花瓣，在兩人面前優雅輕盈地旋轉，空氣裡也隱隱飄來一股淡雅香味。

「下個月你就要畢業了耶。」陸之陽開口：「你已經想好要讀哪一所大學了嗎？還是你打算到國外去找你爸媽？」

「嗯……其實我沒有打算去國外找他們，還是會留在這裡。」齊廣成回：「大學的話，也還在考慮。」

「是喔？不過你的成績這麼好，考哪間大學應該都不會有問題的。」陸之陽好奇，「我可不可以問你一個問題？」

「可以啊。」他微微頷首。

「你為什麼不跟你父母住在一起，反而想一個人留在這裡啊？」

齊廣成思忖片刻，回答：「事實上，現在跟我媽在一起的人是她的男友，並不是我父親。我媽在我十歲時就跟我爸離婚了，一年前她認識了現在的男友，他是新加坡人，所以我媽就跟著搬到新加坡去。我說我想留下來，她也尊重我的決定，因為我不想打擾他們的兩人生活，就選擇待在台灣了。」

她點點頭，「難怪你媽會把你託付給我爸了，不管怎麼樣，你一個人在這裡，有個認識的人可以幫忙照應也比較好，這樣你媽媽才會放心。」

陸之陽又問：「這兩個月你在我們家，會不會不適應？」

「不會，我覺得很愉快。叔叔跟阿姨都對我很好，妳也是。」齊廣成望向她，若有所思說道：「我其實……很喜歡跟妳相處，也很喜歡像現在這樣，在吃飽飯後能和妳一起站在家門口聊天的感覺。」

「真的？」

齊廣成微微一笑，「我沒有手足，認識妳後，感覺就像是多了一個妹妹，讓我覺得很高興。」

陸之陽噗哧一聲，「要是你真的有一個像我這麼笨的妹妹，應該會覺得很丟臉吧？就像我爸老是嫌棄我，一天到晚說我沒用。」她打趣道，不忘自嘲。

齊廣成卻搖搖頭，認真地凝望著她，以十分肯定的語氣回答：「我會覺得很驕傲。」

轉眼間，陸之陽和藍宇的每週會面，不知不覺持續了兩個多月。

雖然之前是因爲陸父的打擊，才讓她心情低落而沒有完成藍宇要求的功課，但藍宇不僅沒有放過她，反而要求陸之陽把每天要寫下的值得感恩的十件事，再多增加五件，另外還要再寫出三項「覺得對不起自己的事情」。

藍宇強硬的態度簡直比學校的老師還要嚴格，讓她不禁在心裡直呼這個男人簡直就是惡鬼。

此外，藍宇還規定若陸之陽眞的寫不出來，也不能到了見面當天再求救，因此她偶爾也會打電話給他，並且爲了避免踩到他的地雷，一概不傳簡訊。漸漸的，她也慢慢被藍宇的習慣所影響。

因此，兩人的互動不再僅限於每週六的會面，平常晚上，他們有時也會通電話聊天。

到了後來，陸之陽發現，自己已經不再只是爲了藍曄才願意每週去小烏龜跟藍宇見面，而是因爲心靈有了另一個寄託，有了一個可以使她盡情放鬆、抒壓，以及可以讓她內心的聲音被「聽見」的地方。

六月的第一個星期五，剛放學踏進家門的陸之陽隨即接到藍宇的電話。

連制服都來不及換下，她就背著書包，急忙騎車上山。

藍宇獨自坐在瞭望台上，這時連餐車小烏龜都還沒有來。

當他一看見陸之陽到來，便朝她筆直走來。

她隨即發現，那天的藍宇看起來有點不太一樣。逐漸昏暗的天色下，男人眸中的光芒依舊清晰可見，他的笑容也比以往更加燦爛，整個人神采奕奕。

陸之陽一時之間有些看呆了，藍宇走到她面前做的第一件事，就是伸手捏住她的臉頰，「妳遲到十五分鐘了，六隻羊。」

「好痛！人家一放學就馬上騎腳踏車飛奔過來了耶！你沒看到我書包都還背在身上嗎？」她哇哇大叫，趕緊扳開他的手，神情滿是不解：「可是你怎麼會在這時出現在這裡？今天不是才禮拜五嗎？」

「因爲臨時有事，我下午才提早從台北回來，想說乾脆早點找妳出來見面。」他雙手抱胸，看起來很開心的樣子，「怎麼了？不行嗎？」

「沒有啊……只是覺得有點納悶。」陸之陽忍不住觀察藍宇的表情，「你怎麼看起來那麼高興，是不是有什麼好消息要告訴我？」

藍宇莞爾一笑，低頭瞧瞧她：「看到妳穿制服的樣子，我才意識到妳眞的是一個高中生。」

「你很失禮耶，我只是長得高而已，臉還是很幼齒的好不好？而且像我一樣有雙修長美腿的高中生，全台灣還沒幾個呢！」她仰頭叉腰，雙腿往前一跨，絲毫不害臊地說。

藍宇一聽，非但沒吐槽，反而讚賞道：「很好，妳終於懂得稱讚自己，不再是之前那個只會嫌棄自己的小女生了。」他眼眸含笑，「我已經沒什麼好教妳的了，恭喜妳，妳可以從我這裡畢業了。」

陸之陽聞言，愣然開口：「什麼意思……你不打算再跟我見面了嗎？」

「不是，我只是覺得這兩個月來妳已經進步很多，也變得更有自信了。只要持續堅持下去，妳就會越來越喜歡自己，不需要我在背後推妳一把了。」

停頓一會兒，他問：「想不想在最後送自己一個畢業禮物？」

「畢業禮物？」

「嗯，比如，跟藍曄告白。」

「告白？」她嚇一大跳，「為什麼？」

「妳一開始不就是為了藍曄才這麼努力的嗎？現在妳也該鼓起勇氣給自己一個機會，讓他好好看看妳了。再過不久他就要畢業了，妳也喜歡他兩年了，不覺得該是時候告訴他了嗎？」

陸之陽驚慌失措，擺擺手，「可是我還沒有心理準備，也不覺得自己現在變得有多好，要是到時失敗了……」

「我會鼓勵妳跟藍曄告白，不是要妳一定得跟他交往，而是希望妳不要留下遺憾。若努力了這麼久，藍曄還是沒接受妳的心意，那也不是妳的問題，當然更不表示妳這段時間的努力全是白費。」

藍宇笑容眞摯，「在我眼中，現在的六隻羊，已經是個很好的女孩子了。假如藍曄沒有辦法喜歡妳，那麼身爲哥哥的我，也只能說是我弟弟沒有這個福份。他看不上妳，是他的損失。」

陸之陽的雙頰一片潮紅，心跳加速，感到又驚又羞。她怎樣也想不到，藍宇居然會如此肯定自己，頓時內心激動不已，甚至感動得有些想哭。

她好高興。不知道爲什麼，這一刻她突然發現，能得到藍宇的肯定與認同，遠比跟藍曄告白成功更讓她覺得雀躍。

「六隻羊，明晚我有事情，所以沒辦法跟妳見面。」藍宇說道：「下週六記得準時過來，我有重要的事要跟妳說。」

陸之陽好奇，「什麼事？」

「到時候就知道了。」他兩手抱胸，「妳呢，乾脆就選在藍曄畢業典禮的那天跟他告白好了，那應該是最適合的日子，而且在那之前也還有一點時間可以準備。」

畢業典禮……陸之陽心跳得更厲害，也更緊張了。

「還是沒勇氣？」見女孩仍是一副六神無主的模樣，藍宇提議：「需不需要幫妳打氣一下？」

陸之陽抬頭，不解地望著他，「你要怎麼做？」

藍宇用食指跟拇指比出閉合的動作，「妳把眼睛閉起來。」

「你又想捏我的臉！」她反射性地遮住臉頰。

「這次不會。」藍宇認眞說道。

「眞的？不可以騙我喔！」陸之陽遲疑了一會兒，這才戰戰兢兢的闔上眼睛。

不出幾秒，她便感覺到有一抹溫熱柔軟的觸感，輕輕貼覆在自己的左臉頰上……

一張眼，就看見藍宇深邃清澈的瞳仁離她好近好近。

陸之陽先是一呆，隨即整張臉火辣辣的燒了起來！

「藍宇你——」她失聲尖叫，一連倒退三步，「你幹麼親我？」

「就用現在這種大叫的精神好好加油吧，有我的加持，相信就算我當天不在，妳也不會有問題的。」藍宇笑容璀璨如陽，臉上堆滿笑意，「那就先祝妳好運了，別忘了下禮拜過來，不准遲到喔。」

陸之陽驚魂未定，心臟差點跳出胸膛，臉色宛如番茄般紅咚咚，久久無法言語。

接下來的一週，陸之陽總是處在心神不寧的狀態。

只要想到要跟藍曄告白，她就會想起那天藍宇在她臉上落下的那一吻，接著她就會不由自主地心跳加快，腦袋完全無法靜下來思考。

哪有人會親一個喜歡自己弟弟的女生，還把這個舉動當成祝她告白成功的鼓勵呢？陸之陽實在是無法理解藍宇的行爲；害她現在只要一想到藍宇，就比想到藍曄還要緊張，當時他嘴脣的觸感都還深深烙在她的臉上，令她難以忘懷。

一直到了下個週末，陸之陽始終不知道要用什麼樣的心情去面對藍宇。

星期六吃完晚飯，陸之陽和齊廣成一起出外買東西。

回到家後，齊廣成去上洗手間，她則提著袋子要到廚房找母親，卻在跨進門的前一刻，聽見母親用焦急的語氣在跟父親說話。

那是她第一次聽到母親的聲音如此焦慮，不禁停下腳步，靜靜地待在門口偷聽。

陸母站在餐桌旁，對著坐在椅子上的丈夫不安地開口：「你也應該為之陽想一想，要是你現在告訴女兒，對她的打擊會有多大？」

「所以我早說一開始就要講，是妳一直說要等的，是要等到什麼時候？早晚都會知道的事，為什麼還要拖？之前先講的話現在不就沒事了嗎？」陸父的口氣滿是不耐。

「你也想想之陽的心情好嗎？她到現在只知道廣成是你朋友的孩子，你不給她一點心理準備，她要怎麼接受這個事實？這樣她會很難過的！」

「要什麼心理準備？這有什麼好難過的，讓廣成當她的哥哥不好嗎？莫名其妙！」

「沒有不好，但是突然告訴之陽眞相，她會非常受傷的，之陽是你的孩子，算我求你，拜託你不要這麼對她——」

「什麼你的我的孩子？廣成難道就不是我的孩子嗎？」陸父盛怒拍桌，大吼：「我要我的親生兒子回來跟我一起住，有什麼不對？」

陸之陽震驚得睜大雙眼，當場動彈不得。

齊廣成走到她身邊，發現她面色蒼白，關心問道：「之陽，妳怎麼了？」

她一凜，轉頭凝視著他，視線無法從他的身上移開。

「齊廣成。」她終於出聲，神情呆滯，「……你是我爸的兒子？」

齊廣成定住，垂下眼瞼沒有回應，陸之陽從他的反應中也看出了答案，原來齊廣成早就知情。

「之陽，我……」他還來不及解釋，陸之陽就已拔腿奪門而出，廚房裡的兩人也聞聲而來，齊廣成匆匆知會一聲，便急忙出去追人，但陸之陽早已消失在夜色之中，不見蹤影。

當齊廣成找到陸之陽時，已經是深夜十二點。

他在巷口外發現一臉疲憊的她，想要上前關心，她卻全然視若無睹。

陸之陽完全不搭理他，看也不看他一眼，齊廣成只好默默地跟在她身後回家。

陸母早已著急到哭紅了眼，看到女兒平安返家，終於放下心中大石，急忙上前擁抱女兒。

反觀陸父，不但從頭到尾沒有一句關心，反而狠狠把陸之陽斥責了一頓，怪她突然跑出去聯絡不上，害大家擔心，甚至害齊廣成在外頭奔波了這麼久，爲了尋找她，連回家的公車都沒有搭上。

面對父親的斥罵，陸之陽表情木然，不發一語。

那天晚上，陸母堅持要在陸之陽的房裡陪著她。

陸母向她解釋，齊廣成的母親，其實就是陸父婚前交往多年的對象；對方當年與別的男人結婚時，就已經懷了齊廣成，但陸父不知情，直到齊廣成的母親決定移民到新加坡，才與他聯繫並且說出眞相，爲的就是希望他可以幫忙照顧隻身留在台灣的兒子。

陸父之所以與陸母發生爭執，就是因爲陸父想把齊廣成接來家裡住，同時也打算對陸之陽說出眞相。

陸之陽聽完後，眼神空洞，茫然的看著爲她擔憂的母親，仍然無法置信。

「媽，妳不生氣嗎？」她的聲音微弱，近乎蚊鳴，「爸這樣對妳……妳一點都不怪他？」

「媽媽沒關係，之陽，重要的是妳，媽擔心的只有妳。只要妳好，我沒什麼不能接受的，也沒想過要怪誰。」陸母輕撫女兒的手，眼眶泛紅，「媽是心疼妳……怕妳受到打擊，才求妳爸不要告訴妳。他也是想要彌補過去不曾照顧廣成的虧欠，才會這麼想把他接過來一起住，原本廣成第一次來我們家的那天，你爸爸就想告訴妳，可是廣成他不願意，怕打擊到妳，所以我們當初才會宣稱他是妳爸爸朋友的小孩。」

陸母哽咽：「之陽，我知道妳很難過。可是，媽還是希望妳可以試著體諒妳爸爸，也體諒廣成。妳爸爸也是不得已的，不管怎麼樣，他不可能狠心丟下廣成不管，妳說是不是？」

「那妳呢？」陸之陽望著母親，一滴淚水自臉頰淌下，「媽，誰來體諒妳？」

陸母沒有回答，只是陪著她掉眼淚。

陸之陽憶起自己在年幼時，也曾和母親一起在房間裡相擁哭泣。

當那段回憶湧上心頭，她發現那些畫面居然還是如此鮮明清晰，彷彿一直都在她的內心深處，不曾忘卻。

母親的心痛和眼淚，在多年以後，與藏在她記憶中的那個場景重疊了。

翌日，陸之陽在房裡躺了一整天，沒有下樓。

當她感覺房內光線逐漸暗下時，隱約聽見雨珠敲打在屋簷上的聲音，恍恍惚惚之際，忽然想起了一件事，不禁倒抽了一口氣。

藍宇。

陸之陽迅速起身，拿起手機一看，螢幕卻一片漆黑，等她插上充電器，重新開機，才確定今天是星期日，昨晚她沒有去找他。

「下週六記得準時過來，我有重要的事要跟妳說。」

陸之陽連忙打給藍宇，電話卻被轉進語音信箱。

等不及手機充完電，她便直接跑出家門，跨上腳踏車朝小烏龜直奔而去。

她極度想見到那個男人。

她想向他求助，請他告訴她接下來應該怎麼做，她希望藍宇可以指引她明確的方向，教她如何逃離眼前這個即將吞噬自己的漩渦。

她希望藍宇能夠幫助她，甚至拯救她，就像以往他總是能順利引領自己度過無數次徬徨與無助的時刻一樣。

她想見他，想要待在他的身旁，這樣就能從快要崩潰窒息的情緒裡掙脫出來，喘一口氣。

陸之陽氣喘吁吁的抵達山腳下，自然不見藍宇的身影，也沒見到小烏龜餐車。

這一天，藍宇沒有來。

而她卻也不敢再打電話給他。

明明他還特別叮囑過，她卻徹底忘記跟藍宇的約定。

他一定生氣了吧？所以才始終沒有再聯絡她。

滿腹心事無處訴說，讓陸之陽覺得彷彿回到像過去那段無助的痛苦日子一樣。

陸之陽的情緒低落，旁人都看在眼裡。雖然在學校時，陳菲菲跟蔣莘都有前來關心，但蔣莘總是說沒幾句，就把話題轉回到自己身上，讓她的心情更加抑鬱，完全不想再對好友傾訴。

那幾天，齊廣成每天放學都跟在陸之陽後面，隔著一小段距離，送她回家。

他始終寸步不離，默默的陪在她身旁，儘管她不再正眼看他。

一天，飄著雨的回家路上，他們兩人都沒撐傘，陸之陽走著走著，猛然回頭大喊：「你不要再跟著我了！」

齊廣成停下腳步，對上陸之陽悲憤的眼神。

「你從一開始就知道了吧？」陸之陽聲音嘶啞，努力壓抑情緒：「更早以前……從你第一次來我家買東西的時候，就知道這件事了吧？所以你才會說在學校有注意到我。當時你故意出現在我家門口，爲的就是要見我爸，對不對？」

齊廣成沒有回答。

「你不覺得你媽媽很自私嗎?當年偷偷懷了你，把你生下，現在爲了到國外生活把你一個人留在這裡，還爲了讓你有人照顧而找上我爸，破壞我家一直以來的安寧。你媽把我們家當什麼?把我媽當什麼?你不覺得你們欺人太甚了嗎?」陸之陽瞪視著他。

「之陽。」齊廣成打破沉默，「不是我媽的錯，妳要怪就怪我。是我說想要見爸爸，我媽才會這麼做的。她在我國中時就告訴我當年她和妳爸之間的事，我才知道他們是在不得已的情況下分開的。我的繼父不喜歡我，跟我媽感情也不好;他們離婚後，我才有了想見親生父親的念頭。我想知道他是怎樣的人，現在過著什麼樣的生活，但我們眞的從來沒有想過要介入你們的家庭。這一切確實是因爲我的私心而起，我媽是心疼我，才想爲我完成心願，讓妳受到傷害的人是我，對不起。」

「妳媽跟我爸是在不得已的情況下分開，所以很可憐，然後呢?那明明已經是以前的事了啊，爲什麼現在卻要這樣傷害我媽呢?你媽委屈，我媽就不委屈嗎?是不是看我媽好欺負，你們才騎到她頭上?等你媽哪天回來，是不是就要上演大團圓的戲碼了呢?」陸之陽越說越激動。

「之陽，眞的不是這樣。」齊廣成眼裡浮現一抹痛苦，「我們沒想過要從你們身邊奪走什麼，我也從來沒想過要取代妳在叔叔心中的地位，是眞的。」

她冷哼一聲，「地位?你看我在我爸心中哪有什麼地位?自從你來之後，他就完全把我當成像空氣一樣視若無睹，你不也看得很清楚嗎?他一直都在等著你跟他一起生活，每天都滿懷期待呢!有你在他身旁他多開心啊，有眼睛的人都看得出來。」

陸之陽冷笑：「你根本就用不著努力討好我跟我媽，你什麼話都不用說，什麼事都不必做，不需要花任何力氣，就可以得到我爸所有的關愛。你想要的現在全都有了，恭喜你能享受天倫之樂。你已經達到目的了，不用再浪費力氣假裝關心我們，更不用故意說你有多喜歡跟我在一起，你可以不用演戲了！」

「我沒有假裝。」齊廣成低聲回道：「我承認，一開始是爲了妳爸爸，我才會接近妳跟阿姨的，可是現在，比起跟他相認、一起生活，我心裡更在乎的人是妳，我是眞的很喜歡和妳在一起，妳才是現在我在這個家裡最重視的人。故意隱瞞妳是我的不對，但是我那天在家門口對妳說的，全部都是眞心話，請妳相信我。」

一片寂靜之中，僅剩綿綿的雨絲不斷落下，一點風也沒有。

陸之陽緊咬下脣，眼眶泛紅地怒瞪著齊廣成。

良久，她咬牙迸出一句：「騙子！」

雨越下越大，齊廣成仍然佇立原地，久久沒有離去。

過了一星期，週六傍晚，陸之陽再度來到山腳下。

她沒有看見藍宇，只見小烏龜的老闆阿輝一個人站在餐車前，他朝她招招手，示意她過去。

他遞給她一個熱騰騰的漢堡和一杯冰紅茶，說是藍宇給她的。

陸之陽心一跳，「他剛剛在這裡嗎？」

「沒有，他不在，這是他上禮拜要我準備的。他說如果妳之後有過來，就請妳吃這個作爲餞別禮。」阿輝告訴她：「藍宇這禮拜就畢業了，之後就要準備出國念書，不會再來這裡了。」

陸之陽因爲過於震驚，遲遲無法反應過來。

看到女孩僵立不動，阿輝接著問：「之陽，妳知道上禮拜六是什麼日子嗎？」

她緩緩點頭，囁嚅：「那天我跟他約好要見面，可是我卻沒有來……」

「不是的。」阿輝表情溫和，「那天其實是藍宇的生日，他在這裡等了妳一整夜。」

聞言，陸之陽的腦袋一片空白。

「生日……」她面色蒼白，「我不知道，我……」

「他要開始邁向人生的另一個階段了，也希望妳能好好繼續過接下來的生活，他說希望妳可以越來越好，做個喜歡自己的人，這是藍宇給妳的祝福。」

這時，一台車子停在餐車旁，阿輝微笑：「也祝妳接下來的目標能夠順利達成。」

阿輝隨後便忙著招呼客人，陸之陽仍盯著手中的漢堡，沒有動作。

過了一會兒，陸之陽的眼角落下了一滴淚，再也抑制不住傷心的情緒。

她就這樣失去藍宇了。

她淚流滿面，縱使心裡悔恨，也明白自己已經再也無法見到藍宇了。

她眞的失去他了。

「也祝妳接下來的目標能夠順利達成。」

那是藍宇最後留給她的祝福，可是她卻沒有做到。

畢業典禮當天，見到與齊廣成一起站在會場的藍曄，陸之陽只是站在一旁，什麼都沒有做，只是眼睜睜看著暗戀兩年多的男孩，從此離開自己的世界。

她的心動、她的初戀、她的青春，就這麼隨著男孩的畢業，黯然寂靜地劃下句點。

齊廣成後來考上高雄的一所國立大學，不管他平時如何忙碌，週末幾乎都會回來探望陸之陽一家。

也許是因爲已經沒有顧忌，陸父會在喝得迷迷茫茫之際，開始大肆暢談與齊廣成母親的那段過去，像是他們當年是怎樣被拆散，兩人的愛情如何刻骨銘心，甚至還直接當著陸母的面前讚美舊情人，向齊廣成說他的母親有多麼美好，多麼令人心動。

「你就長得跟你媽媽一樣，臉白白淨淨，眼睛大大的，好看極了。還是像你媽媽好，不要像我！」陸父拍拍齊廣成的肩，放聲大笑：「你媽媽眞的是幫我生了一個好兒子，我的人生沒有遺憾了，哈哈哈！」

當陸母發現女兒握著筷子的手隱隱顫抖，趕緊伸手揉揉她的大腿，安撫她的情緒。

升上高三後，陸之陽開始早出晚歸，到了假日也總是不在家。

開學第一天，她就認識了一個男生，是去年遭到留級的學長，也是讓師長頭疼不已的問題學生。

由於學長的座位就在陸之陽隔壁，經過幾次互動，兩人漸漸熟稔，陸之陽竟開始跟著他一起翹課，到了晚上甚至還會跟他在外頭喝酒、四處遊蕩。

有一天，那個學長開口：「妳一天到晚跟著我，要不要乾脆跟我交往算了？」

於是，陸之陽交了生平第一個男朋友，每天都和他出雙入對。

某次，兩人手牽手走在路上，被放假回來的齊廣成撞見，但陸之陽只是冷冷的從他身旁走過，理都不理他。那時的她已經與齊廣成形同陌路，不曾再叫過他的名字，就連瞧他一眼都不願意。

半年後，那個學長因爲觸犯校規而遭到退學，兩人也因此分手，沒再聯絡。

由於過去都和男友在外頭混到三更半夜才回家，陸之陽有段時間經常被父親動手教訓，甚至被賞過幾次巴掌，但她從不反抗，也不吭聲。

上了大學後，她終於搬離家裡，久久才回家一次。

就算回到家中，陸之陽與父親的互動也十分生疏，父女倆更不曾好好說話，因爲通常陸父對她說的第一句話，就是責罵。

陸之陽白天上課，夜晚就和同學上夜店飲酒作樂喝個爛醉，抱著馬桶吐到不省人事，也是常有的事。

直到她與第二任男友交往，被禁止再去夜店，這樣靡爛的生活才暫時停止。

與第二任男友交往時，陸之陽把他照顧得無微不至，除了上課打工外，其他時間就是與男友在一起，完全以對方爲生活重心。

她為他打掃家裡、幫他煮飯，張羅一切家務。她如此盡心盡力，為的就是希望畢業後能馬上與對方結婚，徹底遠離那個讓她窒息的家。

當時的陸之陽一心認為，唯有結婚，才能夠擺脫過去的陰影，走出父親帶給她的沉重傷痛。

那些父親無法給她的，她便不斷施予在別人身上，藉此填補心中深不見底的黑洞，彌補她一直以來缺乏父愛的缺憾。陸之陽傾盡所有、付出一切，只求對方能給她一個眞正屬於自己的「家」。

但是陸之陽越是渴望擁有，內心就越感到焦急，沒想到付出了三年光陰，等到的卻是一場空，她終究還是遭到男友的背叛，以分手收場。

奇怪的是，她並沒有因此感到痛不欲生，也沒有覺得太難過，只覺得自己彷彿像是再次被父親狠狠搧了一記耳光一樣，已經麻木得不痛不癢了。

大學畢業那年，陸母因為搬貨不愼弄傷了腰，需要休養一段時間。

陸之陽因為擔心母親，儘管不願意面對那個家，仍然在畢業後選擇回家幫忙，打算好好照顧母親。她原本想直接找間安親班工作，但陸父卻已透過管道，硬要安排她到當地的公家單位擔任約聘人員。

至於齊廣成，大學畢業後就去了台北工作，一有時間就會回來探視陸之陽一家。只是陸之陽依然不肯跟他正面接觸，只要齊廣成想和她多說一句話，她不是陷入沉默，就是轉身就走。

這些年來，齊廣成對他們家的付出始終不變，陸母受傷之後，他對母親無微不至的關懷與照顧，陸之陽其實都看在眼裡；然而在她內心深處，就是有一個解不開的結，將她牢牢桎梏在漆黑的泥沼裡，令她始終無法坦然面對齊廣成。

在陸之陽開始上班的半年後，漸漸與某個已婚的中年主管越走越近，結果就此展開了一段地下戀情。

過去，她一直扮演著照顧情人、爲情人付出一切的角色，這次由於對方比她年長許多，從工作到生活，無一不對她呵護備至，讓陸之陽第一次深深感受到被捧在手心疼愛的滋味，只是礙於對方的已婚身份，讓這段戀情無法見光，只能躲藏在檯面之下。

對於男人給的理由與安慰，無論是與妻子已經沒感情、正準備離婚，或是還需要再一段時間等等，其實陸之陽都明白那些只是藉口，但她還是決定留在男人身邊，期待著有一天男人許下的諾言都會成眞。

回到家鄉的第二個聖誕夜，是男人陪她一起度過的。

翌日，陸之陽卻不經意在同事們的臉書動態討論串上，發現其中一名同事留言，說在幾分鐘前看見那個主管帶著妻子與孩子出現在遊樂園，還貼上對方一家三口笑容滿面的幸福照片。

剎那間，陸之陽的腦中彷彿有什麼東西斷了線。

她想也沒想就衝出家裡，跨上機車，前往那個男人所在的遊樂園，打算找他理論，卻在經過某個路口時，被一輛從另一頭竄出的計程車迎面撞上，陸之陽因爲車速過快，整個人瞬間飛離車身，翻滾在地，安全帽也掉落一旁。

陸之陽仰躺在馬路上，胸口劇烈起伏。

她全身布滿挫傷，頭部也遭到撞擊，強烈的暈眩感讓她一時視線矇矓，完全動彈不得，只能不斷的緩慢喘息。

迷迷糊糊中，她聽見救護車的響笛聲由遠而近清晰傳來，其中還夾雜著許多人說話的嘈雜聲響。

陸之陽目光空洞，愣愣注視著頭上那片灰暗的天空。

過沒多久，一絲絲冰冷的雨滴墜落而下，打溼了她的臉龐。

「在我眼中，現在的六隻羊，已經是個很好的女孩子了。」

這時在她腦海深處，不知爲何忽然響起了一個已經很久很久不曾再出現過的聲音。

絲絲雨珠輕點在她臉上，陸之陽的眼角也逐漸溢出一抹溫熱，靜悄悄的流淌而下。

在意識即將遠去的那一刻，她想起曾經對她說過這句話的那個人。

同時，陸之陽也發現，自己會走到現在這一步，落得這個下場，也許並不是因爲父親的關係，也不是因爲那些交往對象所帶來的傷害和背叛。
而是因爲，藍宇已經不在她的身旁。

Chapter 8

邵曉春瞪著螢幕裡的Word檔，一個小時過去了，仍然打不出半個字。

短短一天之內發生這麼多事，讓她的腦子完全來不及消化。

先是發現藍宇和陸之陽在校慶時走在一塊，接著尚東磊向她告白，現在李敏珂又突然不理她……

她瞥了手機一眼，一小時前傳過去給李敏珂的訊息，對方卻一直已讀不回。

隔天，邵曉春直接打給李敏珂，也都沒有人接。

禮拜一在學校碰面，李敏珂也沒有像平常一樣找她聊天。

邵曉春每次找她，李敏珂不是躲避，就是以有事爲由匆匆離開教室，拒絕和她互動，疏遠她的表現非常明顯。

一整天下來，邵曉春終於再也無法忍受，在放學時直接把李敏珂抓到校園一角問個清楚。

「小珂，妳爲什麼突然不肯理我了？我做了什麼讓妳不開心的事嗎？」邵曉春面露焦慮，「如果是的話，妳儘管跟我說呀！幹麼要這樣躲著我呢？妳這樣我很難過耶，我到底做錯什麼事情了？」

李敏珂抓著書包背帶，爲難的低下頭，半晌才開口回應：「曉春妳沒有做錯什麼事，是我自己的問題，跟妳沒有關係。」

「發生什麼事了嗎？如果妳碰上麻煩，可以跟我說呀，我一定會幫妳的！」邵曉春擔心地說。

「我……這件事，曉春妳幫不上忙啦。我現在只想一個人好好靜一靜，所以請妳給我一點時間，不要逼我好不好？」

李敏珂的話讓邵曉春十分受傷，「真的不能告訴我嗎？妳說要一點時間，那還要多久？難道妳從今以後都不肯再跟我說話了嗎？」邵曉春急切地說道：「小珂，妳不理我真的讓我很難過，如果妳真的遇上麻煩了，我一定會幫妳想辦法的，妳就告訴我到底發生什麼事嘛，好不好？」

面對邵曉春的苦苦哀求，李敏珂掙扎許久，才吞吞吐吐的說出：「是關於簡博安。」

「簡博安？」邵曉春一愣，「簡博安怎麼了？」

見李敏珂一時沒吭聲，卻滿臉通紅，眼眶微溼，邵曉春不禁呆了呆，又再次追問：「妳跟簡博安發生什麼事了嗎？」

李敏珂用力搖頭。

「是他欺負妳嗎？還是對妳做了什麼過分的事？妳告訴我，我幫妳——」

「不是啦，我……」李敏珂耳根子發紅，頭壓得更低了，低聲說：「我覺得自己……好像喜歡上簡博安了。」

邵曉春一聽，腦袋頓時懵了，「妳……喜歡簡博安？怎麼會？從什麼時候開始的？」

「我也不知道是什麼時候開始的，總之是在他跟詩妘分手以後。」李敏珂悶聲解釋：「我那時看到他被詩妘背叛，就覺得他很可憐，後來看他在詩妘面前那麼捍衛妳，又覺得好感動。從那之後，我就不由得經常想到他，也在不知不覺中越來越在意他……」

聞言，邵曉春還是覺得說不通，忍不住問：「可、可是，如果是這樣，妳也可以直接跟我說呀，爲什麼要瞞著我，甚至還要躲我呢？」

「因爲……因爲我覺得簡博安喜歡妳嘛！」李敏珂支支吾吾地說。

這番驚人之語，讓邵曉春覺得好像被一記暴雷打中頭頂。

她慌亂地反駁：「小珂妳在說什麼呀？簡博安怎麼可能會喜歡我？妳是不是搞錯了，難道他有跟妳說過什麼嗎？」

「不是，他什麼都沒說，只是我自己這麼覺得。」李敏珂搖頭，低下頭道歉：「總之，曉春妳就暫時先不要理我，等我心情平靜一點，想清楚之後再去找妳好嗎？這幾天妳就別找我了，對不起。」

李敏珂頭也不回的離開，留下邵曉春呆愣原地，不知如何是好。

隔天放學，邵曉春與簡博安一起去到速食店。

見她無力地趴在桌上，一副半死不活的樣子，簡博安納悶：「喂，邵曉春，妳到底是怎麼回事，妳跟李敏珂怎麼了？這兩天怎麼沒見到妳們在一起？」

「簡博安。」邵曉春抬起頭，一臉嚴肅，目光直直地落在他的臉上，「我問你一件非常重要的事，你一定要老實回答我。」

「什麼事？」

「你喜歡我嗎？」

他差點被可樂嗆到，不小心從嘴角流了一滴出來，趕緊伸手抹掉，狼狽地瞪大眼睛：「妳在講什麼啊？」

「我是認眞的，你快點回答我。」邵曉春一臉認眞。「你有沒有喜歡我？」

簡博安啼笑皆非，想著邵曉春是不是寫小說寫到走火入魔了？

「邵曉春，我沒有喜歡妳。」他正色看著她，清楚地回答：「而且妳這種像在審問犯人的口氣，我聽了不是很高興。」

邵曉春，微微垂下頭，「對不起……」她咬脣，「我實在太焦急了才會這樣，不是故意要對你這麼不客氣的。」

「我知道，又不是第一天認識妳。到底發生什麼事了？」

無計可施之下，她只能老實將李敏珂的事情告訴簡博安。

簡博安聽完後十分驚訝，安靜了一會兒才說：「所以，李敏珂現在不理妳，是因爲我的關係？她覺得我喜歡妳？」

邵曉春點點頭，忍不住問道：「簡博安，你對小珂是怎麼想的？」

「什麼怎麼想……就只是一般的朋友啊。」他侷促的動了動身子，有些彆扭，「我沒想到會搞成這樣。」

「我也是呀。」她哭喪著一張臉，覺得天都要塌下來了，「要是小珂就這樣永遠不理我，那我要怎麼辦？」

「還是我找個時間跟李敏珂說一下？如果由我向她解釋清楚的話，應該就沒問題了吧？」簡博安提議。

「不行，要是她知道是我向你透露這件事的話，一定會大發雷霆，甚至氣到跟我絕交！」邵曉春急得眼淚都快掉下來了。

「那要怎麼辦？」

邵曉春也不曉得究竟應該怎麼做才好。

這種進退兩難的局面，讓她的心情陷入了谷底。

晚上，邵曉春到八樓去找陸之陽。

她無精打采的抱膝坐在沙發上，接過陸之陽端給她的飲料時，不禁又嘆了一口氣。

「怎麼一直嘆氣呢？曉春，發生什麼事了嗎？」陸之陽在邵曉春身邊坐下，關心地問：「妳看起來不是很好喔！」

邵曉春盯著杯子，緩緩抬起頭看著陸之陽。

「之陽姊姊也是呀，感覺精神也不太好，好像有什麼心事。」

陸之陽微微一怔，還沒開口，邵曉春便接著問：「之陽姊姊，上禮拜六妳有來我們的校慶，對不對？」

「咦？妳怎麼知道？」

「那天我聽班上同學說，看到我們老師和一個女生走在學校裡，我後來發現那個人竟然是妳。」邵曉春偏著頭，「所以之陽姊姊那時在臉書上跟我說星期六有事……就是爲了跟我們老師見面嗎？」

陸之陽躊躇了一陣，最後坦承：「對，因爲我們有些事情要談，所以就約在那天碰面。到了學校，我原本打算去看看妳，可是妳班上的攤位實在人潮太多，怕你們忙不過來，後來就決定不去打擾你們了。」

「原來是這樣。」邵曉春點點頭，決定直接把心裡的疑惑問出口：「之陽姊姊，那妳是不是跟老師吵架了？」

「吵架……？沒有啊，爲什麼這麼問呢？」

邵曉春並沒有將那天跟蹤他們到舊校舍的事說出來，自然也沒有提到當時她看到陸之陽和藍宇說話的時候，臉上流露出的悲傷。

「沒有，我只是在想，之陽姊姊妳現在看起來之所以心事重重，會不會跟我們導師有關？啊，我是亂猜的啦！」邵曉春揮揮手，不想讓對方察覺有異。

陸之陽沉吟了片刻，「當然不是，我們沒有吵架。應該是因爲我今天上班比較忙，才會看起來很累吧。」她隨即反問：「那妳呢？爲什麼今天這麼悶悶不樂？如果有什麼煩惱，可以跟我說喔。」

「其實……是這幾天發生太多事，讓我不曉得該怎麼辦才好。小珂她喜歡上簡博安，可是她誤以爲簡博安喜歡我，結果從校慶那天之後，她就不肯跟我說話，也不理我了。」邵曉春抿抿脣，有些難爲情的垂下頭，「然後……每次都會幫我看小說，鼓勵我的那個男生，也在校慶那天突然跟我告白，希望我可以跟他交往。」

陸之陽很驚訝：「妳是說，那個在妳想放棄寫作的時候，鼓勵妳繼續寫下去的人，跟妳表白了？」

邵曉春點頭，雙頰染上一層紅暈，「嗯，我不知道該怎麼回應他。」

「妳喜歡那個人嗎？」

「老實說，我也搞不太清楚自己到底喜不喜歡他，我一直都把他當成很好的朋友，從來沒有想過這些。不過跟他在一起的時候我確實很開心，也覺得很安心，覺得無論什麼時候他都會在背後支持我。但他一跟我表白後，我就突然弄不清楚自己對他的感覺了，覺得好混亂喔。」邵曉春將整張臉埋進膝蓋裡，「現在小珂因爲喜歡上簡博安，所以不曉得該怎麼面對我，而我現在也不知道該怎麼面對那個男生……之陽姊姊，是不是只要一跟愛情扯上關係，就算本來再怎麼堅定的關係，也會跟著改變呢？」

陸之陽思索半晌，正想再開口，門鈴聲就響了。

原來是齊廣成來找陸之陽，邵曉春見狀也不便繼續留下，匆匆向他們道別：「之陽姊姊、齊哥哥，那我就先回家嘍，不打擾你們了。晚安！」

邵曉春一走，齊廣成好奇的問：「曉春怎麼了？好像沒什麼精神。」

「嗯……因爲發生了一點事情。」陸之陽心中還掛念著剛剛與邵曉春的談話，「你難得沒加班，怎麼不早點回去休息，還特地跑來我這裡呢？」

「就因爲難得提早下班，才想過來跟妳聚聚。」齊廣成將一袋宵夜和冰啤酒放在餐桌上，「加上這兩天跟妳通電話，總覺得妳的聲音沒什麼元氣，所以也想來關心關心妳。」

「感覺好像什麼事都瞞不過你。」她忍俊不住。

「所以眞的有事？」

「沒有。」陸之陽搖搖頭，沉思了一陣，「欸……我問你，以前高中的時候，你和藍曄這麼要好，有聽說他們家當時發生過什麼事嗎？」

「阿曄？」他有些意外，「爲什麼問這個？」

「沒事啦，我只是隨口問問，當我沒說。」

其實這幾天，她一直想著藍宇的事。

想起校慶那天，他提到當年與她相遇，正值他人生中最徬徨無助的時候。

結果一直到園遊會結束，兩人分開，她還是沒有向藍宇問起原因。

回顧過去與他在小烏龜相處的點點滴滴，陸之陽仍毫無頭緒，直到剛剛看見齊廣成，她腦中才忽然竄出一個念頭，直覺推測藍宇當時遭遇的困境，會不會跟他當時身邊的人有關，比如說是不是家裡發生了什麼事？

「啊！」齊廣成思索沒多久，出聲喊道：「妳這麼一提，當時阿曄家裡確實曾發生過一件大事，我還有印象。」

齊廣成緩緩開口：「好像是高三下學期發生的事，阿曄的爸爸有天突然病倒，有很長一段時間昏迷不醒，在醫院進行插管治療，躺了幾個月，中間一度有生命危險，不過幸好在我們畢業之前，他爸爸終於恢復意識，身體也慢慢康復。過去阿曄家裡就只有他和他爸爸一起住，那時藍宇哥還在台北讀大學。在他爸爸情況不穩定的那段期間，藍宇哥每週末都會回家，跟阿曄輪流在醫院照顧他爸爸。」

齊廣成吁一口氣：「那時阿曄跟藍宇哥眞的很辛苦。阿曄還因爲擔心他爸爸隨時會撒手人寰，壓力大到在我面前哭過好幾次。而他現在會抽菸，恐怕也是那時開始養成的習慣。不過幸好還有藍宇哥在，不然阿曄可能會更難熬，如果當時沒有藍宇哥，情況可能會更糟吧。藍宇哥以前就是個相當靠得住的人，面對這樣的事情還能夠臨危不亂，連我都非常敬佩他。」

陸之陽聽得入神，完全沒想到當年每次見面都帶著笑容的藍宇，其實正在爲自己父親的病情而擔憂。

「與其說夢想，倒不如說我現在只有一個願望。」

那是藍宇過去曾在小烏龜對她說的話。

「藍宇，你是不是都沒有什麼煩惱啊？」

「如果我說有呢？」

當年那許多未解的疑問，此時都在陸之陽的心中逐漸浮現出答案。

「妳現在可以好好呼吸、身體健康的坐在這裡跟我抱怨，算不算是值得感恩的事？」

見陸之陽神情恍惚，齊廣成關心的問：「怎麼了？」

「沒事。」她低頭啜了口啤酒，想沖淡自喉頭湧上的苦澀，苦味卻越發強烈。

「對了，之陽，其實我今晚過來，也是想問妳一件事。」齊廣成沉下聲：「雖然現在問這個還有點早……不過妳有沒有打算在十二月的時候，回家一趟？」

「十二月？怎麼了嗎？」

「今年的十二月十號，是叔叔五十五歲生日。」他說得緩慢慎重，還帶著一絲小心：「到時候，妳要不要和我一起回去幫叔叔慶生？」

雖然陸之陽很早就知道齊廣成是自己同父異母的兄長，現在在陸父面前，齊廣成也會改稱他一聲「爸爸」，但在陸之陽面前，他還是繼續稱呼陸父爲「叔叔」，就怕會讓她覺得心裡不舒服。

陸之陽其實已經不怎麼在意這一點了，但從他口中聽到要爲自己父親慶生的事，卻仍是百感交集。

「之陽？」見陸之陽遲遲沒有回應，齊廣成再喚了聲。

「好啊，到時一起回去吧。」她淡淡的說，語調裡聽不出任何情緒，「沒想到居然會是你先提醒我這件事。」

「抱歉。」

「不用道歉啦，我不是那個意思。」陸之陽微笑，「那就一起回去吧。」

齊廣成離開之後，她繼續坐在客廳靜靜發呆。

過了好一會兒，她才揉揉略微酸澀的雙眼，撐起疲憊的身子收拾好東西，準備就寢。

自從校慶過後，藍宇曾經打電話給她，但她沒有接，也沒有回電。

聽到他說當年曾爲了她想選擇留在台灣後，陸之陽受到不小的衝擊，卻不知道該怎麼面對他。

無法面對他的原因，其實她自己也知道，卻怎樣也無法對藍宇說出口……

◆

星期三午後，窗外一片霪雨霏霏。

邵曉春兩手托腮撐在窗台上，站在教室外面的走廊上對著綿綿雨絲發愣。

直至今日，李敏珂還是躲著她。

除此之外，對於尙東磊的告白，她到現在依然還是想不出該怎麼處理才好，這兩件事壓得她鬱鬱寡歡，連最愛的小說都無法讓她提起興致。

這時，她的後腦勺突然被人用手指輕輕推了一下。

邵曉春轉頭一看，原來是藍宇抱著數學課本站在她身後。

「怎麼一個人站在這裡發呆？」藍宇悠悠問道：「而且還一直嘆氣，不像平常活蹦亂跳的邵曉春喔。」

「老師……」邵曉春低下頭，「沒辦法呀，就是覺得開心不起來。」

「寫小說遇到瓶頸了？」

她搖搖頭，望著此刻正舒展著眉頭凝望雨中景致的男人，「老師，我問你一個問題，你不要生氣喔。」

藍宇不置可否，「說來聽聽。」

「你跟之陽姊姊，究竟是什麼關係呀？」邵曉春有點忐忑，「你們在交往嗎？」

「這問題還眞是直接。」藍宇不動聲色，「怎麼突然關心起這個？她怎麼了嗎？」

「我、我只是有點好奇，因爲校慶那一天，有人看到老師你跟之陽姊姊兩人一起逛校園，現在大家也都認定之陽姊姊就是你的女朋友。」她吞吞口水，「而且這兩天，我發現之陽姊姊好像沒什麼精神。雖然她說是因爲工作太累，但我還是覺得她和平常不太一樣……所以我猜，會不會是老師跟之陽姊姊發生了什麼事？」

藍宇口氣淡然，「有可能喔，說不定眞的是老師惹她不高興了。」

「所以你們眞的在交往嗎？」邵曉春訝異。

「沒有。」

「那你喜歡她嗎？」

藍宇臉上的神情似笑非笑，「妳覺得呢？小說家？」

「我覺得……應該有。」她小聲回答，「因爲我發現每次提到之陽姊姊的時候，老師的眼神就會變得不太一樣。而且只要問到關於她的事，你也都會停頓一下再回答。其實不只是我，之前你到之陽姊姊家裡打麻將的時候，簡博安他們也有注意到你們的互動不太自然……」

藍宇唇角的弧度又上揚了些，「你們的觀察力比老師所想的還要敏銳呢。」見邵曉春一副欲言又止的樣子，他笑了笑，「還有什麼想知道的嗎？」

「雖然問老師這件事實在有點奇怪，可是我還是想知道老師的想法。」邵曉春紅著臉，尷尬道：「要怎麼樣才可以知道自己有沒有喜歡上一個人呢？如果在還沒弄清楚心意的情況下就跟對方交往，是不是很不負責任？」

藍宇聞言，非但沒有取笑她，反而態度認眞的和她討論起這個問題。

「邵曉春，其實並不是每個人的戀情都是先有開始，才有結果；也會有先出現結果，才有開始的情況發生。」他解釋：「這句話的意思是，不是每個人都是先喜歡上對方，然後才在一起的，有些反而是先在一起，後來才慢慢開始喜歡上對方。當然就一般來說，感情是交往的基礎，老師也不希望你們在衝動好奇之下就隨便答應和別人交往。老師希望你們可以學習如何去對待一段感情，除了要學習經營跟磨合，也要學著一起成長，而不是只把這件事當作好玩的扮家家酒，尤其女孩子更要懂得自我保護。即使哪天發現跟對方不適合而分手了，也要以不做出傷害自己跟對方的事爲原則，好好的結束，這樣才是眞正負責任的行爲，懂嗎？」

邵曉春愼重點頭，想了想，又問：「老師，那假如交往之後，有一天分手了，是不是大部分的人，都沒辦法和對方再回到最初的關係？不只朋友做不成，甚至連話都不能再說一句了呢？」

「這就因人而異了，有的人可以接受分手後做朋友，有的人不行。妳若會擔心這個，就表示妳眞的很重視跟對方的感情。這時，妳最需要的東西，或許就是勇氣了。」

藍宇耐心說明：「回到妳一開始的問題，要怎麼樣才能知道自己有沒有喜歡上一個人？我認爲這個答案也是因人而異，而且只有妳自己知道答案。看到對方會害羞臉紅、心跳加速都只是基本反應，重要的是，對方有沒有什麼地方吸引妳？有沒有曾經做過什麼打動妳的事？那很有可能就是讓妳心動的契機。也許妳可以想想看對方是否曾經讓妳有過這種感覺？然後再仔細思考這究竟是感動，還是心動？也許兩者都有，但如果只有感動而沒有心動，那我想妳可能就要好好考慮一下了。」

邵曉春聽得一陣怔愣，目光慢慢移到藍宇臉上。

「那假如，老師你其實是喜歡之陽姊姊的話，那她有什麼特點，是最打動你的呢？」她認眞問道：「如果你喜歡之陽姊姊，你會想要爲她做什麼事情呢？」

「這個嘛……真要說她曾經有哪裡打動過我的話，應該就是她會牢牢記住別人對她的好，並且一心一意地想要回報對方，那種只要對方開口，就絕對會全力以赴的誠懇態度，是最令我感動的。」他笑容清淺，溫柔呢喃：「至於現在我想爲她做的事……應該就是好好看著她吧。」

邵曉春不解，「看著她？」

「嗯。好好的認眞看著她。」他凝望著遠處，「因爲這是過去的她最需要，也最渴求的東西。所以好好看著她，就是我想爲她做的事。」

邵曉春聽得有些痴了。

此時，學校鐘聲響起，藍宇摸摸她的頭，「上課了，快回教室吧。老師剛剛說的話，妳好好想想，不過可別因爲想得太認眞，就忘記要專心聽課嘍。」

藍宇離開後，邵曉春還茫然的站在原地，直到鐘聲停止。

這天是禮拜三，平常她跟尙東磊固定會約在舊校舍見面。

但這週碰巧尙東磊有事，無法赴約，改延到週五再見，也因此多了幾天時間能讓邵曉春仔細思考。

週五放學，邵曉春和尙東磊一前一後地來到舊校舍，兩人一如往常地靜靜對坐，但氣氛卻與之前明顯不同。

邵曉春率先打破沉默：「那個，尙東磊……」感覺到他朝自己投來的目光時，她下意識地垂下頭，難爲情地開口：「如果我說……我們只能當朋友的話，你還會願意像現在這樣，每個禮拜繼續跟我見面嗎？」

他臉上沒什麼表情，「妳不想跟我在一起？」

「不是，不是這個意思！」邵曉春趕緊搖頭，心亂如麻，「我不是不想跟你在一起，只是我想……有沒有可能在不交往的情況下，繼續維持像現在這樣的關係？因爲我不希望有天我們會爲了一些原因，最後鬧得不歡而散，從此形同陌路，再也沒有任何交集。」

尙東磊沉吟片刻，「妳是害怕有一天我們會分手？」

邵曉春抿脣不語。

這幾天下來，她仔細思考過藍宇說的話，也想了很多。

雖然至今她仍不能非常肯定自己是否對尙東磊懷有那種感情，但卻可以肯定自己是眞的很喜歡和他在一起。她喜歡和他聊著生活上的點點滴滴、分享心事，以及談論未來的目標和夢想。

就因爲在簡博安面前她都未必能如此坦然，於是她知道，尙東磊在她心中是別具意義的存在，在他的身邊，她總是可以很放鬆，許多事情不知不覺就會自然而然的說出口，沒有任何顧慮。

如果說包容和陪伴就是尙東磊喜歡一個人的方式，那麼這樣的他，確實曾經讓她深深感動，也十分心動。光就這一點來看，邵曉春發現假如對方是尙東磊，自己其實是願意嘗試交往的。

但正因爲對這段情誼過於重視，邵曉春反而感到卻步，她害怕要是回應了尙東磊的告白，反而會讓兩人之間更快走向結束，最後甚至連朋友都做不成。

她想起簡博安和韓詩妘，他們過去曾經是那麼甜蜜幸福、令人欣羨，結果卻還是以分手收場，雖然兩人說好今後依然會是朋友，但事實上卻非如此，再也回不到從前。

她也想起陸之陽曾說過的話，長大以後，就很難再相信這世上還會有眞正純粹的情感，如果不是過去在感情裡受過那麼多次傷害，是不會有這些感觸的。

邵曉春一想到這裡，甚至會憶起自己那曾經如此相愛，最後卻完全形同陌路的父母。

這些隱藏在邵曉春內心深處的不安全感，讓她不得不跟著擔心，假如和尙東磊交往，或許有一天，她和他也會走到這一步。

在發現自己隨時都有可能失去李敏珂，深深感受到友誼關係的脆弱之際，她更害怕有朝一日會連尙東磊都一併失去。比起相愛之後鬧翻分手，從此變成陌生人，那還不如從一開始就不要相愛，這樣或許兩人可以走得更長久。

藍宇說，這需要勇氣。

而她發現，自己並沒有那樣的勇氣，去面對失去的恐懼和陰影，於是，她選擇當個膽小鬼。

無論如何，她都不想失去尙東磊。

一陣漫長沉默之後，邵曉春猛然回神，發現尙東磊已經站起身來。

她心頭一慌，以爲他因爲氣憤而打算離開，沒想到尙東磊卻在她面前蹲下，直勾勾的望著自己。

「邵曉春。」他的眼裡有種神采，「妳還記不記得暑假的時候，妳到運動場來找我，看到我被一群大學生欺負，妳直接衝過來替我解圍的事？」

邵曉春點點頭。

「那時候我問妳會不會害怕，妳說會，可是妳不能忍受看到朋友被欺負，所以即使那些大學生態度凶惡，妳還是鼓起勇氣擋在我身前，勇敢向他們替我討公道。我覺得這樣的妳很了不起，因爲妳爲了保護朋友，可以把自己的恐懼拋在一旁，挺身而出。」尚東磊認眞地說：「我眞的很喜歡這樣的妳。」

邵曉春雙頰逐漸發燙起來。

「我可以理解妳在害怕什麼，其實我也會害怕，可是即便如此，我還是想要跟妳在一起。就像妳當時明明很不安，也還是想要爲我站出來一樣。」他的瞳孔裡映著她的倒影，「如果我說我們不會分手，妳可不可以爲我勇敢一次？」

他清澈的眼神，讓邵曉春頓時亂了心跳，卻始終沒有出聲。

她終究什麼也答不出來。

時序轉入十一月，邵曉春與尚東磊的互動漸漸少了。

由於接下來就要開始準備明年的聯賽，籃球隊的練習時間也跟著加長。

而尚東磊雖然變得更忙碌，但他還是會在每個禮拜三來到舊校舍，替邵曉春閱讀小說的最新進度，從不間斷。

至於他問邵曉春的那個問題，見邵曉春始終沒有回答，他也不再提起，彷彿什麼事都沒發生過一樣。

然而邵曉春卻沒有因此而覺得鬆一口氣，她知道自己欠尙東磊一個答覆，而他也還在等待。

心情仍開朗不起來的邵曉春，某天晚上躺在房間發呆，突然接到陸之陽的電話。

陸之陽約邵曉春一起到外面散步。

並肩走在路上，見邵曉春眼神黯淡，陸之陽忍不住出聲關心：「曉春，妳和小珂還沒有和好嗎？誤會到現在都還沒解開？」

「嗯。」邵曉春抑鬱的點點頭，「就因爲這樣，所以我想就算她知道簡博安其實並沒有喜歡我，可能也不會相信，或是馬上釋懷。雖然我也不知道，她到底爲什麼會這麼篤定簡博安喜歡我？」

陸之陽想了想，「也許是有什麼原因吧。」她又問：「那妳和那個喜歡妳的男生呢？」

邵曉春搖搖頭，「我眞的覺得自己很過分，明知道對方還在等我的回覆，可是因爲他沒說，我就沒再提起。所以看到他現在還是肯繼續幫我看小說，像平常一樣支持我，我就覺得自己好可恥，也好糟糕喔……」

「別這麼說，我相信曉春妳也不想這樣，也知道妳其實比他更煩惱。」陸之陽溫柔地摸摸她的頭，「出來吹吹風，喘口氣，暫時先放下這些事吧，不然看到妳一直悶悶不樂的樣子，我也很擔心。妳媽媽說妳最近都沒什麼食欲，今天晚餐也沒什麼吃。我現在帶妳去吃點東西，好不好？」

「不用了，之陽姊姊，我不餓。」邵曉春悶聲回應。

「是嗎？」陸之陽輕嘆。她隨即想到，「啊，曉春，妳喜不喜歡吃花生酥呢？」

「花生酥？」

「嗯，下個月我和妳齊哥哥會回老家一趟，我媽媽很會做小點心，尤其是花生酥味道特別棒，比外面賣的還要好吃，到時再帶一點回來給妳嚐嚐，好不好？」

「好呀。」她笑顏逐開，「你們是要回家探視家人嗎？」

「是啊，也是為了幫我爸爸慶生，下個月他就五十五歲了，所以我和齊廣成要一起回去，而且我也已經很久沒回家，該回去看看了。」陸之陽回答。

「原來如此……」邵曉春微微頷首，「不過，之陽姊姊，妳和妳爸爸之間沒問題嗎？我記得妳以前說過，他以前曾經傷妳很深，所以妳才會想逃離家裡……」

陸之陽愣了愣，淺淺一笑，「是沒錯，雖然我跟我爸至今還是沒什麼互動，也不怎麼親暱，但無論如何，還是得回家看看他。」

邵曉春似乎若有所悟，喃喃說道：「這樣聽起來……就算有爸爸在身邊，也不見得是好事呢。」

她的這番話，引起陸之陽的注意。

陸之陽觀察她的神情，猶豫片刻，才下定決心問道：「曉春，假如妳有機會可以見到妳的父親，妳會想要見他嗎？」

邵曉春不發一語，只是低頭踢著腳邊的碎石。

「嗯。」過了很久，她才低聲說：「如果眞的有機會的話……我會想要見他一面。」

「爲什麼呢？」

「因爲我想知道他現在過得好不好，都在做些什麼？也有一些問題……想要親口問問他。」邵曉春的聲音雖然微弱，卻很堅定，「我希望可以見我爸爸一面。」

聞言，陸之陽陷入沉默。這時，邵曉春牽住她的手，似乎想勉強自己打起精神，故作開朗的問：「之陽姊姊，那妳和我們老師怎麼樣了呢？你們還有再見面嗎？」

「我們……沒有，我們很久沒聯絡了。」

「他惹妳生氣了嗎？」

「不是，他沒有惹我生氣。只是我還不曉得該怎麼面對他。他曾經打過電話給我，但我沒有接，所以他現在搞不好也不想理我了，其實都是我自己的問題。」陸之陽失笑，「最主要的原因是……我怕要是現在看見他，會忍不住想對他發脾氣。」

「所以老師確實惹妳生氣了？」

「不是，是我自己在無理取鬧。」她噗哧一笑，「曉春妳在學校不要跟他說唷，以免他覺得莫名其妙。」

「可是我覺得藍藍路其實非常在乎之陽姊姊耶，而且也很喜歡妳。」邵曉春俏皮的向陸之陽眨了眨眼睛，「我曾經問過他，假如他現在喜歡妳，有沒有想要爲妳做些什麼事？他說想要好好看著妳，而且是認眞地看著妳。」

「認眞地看著我……爲什麼？」

「因爲他說，這是妳以前最需要，也最渴求的東西，所以如果是他，他就會爲妳這麼做，雖然我也聽不太懂這句話是什麼意思……」

陸之陽微微一怔。

邵曉春又搖搖她的手，「之陽姊姊，妳喜歡藍藍路嗎？要不要考慮我們老師一下？雖然他的個性有點腹黑，但我眞的覺得他是一個非常好的男人喔，而且和妳也很相配耶！」

「謝謝妳呀，小媒婆。我和妳老師的事，妳就先別操心了。」陸之陽捏捏她的鼻頭，看到女孩臉上恢復笑容，心裡也寬慰了些，「不過妳說他腹黑，這點我是絕對贊同的。」

她們嘻嘻哈哈牽著手，在夜色之下抒發了連日來的鬱悶心情。

當晚，陸之陽卻輾轉難眠，徹夜抱著膝蓋坐在床上，思索著邵曉春和她說的話。

「他說想要好好看著妳。」

「因爲他說，這是妳以前最需要，也最渴求的東西。」

陸之陽的雙頰微熱，眼眶也莫名溼潤，索性將臉埋進雙臂裡。

夜深了，她的心仍舊無法完全平靜。

十二月初，一個下著大雨的傍晚，陸之陽下班後匆匆回到家，經過信箱時順手取走信件，踏進電梯。

在電梯裡她隨手翻看今天收到的信件，不禁被其中一個紫羅蘭色的信封牢牢攫住目光，一直到走進屋子裡，她還在想著這封信。

那是寄給邵曉春的信。

陸之陽連包包都沒放，仔細盯著信封，筆跡看來似曾相識，很快便想起之前也曾收到一封寄給邵曉春的信。

而寄信的人，正是邵曉春的父親。

「大概從兩年前開始，每逢曉春的生日和聖誕節，她爸爸都會寄卡片來。」

「之陽，麻煩妳，假如妳以後再收到像這樣的信，請先不要告訴曉春，直接把信交給我就好。」

「我不想讓曉春知道這封信的存在。」

陸之陽陷入沉思。

「因為我想知道他現在過得好不好，都在做些什麼？也有一些問題……想要親口問問他。」

「我希望可以見我爸爸一面。」

想起邵曉春的話，讓陸之陽起了一個念頭。

她慢慢走到餐桌前坐下，考慮了一會兒，決定做出一件十分無禮的事。

她拿出美工刀，小心翼翼的將信封封口割開，抽出一張印有聖誕樹跟聖誕老人的卡片。

整張卡片布滿了工整的字跡，陸之陽讀了幾句，確定內容是由邵曉春的父親執筆。

曉春的父親細細寫下對女兒的無盡思念與歉意，並且也再次重申，期盼能再與曉春見面，希望她能夠和他聯繫。

但對於曉春的母親，他的前妻，字裡行間卻完全沒有提及。

「妳前夫有在信裡提到妳嗎？」

「沒有，隻字未提。」

陸之陽盯著那封信，久久不能移開視線。

「我曾經爲了曉春多次求他不要離婚，但他還是寧可拋棄孩子和這個家，也堅持要獲得自由。」

「他說從前是他太年輕，不小心被愛沖昏頭，跟我結婚是因爲衝動，那個女人才是他的眞愛，是他在這個世界上的另一個靈魂。」

「我怎樣都沒想到，有一天會親耳聽見他在我面前這樣形容另一個女人。」

此刻，陸之陽感覺到自己的內心深處，有個角落正在無聲地崩落。

同時，她彷彿也聽見父親那充滿喜悅與驕傲的笑聲在腦海中迴盪。

「你就長得跟你媽媽一樣，臉白白淨淨，眼睛大大的，好看極了。還是像你媽媽好，不要像我！」

「你媽媽眞的是幫我生了一個好兒子，我人生沒有遺憾了，哈哈哈！」

回憶起這些片段，陸之陽的思緒只覺一片混亂。

過了一會兒，她慢慢地將卡片收好，放進身上的羽絨外套口袋裡，把包包和外套一起掛在客廳的立式衣架上，準備去洗澡。

她沒有跟任何人提起這件事，星期五就和齊廣成離開台北，回到家鄉。

同一天晚上，邵曉春接到簡博安的電話，約她隔天傍晚到平常放學常去的那間速食店會合。

「我實在是敗給妳跟李敏珂了。明明就只是個烏龍到不行的誤會，爲什麼拖到現在還無法解決？我眞的搞不懂妳們這些女生究竟在糾結什麼，很無聊欸！」面對兩個女生毫無意義的冷戰，簡博安終於火大不耐煩，直接下最後通牒，「我剛剛已經聯絡李敏珂了，明天我們三個人就當面說清楚講明白，我只有晚上有空，所以就約七點。妳們誰都不准缺席，誰敢不來，從今以後就別想再跟我說話，朋友也不必當了，聽到了沒有？」

簡博安氣呼呼的掛掉電話，聲音之大讓邵曉春不禁縮了下肩膀，完全不敢多話。

隔天，邵母加班不在家，特別叮嚀她下午要將曬在頂樓的毛毯收起來。

邵曉春窩在房裡對著電腦打小說，瞥了眼時間，發現已經三點半了，便前往頂樓。

她才將大毛毯收下來，就聽見一記悶雷響起，抬頭一看，遠方天空有一大片烏雲正往這裡快速移動而來。

這時，邵曉春的眼角餘光掃見曬在另一邊的羽絨外套，認出那是陸之陽的外套，想起陸之陽出了遠門，於是她趕緊上前幫忙收起來，卻在取下外套時，瞄見有樣東西從外套的口袋裡露出一角。

她好奇取出來一看，發現是個紫羅蘭色的小信封，信封上的收件人寫的是自己的名字。

層層烏雲很快地籠罩住整片天空，天色瞬間一暗。

踏進家門的邵曉春立刻將毛毯扔到一旁，衝進母親的房裡。

邵曉春將所有的櫃子抽屜一一拉開，不放過任何一處，仔仔細細地徹底搜查一遍。

找了將近十五分鐘，終於在母親房裡最上層的置物櫃中，發現藏在角落的一個盒子，打開一看，裡頭放著這幾年來父親寄給她的所有信件。

邵曉春捧著那個盒子，雙腿無力地癱軟在地上，心中空盪盪一片，茫然注視著那疊顏色繽紛美麗的信封。

◆

星期五上午，齊廣成開車載陸之陽回家，約莫下午一點多便抵達目的地。

這天是陸父的生日，由於怕下班趕回來會來不及，因此兩人便決定向公司請假。

坐在窗邊的陸母一聽到車子駛近門前的聲響，迫不及待的出來迎接，看見陸之陽時，更是笑容滿面。

「之陽，吃過飯了嗎？廚房裡還有飯菜，媽熱一下給妳吃。廣成，開車辛苦了，路上沒有塞車吧？等等要不要去睡一下？」陸母拉著陸之陽的手。

「不用了，阿姨，我精神很好，不會累。」齊廣成笑笑地回答。

陸之陽也接腔：「媽，妳一連問這麼多問題，我們都不知道到底要先回答哪個了，我們在路上已經吃過了，不用麻煩了啦。」

「媽太久沒看到妳了嘛，而且你們也很久沒一起回來了。不過，廣成，你真的只能待到明天下午呀？」

「是啊，明天晚上我就要和老闆一起到上海出差，下禮拜一才回來。」

「這麼忙還特地趕回來，真是辛苦你了。」陸母眼神流露出心疼之色，「你們爸爸剛剛去送貨，等一下就回來了。我煮了紅豆湯圓給你們當點心，進來吃吧。」

尖峰時間一過，菜市場裡的人潮明顯減少，店裡也跟著清閒許多。幾個月沒回來，家裡沒什麼改變，陸母卻瘦了些，除了之前的腰傷還有些後遺症之外，幸好並無大礙。

陸之陽和齊廣成在廚房吃湯圓，沒多久陸父就回來了，知道孩子們已經到家，陸父馬上從店裡大喊：「之陽，之陽，快點出來！」

陸之陽一愣，與齊廣成對看一眼，過去總是一開口就找齊廣成的陸父，這次卻難得急著找女兒，讓她備感意外。

她一走出廚房，陸父馬上咧嘴一笑，用力招手要她過去。

陸父的身後站著一名男人。

從那名男人的外表看起來，年紀至少有三十幾歲，頭髮有些凌亂，簡單的POLO衫配上鬆鬆垮垮的牛仔褲，踩著一雙夾腳拖鞋，下巴的鬍渣明顯，好像才剛睡醒一樣兩眼無神。

陸父隨即開口：「他是羅叔叔家的大兒子，你們小時候常一起玩，記不記得？」

羅叔叔與陸父是相識多年的鄰居，就住在街尾，家裡有兩個兒子，小時候的陸之陽常和住在同條街的小孩玩在一起。

只是陸父記錯了，童年和她玩在一起的是眼前這個男人的弟弟，陸之陽跟這個男人其實並不熟。在她的印象中，這個男人個性沉悶、不愛理人，很難相處，別人幫他的忙，連句謝謝都不會說。後來聽說他大學讀到一半就休學，去到外地工作，陸之陽已經很多年沒有見過他，連長相都快忘了。然而她還記得自己小時候並不怎麼喜歡這對兄弟。哥哥孤僻冷漠，弟弟則愛欺負人，尤其特別喜歡拿陸之陽的名字跟身高取笑她。

陸父表示，這個男人幾個月前就搬回家裡幫忙，目前還是單身。

一聽到這裡，陸之陽立刻驚覺苗頭不對，果不其然，陸父接著就提議：「妳這次回來，就多跟人家出去走走，多聊聊。羅叔叔這個兒子很不錯，很乖很老實，等會兒妳就跟他一起去他們家，跟羅叔叔打聲招呼，然後兩個人好好培養感情，知不知道？」

一回來就碰上這種狀況，讓陸之陽在錯愕之餘，也明白了陸父之所以會突然對自己這麼熱情的原因。

齊廣成察覺到陸之陽的眼裡滿是尷尬，機警的出聲替她解圍：「爸，剛剛之陽在路上有點暈車，現在人不太舒服，要不要先讓她休息一下再說？」

「才一點點路暈什麼車？不可以，還是要去人家家裡坐一下，我都把他帶來了，這樣對人家多不好意思！」陸父板起面孔，不容妥協。

「可是爸——」齊廣成正要開口，就被陸之陽制止。

「沒關係，我去跟羅叔叔打聲招呼，等等就回來。」

兩人一塊踏出門外時，那個男人還困惑的瞄了齊廣成一眼，似乎不曉得陸家何時多了這個兒子。

四十分鐘過去，陸之陽一回到家，坐在櫃檯的齊廣成立即迎上前：「回來了？還好嗎？」

「快窒息了。」她坦白說出心中想法，精神疲憊，「那個人完全不說話，就算我再努力找話題聊也聊不起來。但幸好他爸爸健談，又跟我比較熟，才勉強可以在他家撐上一陣。小時候這個人就是那個樣子，沒想到現在還是一點也沒變。」陸之陽朝屋內瞄了一眼，「我爸呢？」

「出去了，阿姨在樓上整理妳的行李。」他莞爾一笑，「叔叔在妳回來這天馬上介紹男生給妳，應該是很關心妳。」

「我倒認爲他是關心別人比較多，否則他平常是不會對我這麼熱情的。」她撇撇嘴，看著他，「你其實不必在我面前叫他『叔叔』，我不會在意的。」

齊廣成微微一頓，沒說什麼。

到了晚上，陸之陽和齊廣成合送一個大蛋糕跟禮物給陸父，爲他慶生。

縱然與父親的關係不睦，陸之陽仍努力配合父親，不想連在這種日子都和父親產生摩擦，讓母親和齊廣成傷透腦筋。因此就算有什麼不愉快，她也盡量忍著，心想只要安然度過這兩天就可以了。

幸好陸父今天心情顯然不錯，始終帶著笑容，切蛋糕時還特別叮囑陸之陽帶份蛋糕送到羅叔叔家，明天再邀剛剛那個男人來家裡吃飯。

陸之陽猶豫了一下，爲了避免後續更多的麻煩，決定撒謊，便說：「爸，我已經有男朋友了。」

陸母驚喜：「眞的？是台北人嗎？」

然而陸父當場怒斥：「這種事爲什麼不早點說？對方是做什麼的？」

陸之陽還在想著該如何回應，腦海突然閃過某個男人的身影。

她不假思索回答：「他是高中老師，在台北任教。」

「名字呢？幾歲？」陸父又問。

「名字……」陸之陽心一橫，決定豁出去：「他叫藍宇，大我五歲！」

接著她聽見齊廣成喝飲料嗆到的聲音。

陸父當下雖不滿，但也讓他暫時打消要撮合陸之陽和羅家大兒子的念頭，只是仍然不悅地叨念個不停。

等蛋糕吃得差不多，齊廣成出去幫陸母買東西，陸父則到外頭顧店順便打電話，陸母則是不斷詢問陸之陽關於藍宇的事，甚至要她下次帶對方回來家裡坐坐。

看到母親如此期待的樣子，她一時不忍讓母親失望，便沒告訴她那只是騙父親的托詞。

過沒多久，聽到店裡不斷傳來父親的笑聲，陸之陽不禁心生好奇，她已經很久沒見到他的心情如此愉悅了。

「媽，爸是在跟誰講電話嗎？發生什麼好事了嗎？」

「噢，這個……」陸母的笑容忽然凝滯，神色閃過一絲異樣，但很快就消失無蹤，勉強笑道：「應該是看到妳跟廣成特地回來幫他慶生，妳爸爸才覺得很開心吧，畢竟妳已經這麼久沒有回家啦！」

聞言，陸之陽也沒有多想，直到齊廣成從外面買東西回來，陸父回到餐桌前小酌幾杯。

四人正悠閒的吃水果時，陸父突然出聲：「廣成，下個月有空吧？記得回來一趟！」

「好啊，沒問題，不過有什麼事嗎？」齊廣成問道。

「你媽媽啊，下個月中會回台灣一趟，說要親自過來謝謝我們照顧你這麼久，到時候我們三個就出去一塊吃個飯吧！」

此話一出，餐桌上的氣氛瞬間凝結。

陸之陽簡直不敢相信自己的耳朵，齊廣成也當場傻住：「我媽？她有打電話來？」

「是啊，她說下個月會回來一趟，她之前就有打給我了，剛才也還跟我聊了一會兒！」陸父絲毫不覺有異，一邊喝得整張臉通紅，一邊笑得歡快，「所以你下個月記得要回來一趟，千萬別忘了，知道嗎？」

齊廣成啞口無言，似乎根本不曉得這件事。

陸之陽望向母親，很快便從母親的神情中看出她早已知情。

當晚，陸之陽怎麼樣都無法成眠。

不管她再如何強迫自己入睡，意識依然十分清醒，寂靜的黑暗中，她幾乎可以清楚聽見自己紊亂不定的呼吸聲及心跳聲，全身血液也像在隱隱發燙，怎樣也平靜不下來。

「到時候我們三個就出去一塊吃個飯吧！」

當父親說出這句話時，母親當時的表情，依舊和過去一樣笑得溫婉，卻也有些逆來順受。

直至今日，母親依然只是安靜的笑著，永遠不會讓人知道那樣的笑容底下藏著些什麼。

那一夜，一直到天色矇矓透亮，陸之陽才終於昏昏然的闔上眼睛。

她夢見了過去的一段往事。

當年母親流產時，她緊擁著默默哭泣的母親，陪著她一起掉眼淚。母親的心碎與悲慟，隨著父親投來的不耐眼神又一次狠狠灼傷她的心，撕裂了對父親的最後一點希望。父親歡欣的笑聲，將她心靈殘存的一絲父女情誼，毫不留情地化爲粉碎。

翌日中午，家中氣氛古怪，但依舊不減陸父的好心情。

「之陽，下次把妳男朋友帶回來，我怎麼看都還是覺得妳羅叔叔的大兒子比較適合妳，如果妳那男友我不滿意，就趁早分手，不要浪費時間了！」

陸母一聽，趕緊打圓場：「你怎麼這麼說呢？女兒跟男朋友交往得好好的，就突然要他們分手，至少見過對方再說嘛。」

「妳懂什麼？誰適不適合之陽我最清楚啦，反正如果她在台北的男友我不滿意，就乾脆搬回來好好跟她羅叔叔的兒子培養感情，這樣才最好，妳不懂就不要講話。去拿啤酒過來！」

一聽陸父發令，陸母便不再多說，匆匆到冰箱前要拿酒。

這時陸父又笑著對齊廣成叮嚀：「兒子，晚上去上海的時候，記得打電話跟你媽媽講一下，她說她最近犯頭痛，應該是感冒了，你看看那邊有什麼好的藥，多買一點寄給她，爸爸上次吃了朋友在大陸買的一種藥，非常有效，你就買那種——」

砰的一聲，陸之陽重重放下碗筷，吼道：「你說夠了沒有？」

三人全被她突如其來的舉動嚇了一大跳，陸母見狀連忙走到女兒身邊拍拍她的肩。

陸父臉上出現慍色，「妳幹什麼？」

「爸，你不覺得你太過分了嗎？」陸之陽瞪視著父親，全身因為怒氣而不住的顫抖，「你把我當什麼？又把媽當什麼？在你眼裡還有我們的存在嗎？」

「之陽，乖，妳不要這樣。」陸母慌了，急著要安撫女兒的情緒。

陸父鐵青著臉拍桌大喊：「妳再給我說一次，妳這是什麼態度？」

「那你對我們又是什麼態度？你有發現到媽變瘦了很多嗎？有發現媽的腰還在痛嗎？從我回來到現在，你有主動關心我在台北過得好不好嗎？既然你這麼心心念念你的舊情人，心疼她生病、不舒服，現在就到她的身邊去啊！她眞有這麼好，你就去找她，不要在我媽面前表現出一副你們有多麼恩愛的樣子，趕快回去跟你的舊情人團聚啊！」

陸父愣了一下，隨即衝上去作勢要打陸之陽，齊廣成趕緊站起來想要阻止，卻來不及擋住陸父的滿腔怒火。

只是當陸父那一巴掌才剛揮下，過去總是逆來順受、毫不反抗的陸之陽，這次卻及時擋住父親的手。

就在那一刻，陸之陽赫然發現，過去那雙強而有力、令她戒愼恐懼的巨大手掌，竟已不若記憶中那樣充滿力量，她輕而易舉就能將父親的手反推回去。

「你爲什麼打我？你憑什麼打我？從以前到現在，你有爲我扮演好一次父親的角色嗎？

你眞心在乎過我這個女兒嗎？有好好正眼看過我一次嗎？有打從心底認同過我嗎？」

陸之陽眼眶發熱，一陣鼻酸，「我已經不奢望你對我多好，但你可不可以稍微顧及一下我跟媽的感受？可不可以多尊重我媽一點？當你在我們面前滿臉幸福的說那個女人有多好時，你有沒有想過媽的心情？是誰在你身邊陪你度過了大半輩子？誰在你身邊爲你做牛做馬？可是你有這樣對我媽笑過一次嗎？有親口對媽說過一次謝謝嗎？爲什麼你對別人永遠這麼好，對我們就這麼冷酷無情？我們到底做錯了什麼，我們上輩子欠你的嗎？」

「之陽，拜託妳不要激動，別這樣跟妳爸說話，聽媽的話好嗎？」陸母緊緊擁住女兒，極力制止她再開口。

陸父呼吸急促，額冒青筋，激動得幾乎要說不出話，腳步踉蹌，齊廣成急忙過去攙扶住他，他直指著妻子咆哮：「妳看妳教出來的好女兒，居然用這種口氣跟我說話，簡直無法無天了！竟敢這樣對著我吼！」

「你不用怪到媽身上，我會變成這樣全都是你害的，是你把我逼到這個地步的！」陸之陽淚水滾滾而落，聲嘶力竭地吼回去：「過去我爲了媽一直隱忍，可是現在我不想再忍了，因爲我受夠了！你從來不懂得反省，也不承認自己有錯。當年媽流產的時候，你有安慰過她嗎？如果不是你想要動手打媽，害媽受到驚嚇，她會流產嗎？你後來有難過愧疚嗎？還是你看媽懷的是女兒，不是兒子，就認爲失去這個孩子也無所謂？看媽不說話好欺負，你就可以這樣對待她？只憑你是一家之主，所以你想怎樣就可以怎樣嗎？因爲你，我才想逃離這個家，在這裡多待一秒我都覺得窒息。你從不懂得珍惜家人，永遠自私自利，只會一直不斷的折磨我跟媽，更是害死我妹妹的凶手！」

說完，陸之陽衝出廚房，跑上二樓，陸母急忙追過去，發現女兒已經將自己反鎖在房間內。

不到一分鐘時間，陸之陽就打包好行李再度奪門而出，不顧母親的追喊，坐上計程車，離開這個讓她心碎的家。

◆

台北突然下起了一場午後雷陣雨，這場暴雨來得快，去得也快，雨後不到一小時，空氣中的潮溼就已完全消散。

晚上七點，邵曉春依約與簡博安及李敏珂在速食店碰面。

三人一坐定，簡博安就開門見山，直接向李敏珂解釋這起誤會，希望能讓兩人和好如初。

「事實就是這樣，完全不是李敏珂妳想的那樣子，我跟邵曉春就只是好朋友，不可能會有什麼其他發展。所以妳不要因爲我就疏遠這傢伙，這樣我會很有罪惡感，邵曉春是無辜的，妳們沒必要爲了這種子虛烏有的事情鬧翻，這樣根本一點意義都沒有，也不值得，對吧？」

聽完簡博安的話，李敏珂紅著臉，無地自容的低下頭，「我知道自己很幼稚……也明白這件事並不是曉春的錯。其實後來我已經反省過了，只是當我越反省，就越不知道該怎麼面對曉春，覺得對她很抱歉，更覺得丟臉。到最後我想，曉春說不定也在生我的氣，對我很失望，所以就更不敢主動去找她了……」她壓低聲音：「對不起，曉春。」

簡博安滿意的點點頭，轉而望向另一名女孩，「邵曉春，李敏珂道歉了，妳肯原諒她嗎？」

然而邵曉春卻沒有反應，只是對著桌子發呆，彷彿沒聽見他的話。

直到簡博安又喚了她一次，她才恍然回神，抬起頭來，「咦？什麼？」

「我說李敏珂已經跟妳道歉了，而且也反省過自己的錯誤了，妳願不願意原諒她？妳怎麼了，在發什麼呆啊？」

「喔，我……」邵曉春頓了頓，眼神仍有些飄忽，「沒、沒關係啦，我沒有怪小珂，真的，也是我沒有馬上解釋清楚才會演變成這樣……我也該道歉。」

就在這時，邵曉春放在桌上的手機響了一聲。

原來母親已返家，並傳訊息問她人在哪裡，邵曉春心一顫，馬上起身，倉皇道：「那個，簡博安、小珂，對不起。我臨時有很重要的急事，現在必須立刻回家一趟。下次我們見面再說好嗎？抱歉！」

邵曉春匆忙離開，留下滿臉錯愕的兩人。

李敏珂紅著眼眶：「曉春是不是根本就沒原諒我，也不想再理我了？」

「應該不是，那傢伙今天有點怪怪的，樣子很不對勁。」簡博安擰眉，沒多久卻發現有張小卡片掉在邵曉春的座位底下。撿起一看，是一張被折壓到的聖誕卡，卡片甚至還殘留著些許餘溫，似乎前一刻還被人牢牢緊握在手心裡。

當簡博安看完卡片裡的內容，臉色漸漸變了，「喂，李敏珂，我們現在最好馬上去邵曉春家裡看看，那傢伙可能出事了，我們得趕快追上她。」

下午那場雷陣雨雖然已經停歇，但直到晚上天空依然不平靜，若隱若現的雷光不時閃現，忽遠忽近。

當陸之陽回到台北時，已經是傍晚六點多了。

她什麼事也沒做，連燈都不開，進了家門後只是靜靜趴在桌上，就這麼維持這姿勢動也不動。

回程的途中，她接到陸母及齊廣成的來電，她只選擇接起齊廣成的電話，請他轉告母親不用擔心她，其餘什麼也沒說。

不知道過了多久，直至聽見鈴聲響起，她才慢慢抬起頭來，看著在幽暗中發光的手機，上頭顯示的名字讓她略感訝異，隨即接了起來。

「之陽姊姊，我是小珂！」電話另一頭傳來李敏珂焦急的聲音，「不好意思，請問妳現在在家裡嗎？」

「我在呀，怎麼了嗎？」陸之陽勉強提振起精神。

「太好了，妳現在能不能到六樓來一趟？曉春跟她媽媽在家裡吵得非常凶，我跟簡博安完全不知道該怎麼辦，可以請妳幫忙嗎？」

陸之陽呆了呆，很快動身。

趕到六樓，發現簡博安和李敏珂滿臉不安的站在邵曉春半敞開的家門口。

李敏珂一見到陸之陽，宛若看見救星，「之陽姊姊！」

聽到屋裡傳來激烈的爭執聲，陸之陽不由得緊張起來，「到底發生什麼事了？」

「應該是因爲這個，邵曉春剛剛帶著這個跟我們碰面，之後就突然說要回家，我們察覺情況不太對勁，馬上跟過來，她一進家門就跟阿姨吵起來了。」

接過簡博安手中的聖誕卡片，陸之陽登時臉色一變。

前些日子，她把女孩父親寄來的信放進外套口袋裡，因爲外套只淋到一點雨，因此隔天她沒有清洗便直接拿去頂樓晾乾，卻不小心忘記把卡片抽走，也忘記在離開台北前將外套收起來。

她沒想到居然會被邵曉春找到這封信！

「之陽姊姊，現在要怎麼辦？曉春跟她媽媽吵得這麼凶，我們根本不敢進去，會不會出什麼事啊？」李敏珂憂心忡忡。

「別擔心，我先進去看看。」心慌的她往前探頭一看，由於門沒關，便清楚看見邵曉春與母親站在客廳大吵的身影。

「妳到底爲什麼要把我的信藏起來，而且還不讓我知道？妳知不知道這樣眞的很過分，一點都不尊重我，妳怎麼可以這樣做？」

「曉春，媽已經跟妳解釋過了，我會這麼做都是爲了妳好，我不希望讓這些東西影響到妳的心情，也不想讓妳煩惱！」

「可是那是爸爸寫給我的信啊，他這一次寄給我的卡片，就有提到之前他寄了許多封信給我，卻都沒有得到回應。他一直都想要關心我，妳卻不肯讓我知道，還故意把信藏起來，妳是不是因爲不想讓爸找到我們，當初才決定要搬家？妳根本就不想讓我跟爸爸見面，對不對？」邵曉春越說越激動。

「那是因爲我擔心妳爸爸會做出傷害妳的事，也擔心他會對妳說出不該說的話，媽媽不是故意要隱瞞妳，但是現在眞的不是讓妳跟他見面的時候，媽媽擔心——」

「妳騙人！我知道妳很恨爸爸，恨他以前跟妳離婚，狠心丟下我們，妳才不是爲了我這麼做的，妳是因爲心裡氣他，想要報復他，才不讓我跟他聯絡！」

邵曉春失控地朝著邵母大吼：「就算妳是我媽媽，也沒有權利阻止我跟爸爸見面！妳明知道爸爸一直在找我，卻不肯告訴我，爲了妳自己的私心，還拿關心我當藉口，其實根本就不是眞的想保護我。他是我爸爸，妳沒有權利不讓我跟他見面，更沒有權利藏起我的東西，妳沒有這個權利，也沒有資格！」

陸之陽驀地衝上前去，當場賞了邵曉春一記耳光！

「曉春，妳怎麼可以這樣跟妳媽媽說話？」陸之陽鐵青著臉，厲聲斥責：「是誰辛苦獨自拉拔妳長大？又是誰天天努力工作，讓妳可以不愁吃穿？這些年來，妳父親有爲妳們做過什麼嗎？有盡到半點他該盡的責任嗎？這麼多年來他對妳們不聞不問，到現在才突然跑出來說想見妳，卻從來不曾問候過妳母親半句，眞正自私的人到底是誰？當年妳父親是因爲在外面有其他女人，才會狠心拋棄妳們母女倆，而妳媽媽爲了保護妳，怕妳受到打擊，所以才不敢告訴妳，妳怎麼可以說妳媽媽是拿關心妳當藉口？從頭到尾眞正委屈的人，是妳的媽媽，而不是妳爸！」

邵曉春撫著左臉頰，神情呆滯。

漸漸地，邵曉春的雙眼浮現淚光，不一會兒就撲簌簌地掉下眼淚。

「就算是這樣……妳們也不應該一直瞞著我！」她傷心的一邊啜泣，一邊哽咽大喊：「妳們怎麼可以擅自幫我做決定？我沒有選擇的權利嗎？就因爲妳們覺得我是小孩子，什麼都不懂，妳們大人就可以這樣爲所欲爲嗎？妳們口口聲聲說爲我好，卻從來沒有在乎過我的感受！之陽姊姊，妳明知道我一直很想見見爸爸，卻跟我媽媽聯合起來欺騙我，把我的信藏起來，不肯讓我知道，妳是我在這世上最信任的人，我把心裡所有的祕密全部都告訴妳，可是，妳卻和我媽媽一起背叛我了。」

她哭吼：「我最討厭之陽姊姊了！」

邵曉春緊接著奪門而出，陸之陽則僵立原地，面若死灰。

「妳是我在這世上最信任的人。」

「可是，妳卻和我媽媽一起背叛我了。」

陸之陽一回過神，立刻跟著奔出去，然而當她一跨出大樓門口，卻早已不見邵曉春的蹤影。

「曉春！」

她不斷在附近四處尋找，卻徒勞無功，邵曉春的身影就這麼完全消失在巷弄裡，被黑夜吞噬。

「我已經不奢望你對我多好，但你可不可以稍微顧及一下我跟媽的感受？」

「妳們口口聲聲說爲我好，卻從來沒有在乎過我的感受！」

陸之陽的腦海響起了自己和邵曉春說過的話。

「只憑你是一家之主，所以你想怎樣就可以怎樣嗎？」

「就因爲妳們覺得我是小孩子，什麼都不懂，妳們大人就可以這樣爲所欲爲嗎？」

她喉嚨乾澀，一陣鼻酸。

「我最討厭之陽姊姊了！」

陸之陽再也忍不住激動的情緒，緊緊摀脣，淚水瞬間盈滿眼眶。

她是那樣痛恨父親帶給她的種種傷害，所以當初在得知邵母的過去之後，彷彿在邵母身上看見自己母親的影子，因而對邵母多了份憐惜。

所以陸之陽才會同意邵母的請託，隱瞞邵曉春父親寄來卡片的事，她確實不願意讓過去深深傷害過邵母的那個男人與曉春見面。

只是她沒想到的是，正因爲自己的這個念頭，反而讓邵曉春也遭受了過去她所經歷的那些傷痛；因爲太過袒護邵母，她選擇忽略邵曉春想要見父親一面的渴望，美其名是爲了保護她，實際上卻是爲了成全自己的私心，不願讓邵曉春的父親，在那樣傷害邵母極深之後，還能夠再擁有和自己女兒共享天倫的機會。

此刻她對邵曉春所做的，正是陸父一直以來對她做的事，而她也始終恨著那樣的父親。

但陸之陽怎樣也沒想到，自己長大之後，竟然也變成了過去她最痛恨的那種大人。

Chapter 9

十二月的夜風夾帶刺骨寒意，加上下午下過一場大雨，使得今晚外出運動的人不多。偌大的空曠運動場裡，只有零星幾個人，在白色路燈的照耀之下更顯得清冷寂寥。

剛運動完，穿上外套準備返家的尚東磊，遠遠就看到一道身影跑來。

路燈照亮邵曉春的臉，她的臉上爬滿淚痕。

尚東磊望著不斷啜泣的她，忍不住問：「發生什麼事了？」

「尚東磊……」邵曉春抽抽噎噎，哭得上氣不接下氣，「以後……不管發生什麼事情，你都不可以對我說謊……就算我聽了事實會難過、會生氣，你也絕對不能……對我說任何謊話。拜託你不要對我說謊……不要欺騙我……」

聞言，尚東磊定定的凝視她，過了許久，才輕輕點頭。

「好。」

聽見男孩的允諾，邵曉春仍停不住哭泣，渾身顫抖不止。

由於身上沒帶面紙，尚東磊直接用外套的袖子替她擦去眼淚，卻被邵曉春抓住了手。

她埋頭貼緊他的手臂，不斷湧出的淚水滲進了外套，男孩的肌膚感覺到一股溫熱的溼意。

直到看見這張令她安心的臉，這一刻，她才終於可以放聲痛哭。

宣洩過情緒後，不知不覺，運動場只剩下邵曉春和尙東磊兩個人。

兩人牽著彼此的手，繞著運動場一圈又一圈的走著。

女孩的心事，也一句一句迴盪在晚風裡。

傾訴完後，邵曉春的心情也逐漸平復，緩緩吁一口氣，冷靜了下來。

「好一點了嗎？」尙東磊問。

「嗯。」她頷首，用濃濃的鼻音悶聲回答：「對不起，尙東磊，莫名其妙跑過來對著你大哭。」

「沒關係，只要妳沒事就好。」

邵曉春紅著眼睛，一時說不出話來。

「尙東磊。」她吸吸鼻子，「你覺得，我是不是做錯了？我那樣凶我媽媽，怪她不肯讓我見爸爸，還把爸爸寄給我的信藏起來，我這樣把氣全發洩在她身上，是不是眞的很不應該？」

尙東磊思忖了一會兒，淡淡的回：「也許，妳可以和妳媽媽好好談一談，坦白告訴她妳的眞心話，讓她知道其實妳很想見妳爸爸一面，這樣的話，說不定妳媽媽就會願意尊重妳的決定，不會一味反對。」

「可是，我爸爸以前傷我媽那麼深，而且還爲了外遇對象狠心拋下我們。以前我從不敢在媽面前提到關於爸爸的任何事，因爲我一直覺得她很討厭爸爸，也不肯原諒他。在知道他們離婚的眞相之後，我更不認爲她會同意我跟爸聯絡，甚至和他見面。」

邵曉春鼻頭發酸，「雖然現在我也很氣爸爸……怪他當年對我們做出這麼殘忍的事，但是我發現自己就算氣他，還是會想要見見他，雖然不知道見了面以後可以做什麼，但我還是想見他……我這樣對媽來說是不是更殘忍呢？」

尚東磊平靜溫柔地開口：「我認爲，不管從前發生過什麼事，他還是妳的爸爸。所以就算妳想見他，也是人之常情，我不覺得妳這種想法很過分。只是，妳可能需要多花點時間跟心思，和妳媽媽溝通。唯有坦白說出妳的感受，才有可能解決問題，妳也可以試著了解妳媽媽是不是在擔心，或者害怕什麼？然後妳再努力做到讓她安心，找出妳們兩個都能夠接受的方法。」

說到這裡，他的聲音低了些：「雖然我並不認識妳媽媽，也不了解實際情況……不過如果是我，我就會這麼做。畢竟這麼多年來，妳媽媽獨自把妳撫養長大，一定非常愛妳，既然如此，就不可能會做出傷害妳的事。」

邵曉春陷入沉思，低頭盯著自己的鞋子，久久未發一語。

尚東磊也不催促她，只是安靜站在一旁。

「我明白了，我會再找時間跟我媽談談。其實，我媽媽算是很明智的人，後來我仔細想想，也認爲她會這麼做也許有她的考量，但我當下眞的是氣昏頭了，才會不分青紅皀白地對她大發脾氣。」邵曉春喃喃低語，「我也應該跟之陽姊姊道歉……我對她說了很過分的話，一定讓她很生氣。」

深吸了一口氣，抬起頭，她露出今晚的第一個笑容：「尚東磊，謝謝你肯聽我說這些，我的心情好多了，謝謝。」

他脣角一揚，「不會。」

兩人又默默走完了一圈運動場。

尚東磊喚道：「邵曉春。」

「嗯？」

「關於我之前跟妳告白，希望妳跟我交往的事。」他停了一停，「就當作我沒說過吧。」

她愣住，「咦？」

「因爲我發現，現在的妳好像不如過去那樣充滿朝氣。每當跟我在一起的時候，妳也不再想說什麼就說什麼，反而變得很尷尬，一副不知道該怎麼面對我的樣子。所以我猜，應該是我的告白造成了妳的壓力。」尚東磊淡淡一笑，笑容裡帶著一絲苦澀。

不等邵曉春回答，他繼續往下說：「其實我並不想讓妳困擾，也不希望因爲這件事，害得妳什麼事都不敢再跟我說。我知道妳最近心裡有很多不開心的事，我不想再增加妳的負擔，更不想變成妳的煩惱。」

尚東磊話裡不帶任何情緒，平靜地對上她的目光：「如果妳希望我們當朋友就好，那就繼續做朋友吧。以後我不會再提這件事，我們之間也不會有任何改變，一切都會跟以前一樣，妳不用擔心。」

聽到尚東磊突然如此愼重的說出這些話，邵曉春一時無法反應，只能愣愣地看著他。

後來兩人又沉默默地走了一段路，牽著的手始終沒有鬆開過。

只是尙東磊的保證，並沒有讓邵曉春如釋重負，反而感到有股失落湧上心頭。

彷彿有很多話卡在喉間，怎樣也說不出口，只能嚥下去，同時，只覺一抹酸楚跟著在胸口渲染開來，蔓延至整顆心。

她想對尙東磊說些什麼，卻什麼都說不出來。

她再也說不出口。

◆

站在一間小吃店門口，簡博安和李敏珂頻頻朝店內張望，焦急地緊盯著店裡的某個身影不放，卻完全無計可施。

「怎麼樣？」簡博安一放下手機，李敏珂便迫不及待地追問。

「不行，打不通，齊大哥好像沒開機。」簡博安懊惱的嘖了一聲，「偏偏在這個時候聯絡不上，眞不妙！」

「那怎麼辦？之陽姊姊一直坐在裡面喝酒，曉春也不接電話，不曉得她到底跑哪去了，萬一出事怎麼辦？」李敏珂急得快哭了。

「應該是不至於啦，那傢伙常去的地方妳確定都找過了嗎？」

「找過了，但都沒看到人。」李敏珂想了想，靈光一閃，「啊，她有沒有可能會跟尙東磊聯絡？曉春現在跟他很要好，說不定尚東磊會知道她的下落！」

「好，我問問看。」一接通電話，簡博安與對方的簡短交談不過半分多鐘，神情明顯一鬆。

向對方道謝後，簡博安掛上電話，語帶佩服地對李敏珂說：「嘿，還真被妳猜中了，邵曉春現在眞的跟他在一起。尚東磊說晚點會送她回家，要我們別擔心。」

「太好了，那我得趕快通知阿姨！」李敏珂鬆了一口氣，聯絡過邵母後，又愁容滿面，「那之陽姊姊呢？現在齊哥哥不在，沒有人可以陪她，難道要放任她獨自坐在這裡喝悶酒嗎？」

「這的確很棘手，看來邵曉春對之陽姊說的那些話，應該讓她受到不小打擊。」

「我也覺得。」李敏珂難過的望向店內，「我從來沒見過之陽姊姊這個樣子。」

「唉。」簡博安兩手抱胸，苦思了一分鐘，突然驚呼：「有了，李敏珂，或許還可以請一個人來幫忙！」

店內，一罐啤酒才剛見底，陸之陽又打開另一罐，仰頭一飲而盡。

她撐著額頭，喝得滿臉通紅，眼神矇矓。

老闆娘看到她一個年輕女子獨酌，眼淚又一直掉個不停，還好心地特意上前關心：「小姐，妳沒事吧？妳這樣一直喝，等一下能自己回去嗎？」

「嗯，可以，妳不用擔心。」陸之陽抹抹臉，意識還算清楚，「老闆娘，不好意思，可以再請妳幫我拿幾罐啤酒嗎？謝謝。」

過了一陣子後，桌上堆滿了空啤酒罐，陸之陽趴倒在桌上，醉得不省人事。

她隱隱感覺得到耳邊不斷傳來老闆娘的叫喚聲，然而她的意識昏沉，眼皮重得撐不開，渾身也像被千斤石頭綁住，根本動彈不得。

還來不及反應，一雙結實的臂膀隨即將她擁入懷中，好溫暖……

她依稀聽見一個男人說話的聲音。

那人與老闆娘親切交談幾句後，就帶著她離開這裡，返回到她的住處。

回到家後，陸之陽倒臥在客廳的沙發上，臉埋在靠墊裡，酒醉的不適感逐漸湧上，令她難受不已。

當察覺男人朝她走近，她忍不住大聲地嚷嚷起來：「誰准你到我家來的？你是誰？快點從我家滾出去，不然我不會放過你喔！」

「妳要怎麼不放過我？是要報警捉我，還是用拳頭揍我呢？六隻羊。」對方回話的口吻有些無奈，卻又帶著一絲興味。

一聽清楚男人那熟悉的嗓音，陸之陽驀地呆住，疑惑的偏過頭。

她努力睜開眼睛，只見那男人上前將她扶起，在她耳邊吩咐：「把這個吞下去，解酒的。」

陸之陽怔怔吞下男人遞在她脣邊的膠囊，男人還餵她喝了幾口溫開水，再扶著她躺回沙發上。

直至這時，她才定定地望向男人的臉。

過了許久許久，陸之陽對著那張面容，啞著聲音說：「我討厭你。」

那個男人沒有任何回應。

半晌，她又說了一次：「我超級討厭你。」

男人微微挑眉，在她面前蹲下，直直迎向她的目光，毫不閃躲。

「妳對我有什麼不滿可以儘管說，沒關係。」

「我討厭你……」陸之陽眼角閃著淚光，聲音發顫，「如果不是你出國，從我的身邊消失，我就不會變成今天這樣了。」

男人沒有出聲，等著她繼續往下說。

她哽咽地喊著：「就是因爲你不在……我的人生才會變得亂七八糟。你一離開，我就不知道該怎麼辦才好，這一切都是你害的。你爲什麼不等我一天？再多等我一天就好？爲什麼最後就這樣走掉了？你知不知道我眞的很需要你？我眞的很氣你，氣你不負責任，說離開就離開；氣你擅自把選擇權丟給我，更氣你沒有親耳聽到我的答案，就這樣一走了之……這一切都是你害的，都是你！」

男人凝望著她，伸手輕輕拂去她的淚，「對不起，六隻羊。」

陸之陽終於情緒潰堤，不自覺緊抓著男人撫在她臉上的手，彷彿在汪洋中抓住浮木一樣，再也不放開。

「藍宇，藍宇……對不起，我不是故意失約的，我眞的不是故意要放你鴿子的。」

突然間，陸之陽像個孩子似的嚎啕大哭起來，彷彿又是當年那個脆弱無助的十七歲小女生，深怕藍宇會再次離開自己的世界。

陸之陽哭著說：「眞的對不起，對不起。你不要走，拜託你哪裡都別去好不好？求求你待在我身邊，爲我留下來。藍宇，拜託你不要離開，不要走好不好？」

「好。」藍宇溫柔允諾，他擁著她，幾個如細雨般的吻，輕落在她的眉間與雙頰，「這次我不會走，再也不會離開。我就在這裡，哪裡都不會去。」

陸之陽抱緊藍宇，在他懷中哭成了淚人兒，久久不能自已。

她竭盡所有力氣，將八年前來不及對藍宇說的話全部說出口。

她好急，急得眼淚又紛紛掉了出來，只能一直死命抓著藍宇，深怕下一秒他就會消失在眼前，然後發現這一切只是她喝得酩酊大醉才出現的夢境。

過了一會兒，陸之陽雙頰掛著淚水，不知不覺的睡著了。

等到陸之陽再次睜開眼睛，映入眼簾的第一個畫面，就是被清晨曙光點亮的房間。

她呆了呆，神思恍惚。

她不自覺扭動了下身子，卻撞上一片溫暖寬闊的胸膛，這才意識到自己正躺在一個男人的懷裡。

怔忡之際，陸之陽抬眸，不偏不倚對上一雙深邃的眼睛……

「媽呀！」她瞬間跳了起來，驚恐地貼著牆，簡直不敢相信自己看到了什麼。

男人側著身體斜靠在床上望著她，姿態怡然自得。

「精神不錯喔，六隻羊。」

「你……」她披頭散髮，驚魂未定，「你怎麼會在這裡？爲什麼會出現在我家？」

「妳昨晚在小吃店喝醉了，怎麼都叫不醒，所以我學生打電話請我去幫忙，讓我送妳回家。」藍宇神態自若的解釋，「我扶著妳到床上休息，但妳一直抱著我，不肯讓我離開，所以我只好陪妳一起在這裡過夜了。」

她喃喃道：「不會吧……」

陸之陽臉色發白，完全傻了，緊接著太陽穴立刻傳來一陣劇痛，讓她痛苦地抱頭呻吟。

「妳昨晚喝太多，吃解酒藥也沒用，現在頭應該很痛，很不舒服吧？」藍宇朝她伸手，「再躺一下吧，時間還很早。今天不用上班，好好休息。」

看著他的手，陸之陽登時有些茫然。

彷彿被一股無形的力量所牽引似的，她情不自禁回到床上，躺在他身邊。

藍宇輕輕將她擁住，陸之陽的心一震，她的額幾乎貼在他的頸間。

「不喜歡我這樣抱妳？」

陸之陽心跳加速，有些難爲情，雙頰又熱又紅，「是不會，可是你爲什麼突然這樣……」

「沒爲什麼，只是覺得自己早該這麼做了。」

她喉嚨乾澀，聽著他穩定的心跳聲，原本緊繃的情緒，竟漸漸放鬆下來。

「現在幾點了？」

「才剛七點，妳要不要再睡一下？」

「不了，我不睏。」她搖搖頭，忽然驚呼：「對了，曉春！她人——」

「邵曉春沒事，李敏珂和簡博安說她昨天平安回到家了。」藍宇不疾不徐的解釋，「昨晚妳睡著以後，廣成也有打電話給妳。」

陸之陽雙眼微微睜大。

藍宇摸了摸她的頭髮：「放心，我跟他大致說了一下狀況，他也把妳跟妳父親發生的事都告訴我了。廣成目前人還在上海，他很擔心妳，知道有我陪著妳，才比較放心。」

陸之陽緊咬著下唇，默默不語。

「心情很不好受吧？」

她做了個深呼吸，低聲說：「我覺得自己好糟糕。因爲討厭自己父親的所作所爲，所以我在不知不覺中，也認爲曉春的爸爸可能會爲她帶來傷害，卻忽略了她想見父親的心情。」

說著說著，陸之陽逐漸紅了眼眶，「我眞的好糟糕，完全沒有臉再見曉春，更沒資格做她的之陽姊姊。」

「妳討厭妳父親哪一點呢？」藍宇問：「我相信妳不可能是打從心底恨妳父親。妳是因爲愛他，所以對他有所期望；當他辜負了妳，才會覺得那麼受傷。那麼，妳希望妳父親爲妳做些什麼呢？對妳來說，妳認爲他應該做的是什麼？」

陸之陽再次深吸了一口氣。

「他應該保護我們。」

藍宇擁著她的手臂一緊，彷彿鼓勵她面對心底眞正的渴望與疼痛。

陸之陽繼續說：「他應該要珍惜家人，更應該要保護他的家人，可是他沒有，反而不斷傷害我和媽，甚至完全否定我們，親手撕裂了這個家。他所做的那些事，都讓我們痛苦不堪。我不能明白，也無法諒解，他明明是最應該守護我們的人，爲什麼反而傷我們最重？無論我怎麼想，都沒辦法理解。難道對他來說，過去失去的一切才是最珍貴的，而現在他擁有的，全都一文不値嗎？」

藍宇安靜地聽由她狠狠發洩藏在心中的委屈。

「其實我也曾怨過我媽，我爸那樣對她，爲什麼她還願意隱忍？明明被他傷得這麼重，卻還能無怨無悔的繼續爲他做牛做馬。」陸之陽一陣鼻酸，「以前我甚至想過帶我媽一起離開那個家，因爲我不想再讓她過那種人生，不想再看到她被我爸那樣對待，我已經看了二十多年，也忍了二十多年了。我不希望我媽一輩子都得這麼過，那麼辛苦爲丈夫、爲這個家付出一生，結果還是得不到我爸半點尊重，繼續過著這樣的人生，到底有什麼意義？」

藍宇沉默不語，擁著她動也不動。

「六隻羊。」良久，他才緩緩開口：「我剛認識妳的那幾個月，妳知道爲什麼每個週末，我都要特地從台北回家一趟嗎？」

聽藍宇忽然提及這段往事，陸之陽心中微微一凜，「爲什麼？」

「因爲那時，我爸突然腦溢血，陷入昏迷，在醫院躺了很長一段時間。我是爲了照顧我爸，才會每個禮拜都從學校趕回家。當時，我和我弟、我姑姑三個人輪流在病房裡過夜。除了星期六晚上會跟妳見面以外，其他時間，我幾乎都在醫院裡度過。」

經藍宇這麼一說，陸之陽也有了印象，齊廣成曾經告訴過她，當年藍曄的父親因病倒下，也說到藍宇每個禮拜都會風塵僕僕地從台北趕回來照顧父親。

然而她沒有出聲，只是靜靜聽他往下說。

「我媽很早就離開了我們，所以我跟我弟是我爸一手拉拔帶大的。他的身體一直以來都很好，幾乎沒生過什麼病，所以當他突然倒下，陷入昏迷不醒，醫生還告訴我們隨時要做好心理準備時，我覺得這一切非常不真實，就像一場夢一樣，因爲我怎樣也沒想到那麼健康的父親，居然隨時會離我們而去。」

陸之陽仰頭看著藍宇，他目光深沉，沒有流露太多情緒。

藍宇的語氣很平淡，好像說的是別人家的事，「就在那時候，我才忽然驚覺，原來父親並不是我想像中的那樣堅強。我和藍曄從小就把他視爲一棵爲我們阻擋風雨的大樹，他在我心中的形象是那樣屹立不搖，所以我從沒想過他會有倒下的一天，我始終認爲這樣的事絕不可能發生。對我來說，他這輩子都應該要是最強悍的勇者。」

陸之陽的手輕輕撫上藍宇的手臂。

「發現父親其實並不如自己想像中完美的時候，我們會覺得受傷，就像妳認爲妳父親應該要保護家人，可是他不僅沒做到，反而傷害了妳們，所以妳會難過，會覺得遭到背叛。」

藍宇低頭望著她，緩緩地說：「但是，當我知道我父親沒有這麼堅強後，卻忽然間懂了，並非每個父親都能夠符合孩子心中的標準。」

「我們常會渴望能從父母身上得到些什麼，但是他們未必能滿足我們的期待。其實不是他們不願意給予，而是因爲他們沒有能力。於是妳會發現，有些人就算已經爲人父，卻未必能具備一個父親應該要有的樣子。並不是每個父親都眞的那麼無所不能、完美無缺，很多時候，他們甚至比我們任性，比我們更像個孩子，只是我們把父親的身影看得太巨大，因此不會想到其實父親也會有軟弱的一面，有時甚至比我們還不成熟。」藍宇一字一句說道。

陸之陽圓睜著一雙大眼，只是靜靜的凝視著他。

「妳爸會對廣成如此重視跟疼愛，我想，除了是想彌補他之外，也是因爲過去那段遺憾，對妳爸造成非常深厚的影響。」藍宇撫著陸之陽的長髮，「當然，對妳來說，妳會因爲被父親忽略、拋棄而感到受傷，這無可厚非。事實上，這也代表妳的父親其實並沒有能力去處理這樣的情況，因此也無法用『成熟』的態度好好對待妳和廣成。」

陸之陽一動也不動，聽得入神。

「當妳不再把父親的影子看得那麼巨大，而是把他當成一個普通人，一個跟我們一樣曾經是個孩子，會哭會笑、有缺憾有煩惱，也有過自己一段傷痛的人，或許妳就可以釋然些，也能開始試著慢慢理解妳的父親。畢竟，即便年歲漸長，心靈未必能隨之同步成長。」

陸之陽若有所思的眨了眨眼，仍然默不吭聲。

「自從我任職高中老師後，接觸過各式各樣的家長，就更能體會這個道理。不是全天下的父母都能勝任『父母』的角色；也不是每個家長都能夠了解孩子的心。」

這時，藍宇像是想要給她一些力量似的，加重擁著她的力道。

「雖然妳說想讓妳母親脫離這樣的生活，可是，其實我們無法完全介入父母的人生，也無法干預他們選擇的生活方式。這種事，不管旁人再怎麼努力，最終能夠做決定的，只有他們自己，而身爲兒女能做的，就是在一旁好好守護他們。妳有沒有好好地親口問過妳母親，問她心裡痛不痛苦？有沒有想過離開？爲什麼直到現在都還願意留在妳父親身邊？如果妳不曾問過母親眞正的想法，就擅自替她做決定，不也是一種自私跟傷害嗎？」

一滴淚從陸之陽的眼角滑落，她咬緊了唇，身體微微顫抖。

「確實，父母的某些行爲會傷我們很深，但我希望妳不要把這些傷帶在身上，這樣的話，無論妳逃到哪裡，離家多遠，妳的心都還是會被過去的陰影所影響，無法獲得眞正的自由。」

藍宇的語氣放得更溫柔，「以前的妳年紀還小，不曉得該怎麼做，可是現在，妳跟妳父母一樣，已經是個大人了，早就具備選擇的能力。妳可以選擇繼續憤恨不平，繼續活在過去的傷痛裡，把自己的一切不幸全部歸咎於妳父親，也可以選擇變成比父母更『成熟』、更『強大』的大人。」

陸之陽的眼裡泛起了一絲微弱的光彩，像是終於找到了迷失已久的方向。

藍宇溫聲說：「正因爲妳經歷過那些傷痛，比誰都清楚被這麼對待，對一個孩子的傷害會有多大，因此妳必須站得比父母更高，看得比他們更遠，才能從這段陰影走出來，將來也才不會重蹈覆轍。妳有能力選擇不要成爲那樣的大人，也有能力選擇是否要繼續拿過去的傷，去傷害自己或別人。」

像是在安慰一個孩子一樣，藍宇輕撫著陸之陽的背。

「其實，有的時候，我們也可以把父母當作孩子，並不是父母做的每件事就都是正確的，也不是每個父母都應該是我們想像中的樣子。當我們願意試著站在平等的角度看待他們，或許也就能慢慢理解他們。妳心中有傷，妳父親心中可能也會有。他沒有表現出來，並不表示他不會痛、不會流淚，更何況對一個父親來說，要在孩子面前表現出脆弱，是多麼困難的事。」

說到這裡，藍宇嘆了一口氣：「所以，六隻羊，試著原諒妳的父母吧，我知道這不容易，也並非一朝一夕就能做到，但妳可以試著開始努力。唯有學會原諒，妳才能放下，也才能真正放過自己。就算結果不如妳所願，至少妳的心已經變得強大，並且擁有足以讓自己幸福的能力了。」

聽完藍宇的話，陸之陽陷入了沉默。

藍宇也不出聲，只是靜靜擁著她，默默陪著她度過心裡的這場混亂風暴。

過了好一會兒，陸之陽深吸一口氣，帶著鼻音嘟囔：「你還眞的是塊當老師的料耶。」

「謝謝誇獎。」藍宇莞爾一笑，「現在想想，這些話我應該更早之前就要告訴妳的。只可惜，我也是後來才完全明白這些道理。」

陸之陽也笑了：「剛認識你的那段時間，你就已經教我很多了，那些話對我的影響非常大。」

藍宇微笑不語。

陸之陽旋即又想到，「不過，當年我們最後一次在山上見面時是星期五，你那天提早從台北回來，然後跟我約下週六晚上見，那時你父親的狀況是不是已經好轉了？」

「是啊，那天上午我接到姑姑的通知，說我爸已經醒來，算是度過危險期了，所以下午我才馬上請假趕回來。咦，妳怎麼會知道這件事？」

「因爲……那天你看起來很開心，讓我印象特別深刻，剛剛聽你談到你父親的病，我就猜你父親的病況那時應該好轉了。」她忍不住關心，「那你父親現在好嗎？」

「嗯，很好，只是生病之後，飲食就被嚴格控管，避免因爲高血壓又影響健康，不過到現在仍然還是一條活龍，非常健康。」藍宇的笑容裡帶著欣慰。

「那就好。不過當時你很過分耶，什麼都不告訴我，像是要去國外留學的事，還有最後約定碰面那天竟是你的生日，害我那時候完全不知道該怎麼面對小烏龜的老闆，簡直無地自容，他一定覺得我這人很差勁！」

藍宇笑著安撫她：「抱歉，其實我從大一就想過要出國念書，我爸也很支持我。只是在一切都準備得差不多時，我爸毫無預警地倒下了，那時我也快畢業了，心想如果我爸一直好不了，我就放棄留學。等到我爸醒過來後，卻堅決不肯讓我繼續留在台灣照顧他，所以最後我才依照原定計畫出國。」

「可是……我不懂，既然你早就決定要出國，後來又爲什麼要問我的意見，來決定要不要留下來？」她一頭霧水。

「妳要聽眞心話？」藍宇問。

「當、當然啦。」陸之陽點頭。

「因爲那個時候，我已經把六隻羊妳的事，看得比我的留學夢還重要了。因爲太喜歡妳，所以我想爲了妳留下來，這就是答案。」

藍宇說出這些話的時候，語氣輕鬆自然，脣角帶笑。

聞言，陸之陽頓時全身一僵，雙頰倏地火辣辣地熱了起來：「騙人，少來！少用這理由唬我，你這人這麼冷靜，又理智到不行，怎麼可能會做出這種衝動的事？」

「那只是表面上看起來，實際上我可不是眞的那麼理智喔，我還滿幼稚的。」他笑了笑，話鋒一轉，「而且老實跟妳說，那個時候我就已經百分之百確定，就算妳最後眞的跟藍曄告白，也不會成功，因爲藍曄當時其實另有喜歡的人，只是我沒告訴妳。我想等妳被我弟拒絕了，跑來找我哭訴，我再問妳願不願意跟我在一起就好了。」

「喂，藍宇，你——」陸之陽滿臉通紅的推開他，尖叫著：「你也太可惡了吧？居然把我耍得團團轉，你這人心機怎麼這麼重？」

「這是最新一課，人千萬不能光看表面，懂嗎？」藍宇笑容可掬，眸光燦爛。

陸之陽被他氣得啞口無言，藍宇卻在這時一把將她攬回懷裡。

「六隻羊，抱歉，騙了妳，是我不對。」他的脣停在她的耳畔，「不過這次我不想爽約了，我答應過妳會留下來，我想履行承諾，所以給我一個機會吧。」

她害羞的問：「你什麼時候……答應過我？」

「昨天晚上，妳一直哭著說要我留在妳身邊，我就已經答應妳了，不會說話不算話。」

陸之陽雙頰的溫度持續往上攀升，她完全不記得有這回事。

「可是這樣豈不是太便宜你了？當初故意要詐欺騙我，現在還要我跟你在一起，哪有這麼好的事？」

「所以妳不願意？」

陸之陽低頭，羞澀不語。

藍宇垂下頭，輕輕撥開她臉上的髮絲。

當那雙清澈的眼睛逐漸朝自己的臉貼了過來，陸之陽連忙伸手抵住對方的脣：「等等，藍宇，我現在超狼狽，又渾身酒臭味，你不要——」

他低聲一笑：「我不在意。」

不顧她的阻擋，藍宇低頭將脣吻上了她，同時托住她的後腦，身子往她靠近。

陸之陽再也沒有反抗，慢慢回應著他的吻。

Chapter 10

邵曉春目瞪口呆的望著站在門後的男人。

上午十點，她按下八樓門鈴，發現過來應門的竟是自己的班導師，驚訝的嘴巴都快合不攏了。

「早，邵曉春。」藍宇淡淡一笑，「來找之陽姊姊？」

「呃……對，老師早。」她回過神，「老師，你怎麼會在這個時候出現在這裡呢？」

「喔，妳之陽姊姊昨晚喝醉了，所以老師送她回來，照顧了她一夜，現在她正在洗澡。」他氣定神閒的解釋。

咦？咦？

喝醉？

照顧她一夜？

正在洗澡？

這幾個充滿曖昧的關鍵詞，讓邵曉春當場不由自主羞紅了臉，渾身冒起了雞皮疙瘩，結巴巴地說：「那、那，老師，之陽姊姊她……還、還好嗎？」

「還好，只是有點宿醉，但已經沒事了。」

話才剛說完，陸之陽的聲音就從屋內傳來：「藍宇，是誰呀？」

肩披浴巾，頂著一頭溼漉漉的頭髮，陸之陽剛從浴室走出來，看到邵曉春立刻驚喜道：「曉春！」

卻發現邵曉春滿臉通紅，站在原地一動也不動，再看藍宇一臉似笑非笑的神情，陸之陽先是一怔，像是想到什麼似的，趕緊尷尬地解釋：「曉春，妳不要誤會。他只是送我回來而已，我們什麼事也沒做，眞的！」

藍宇噗哧一笑，對陸之陽說：「那我先回去了，晚一點再跟妳聯絡。」接著他又叮囑：「邵曉春，以後不管發生什麼事，都不可以突然消失不見，這樣大家會很擔心的，知道嗎？」

「知道了。對不起，老師。」邵曉春難爲情地點點頭，藍宇拍拍她的肩，隨後跨出屋子離開。

等陸之陽吹好頭髮，回到客廳，端了一杯熱可可遞給邵曉春。

「曉春，來，趁熱喝。」

「謝謝。」邵曉春怯怯地挪動了下身子，「那個……之陽姊姊，對不起，昨晚我對妳不禮貌，還對妳說出那麼過分的話。我已經反省過了，請妳原諒我。」

「曉春，妳不用道歉，妳沒有做錯任何事，眞正錯的人是我，是我不好。」陸之陽坐在她身邊，滿懷歉意地看著她，「是我深深傷害了妳，希望不會因爲我的愚蠢，害妳和妳媽媽的關係失和。」

邵曉春很快搖搖頭，低著頭絞弄手指，「不會啦。其實，昨晚回家之後，我已經跟我媽好好談過了。我把心裡的話全都告訴她，跟她坦承我想要見爸爸。雖然……我其實還沒有心理準備可以馬上見他，可能還需要點時間，但是我媽已經答應我，不會阻止我和爸爸聯絡，她說會尊重我的決定。」

陸之陽露出放心的笑容。

邵曉春又說：「我知道我媽是想要保護我，怕我會受傷、難過，但我也已經和媽保證，我只是想見見爸，關心一下他現在過得好不好而已，除此之外，一切都不會有什麼改變。我也不會再追究他們以前的事，那些都過去了，就算再追究也沒有意義。所以，只要知道我爸過得不錯，而且身體健康，那我就心滿意足了。」

「曉春，妳比我還要成熟呢。」陸之陽嘆了一口氣，「老實說，我這次也有種恍然大悟的感覺，還被妳的老師訓了一頓呢。」

「咦？」邵曉春瞪大眼睛。

陸之陽誠懇地說：「曉春，我要跟妳說聲對不起。」

邵曉春疑惑地歪頭看著陸之陽。

「我其實一直都知道妳很思念妳爸爸，就算妳沒有告訴我，之前從妳的小說裡、從妳所創作出來的每一個故事裡，我都能夠感覺得出妳對父親其實懷有很強烈的渴望。」陸之陽的眼裡映出一抹淒然的笑意，「就跟我一樣，我也一直渴望我父親的愛，可是我始終得不到，於是就開始責怪他，也把我往後人生的所有不順遂，全都怪罪到我父親身上，甚至讓這份心情影響到妳。」

邵曉春正想說些什麼，陸之陽卻按住她的手，示意她先讓自己把話說完。

「我之前認爲妳的父親就跟我父親一樣，是個殘忍的人，根本沒有資格和妳見面，更遑論重新得到妳的愛，卻因此忽略了妳的心情，也忘記最重要的一件事，那就是父母之間不管有多少不愉快、多少痛苦，都不應該讓孩子來承擔。我忘記曉春妳是無辜的，妳會思念父親其實並沒有錯，沒想到因爲我的自私，結果害妳傷得更重。」

陸之陽鼻頭一酸，撐起笑容哽咽地說：「妳那麼信任我，我卻背叛了妳，就算妳討厭我也是應該的。對不起。」

說完，一滴眼淚落下，陸之陽低頭抹去，再次愼重的道歉。

「我眞的是一個很糟糕的大人，對不起。」

「之陽姊姊，妳不要哭啦！」

見陸之陽掉淚，邵曉春的眼眶也紅了，焦急道：「我沒有怪妳，我知道之陽姊姊心裡也很痛苦。而且我也有錯啊，假如一開始我就坦白告訴媽媽心裡的想法，事情就不會變成這樣了。我沒有討厭妳，那只是我的一時氣話，我還是非常喜歡妳，我最喜歡的人就是妳了，我眞的不是故意那麼說的，我再也不會對妳說那種話了。之陽姊姊，對不起！」

她們擁抱著彼此又哭又笑，互相幫對方擦乾眼淚，讓淚水沖淡兩人之間的後悔以及傷痛。

過了兩個星期，陸之陽接到母親的電話。

母親告訴她，父親昨日住院了。由於平日飲酒過多，在寒流中受了寒，加上店裡忙碌，太過操勞，不小心感冒引發肺炎，必須住院休養幾天。

當母親問她願不願意回來探望父親時，陸之陽沉吟了一會兒，很快便答應了。

齊廣成得知週末陸之陽要回家一趟，原本想開車載她，卻被陸之陽婉拒了。她向他道歉，並且表示希望他能讓她自己一個人回去。

「我想跟我爸說說話。」

陸之陽面容平靜，「過去我和我爸從來沒有看著彼此，好好地說上一次話，所以我希望這次由我先開始，認眞的和他面對面坐下來聊聊。」

聞言，齊廣成看著她，露出一個了然的微笑。

「我相信妳不會有問題的。」

週五下班後，陸之陽搭上夜車回家。

隔天午後，一忙完家裡的生意，陸之陽就將鐵門拉下，與母親一起前往醫院。

「媽。」在計程車上，她主動開口：「我一直很想問妳，當初妳和爸並不是因爲愛情才結婚，那妳是怎麼與他相處這麼多年的？是因爲有了我，妳才願意一直這樣忍耐？難道妳的心裡真的從來沒有後悔過，或是憎恨過爸嗎？」

陸之陽轉頭直直看向母親：「妳愛過爸嗎？」

陸母沒有說話，只是嘆了一口氣。

還沒聽到母親的回答，車子就已經停在醫院大門前了。

走到病房門口，陸母輕拍女兒的背，傳遞無聲的鼓勵。

陸之陽對母親笑了笑，獨自推門而入。

空蕩乾淨的病房裡，父親就躺在病床上。

他正在睡覺，睡得相當沉，還微微打呼。

陸之陽悄悄搬了張椅子在病床邊坐下，沒有叫醒他。

她專注凝視著父親許久，將他的臉仔仔細細的看過一遍。

父親的白髮不知何時居然已經增加了這麼多，就連臉上的皺紋，也比上次看起來更加深刻明顯。

在她的記憶裡，父親曾經像現在這樣如此虛弱瘦小嗎？

陸之陽的目光最後停在父親的右手上。

過去曾經打過她無數次巴掌，也打碎他們父女情誼的這一雙手，如今看來，也已經不若她記憶中那樣巨大、那樣令她恐懼。

當發現自己已經可以輕而易舉地推開這雙手後，父親的手看上去就只剩因爲辛勞而留下的粗糙和疤痕，就像一朵枯萎褪色的花。

父親的手，早已不像過去那樣充滿力量了。

「爸。」陸之陽深呼吸，微微顫抖著，輕聲對躺在床上的人說：「你還記不記得，以前你幫我取這個名字的時候，奶奶跟叔叔們都不喜歡，說太男孩子氣了，一點也不像女生，建議你幫我改名，結果你很生氣，堅持不肯改。」

她笑了笑，帶著一絲苦澀。

「其實那時我也很不喜歡這個名字，因爲這個名字，害我一天到晚被同學嘲笑、亂取綽號，每天都被欺負。但即使那樣，我也從沒想過要改名字，因爲媽曾告訴我，這是你想了整整三天才爲我決定的名字，所以就算我再怎麼不喜歡，還是想要留著。我知道爸一直希望能有個兒子，才會幫我取這麼中性的名字，可能這也是你心裡的其中一個遺憾吧？所以當你知道齊廣成的存在之後，才會那麼高興。」

陸父依舊安穩的睡著，打呼聲漸漸減弱了些。

「沒有辦法和眞正心愛的女人在一起，是爸心中最大的遺憾吧？所以當齊廣成和他媽媽出現時，我可以想像你的心情有多麼地激動，也可以理解你的喜悅，畢竟這是你過去一直渴望能擁有的幸福。」

心中的酸楚漸濃，陸之陽的視線也跟著模糊，不一會兒就掉下淚來。

她哽咽著聲音說：「可是，爸，我也會心痛，就跟你想彌補齊廣成一樣，我也很需要你，我希望你能夠告訴我，你並沒有忘記我，你也很愛我。我想看見你對我笑，得到你的重視，聽你對我說些鼓勵、肯定的話，哪怕只有一句也好。」

陸之陽竭力平抑住內心的激動，穩住情緒，繼續對著躺在床上一動也不動的父親，說出深藏在內心多年的傷痛。

「可是這二十幾年來，你對媽的苛刻，對我的忽略，眞的傷我很重。我曾經很恨你，恨你不能給我完整的父愛，恨你可以這樣毫不在乎的傷害我跟媽；可是我越恨你，就表示我對你的愛越無法放下。我是你的孩子，不是陌生人，我也會想要跟你撒嬌，對你耍任性，而不是只能永遠被你排拒在外。我想要親近你，也更想多了解你一點。」

溫熱的淚水滴落到手上，陸之陽擦掉臉上的淚水，深深吐了一口氣。

「爸，我現在明白，你也曾經受過傷，心中也始終都存在著一塊缺憾。我很希望有一天你可以走出那段傷痛，多看看身邊的人；而我也會這麼做，所以我不想再恨你了，我會試著原諒你，因爲只有這麼做，我們的關係才有可能更進一步。過去你帶給我的一切，對我來說是種成長，也是個學習。不管好的壞的，從今以後，我都會把過去種種當成祝福，帶著那些繼續努力迎向往後的人生。」

她頓了一頓，繼續凝望父親的臉，

「爸，我眞的希望有那麼一天，我的願望都能實現。希望有一天，我們都能夠像現在這樣，坦然對彼此說出眞心話，哪怕是爸脆弱的一面，我也想了解。小時候，是你和媽守護著我，長大之後，就換我和齊廣成一起守護你們了，我們都會陪在你身邊，也會繼續愛你。所以，你一定要照顧好自己的身體，將來才可以經歷更多美好的事情。」

語畢，陸之陽默默守著父親片刻，最後才站起身來。

待情緒平復後，她又深深看了父親一眼，悄然離開病房。

陸之陽和母親坐在醫院大廳，母親忽然開口：「之陽。」

「嗯？」

「妳剛剛不是問媽，我到底愛不愛你父親？」

陸之陽扭頭看向母親，母親臉上的笑容溫婉依舊。

「雖然我和妳爸當年確實不是因爲戀愛而結婚，可是媽媽在結了婚之後，也慢慢開始對妳爸產生感情。只是到了現在這個年紀，也不會去說什麼愛不愛了，我習慣了妳爸，他也習慣了我，我跟妳爸的人生也會一直這樣下去。就算中間偶有辛苦和痛苦的時候，但現在想來，其實我一點都不後悔嫁給你爸。」

陸之陽怔怔然。

「妳知道嗎？大概在妳五、六歲的時候，有次妳突然半夜發高燒，幾乎昏迷，妳爸就背著妳到處敲附近診所的門，但都無人應門，於是他趕忙將妳送到醫院掛急診。你爸平常雖然常嫌媽媽笨，可是剛嫁給他的時候，只要一有外人欺負我，你爸爸就會氣得拿棍棒跑去找人家理論。這些生活裡累積起來的點點滴滴，都是媽媽對妳爸爸之所以慢慢生了感情的原因。」

陸母的眼神悠遠，彷彿是在看向某個遙遠的地方，或者是看向那段遙遠的過去。

陸之陽不知道自己向來粗魯蠻橫的父親，竟然也會有這樣溫柔的一面，她的眼睛一熱，不想打斷母親的敘述，默默聽下去。

「妳爸爸其實不是那麼冷血無情的人，很多事他並不是眞的不在乎，只是習慣把眞實情緒隱藏起來，喝酒就是他抒發壓力的一種管道。拿我當年流產那件事來說，雖然他嘴上不提，但媽跟他相處了這麼多年，自然看得出來，他失去了一個女兒，怎麼可能不難過？不管再怎麼說總是自己的親骨肉啊！」雖然提及過往的傷痛，陸母的語調依然平和，彷彿那些早已雲淡風輕。

「上次妳那樣凶妳爸爸，妳一跑回台北，當晚他就喝了比平常更多的酒，雖然他什麼都沒說，但不代表他不難過，他心裡也是會受傷的，妳懂嗎？」

陸母伸手摸摸她的頭，莞爾一笑：「妳呀，個性倔強又愛鬧彆扭，這一點跟妳爸爸簡直是一模一樣。你們父女倆脾氣實在太像了，總是讓人很操心呢。」

陸之陽眼眶溼潤，抿脣不發一語。

結果這次回來，她並沒有得到父親的回應。

直至見到父親的臉，她才意識到，跨出這一步需要多大的勇氣。

然而至少她已經開始了，爲了自己，爲了父親，爲了母親，現在該是她爲這段關係主動做出些什麼的時候了。

陸之陽明白這只是第一步，哪怕之後再辛苦，她還是會繼續往前走。

◆

星期日下午，陸之陽準備返回台北，正在收拾行李。

陸母關心的問：「東西都帶齊了嗎？」

「嗯，媽，妳就別送我了，我等一下自己到外面叫車。妳現在還得時常去醫院照顧爸，店裡若忙不過來就先關店休息，千萬不要硬撐喔。」

「媽知道。」陸母點點頭，「之陽。」

「嗯？」

「今天早上，媽到醫院送吃的去給妳爸，跟他說妳今天回去。」陸母道：「他要我告訴妳，過年的時候記得回家。」

陸之陽一愣，停下手上動作，回頭對上母親的眼睛。

「也許妳昨天在病房裡跟妳爸說的那些話，他其實都有聽見吧。」陸母的笑容帶著寬慰。

陸之陽心中一時不知是何滋味，鼻頭微微一酸。

與母親道別後，陸之陽拎著行李從家裡走出來，打算去路邊攔計程車，卻看見一抹熟悉的身影站在巷口。

「嗨。」

陸之陽滿臉驚訝，「你怎麼會在這裡？」

「來接妳的，我向廣成問了妳家的地址。」藍宇上前接過她手中的行李，「這次回家還好嗎？」

「還、還好。」她仍覺得不可置信，「你專程從台北跑過來？」

「嗯，也順便回家看我爸一趟。我原本想去妳家找妳，但怕突然登門拜訪會造成困擾，妳覺得我現在該不該去和妳媽媽打聲招呼？」

陸之陽愣愣不答。

藍宇微微一笑：「妳不是已經跟妳爸媽說過，妳有個男朋友叫藍宇了嗎？」

陸之陽聞言，臉上立即浮現尷尬之色，「齊廣成跟你說的對不對？」

「對啊，既然妳都把我抬出來了，我當然也要配合到底，這樣才有誠意啊，妳說是不是？」

「你之前也利用過我啊，這次換我利用你一下，不算過分吧？」她低聲咕噥了幾句。

「那我就去和妳媽媽打聲招呼嘍。」

藍宇才剛邁出腳步，馬上就被陸之陽攔下。

「藍宇，等一下。要是你現在過去我家，我媽鐵定會開心得不得了，說不定最後還要留你吃飯，不肯讓你走了，還是等下次回來再說吧！」

「好吧。」他爽快地答應。

陸之陽鬆了一口氣。

他牽起她的手，「那麼，在回台北之前，我們再去一個地方。」

藍宇帶著陸之陽回到了兩人過去經常碰面的山腳下。

站在這片久違的風景裡，陸之陽發現這地方與她記憶中的模樣幾乎沒有什麼改變，只是當年陪伴著他們的餐車小烏龜，已經不在了。

「後來小烏龜的老闆去哪兒了？」陸之陽問。

「阿輝結婚了，有了小孩之後就全家搬到宜蘭去了。」藍宇走到瞭望台坐下，望著遠方遼闊的景色，「當年離開後，我就再也沒來過這裡了。」

陸之陽站在藍宇身邊，靜靜地望著他。

「欸，藍宇。」她喚了聲，「當年你坐在這邊，看著這片風景的時候，心裡都在想著你父親的事吧？」

他目光定定地凝視著遠方，「嗯。」

「你那時內心其實非常不安，也很害怕吧？只是，爲了藍曄，你才不敢表現出眞實的情緒。」陸之陽緩緩問道：「你有哭過嗎？」

「我爸醒來的那天，我有掉眼淚，在那之前倒是沒哭過。我記得當我一個人坐在這裡時，只能忐忑不安的握著手機，不停的顫抖，腦中一片空白，很怕隨時一通來電就會傳來我爸的噩耗。」藍宇嘴角微勾，「那隻手機，是我爸在我國中時送給我的禮物，直到現在我還是很珍惜，捨不得換。」

陸之陽聽完，默默走到藍宇身後，俯身將他擁住。

「那時我來不及安慰你，所以欠你一個擁抱。」她輕聲說：「雖然我可能無法幫上什麼忙，但還是希望可以給你一些力量，就像你當年爲我做的一樣。這一次，換我爲你做些什麼了。」

藍宇握住她的手，語帶笑意：「六隻羊，妳只要待在我身邊，對我來說就是最大的力量了。」

當兩人準備踏上歸程時，陸之陽忽然站定，像是想到什麼似的，劈頭就問。

「藍宇，我問你，當年你在這裡跟我分析藍曄會喜歡哪種類型的女生，其實那些話都是騙人的吧？你說的那些根本就是你自己會喜歡的類型，對不對？」

藍宇笑嘻嘻地答：「怎麼這麼說呢？我那時是想增加妳的自信，不希望妳太自卑，才會鼓勵妳多看看自己的優點，不要老是覺得自己不如別人，這樣才能成爲讓人欣賞的女人。我可是用心良苦呢。」

「少來，結果還不是因爲你自己喜歡這種女人？你這人眞的心機好重，難怪曉春她們這麼怕你，你這種腹黑的性格從以前到現在一點也沒變！」陸之陽用力推開他。

藍宇一把將她攬了回來，「但也只有妳知道我的另一面啊，這樣不好嗎？」

「才不好。」她咯咯地笑。

溫暖的冬日陽光下，陸之陽和藍宇就這麼一邊推鬧，一邊擁著彼此，逐漸消失在山腳下。

◆

下課鐘一響起，原本寧靜的校園很快就熱鬧成一片，尤其今日的氣氛更是與以往不同，空氣裡漂浮著一股如釋重負的歡天喜地。

考完期末考最後一科，深感自己的體力跟腦力都已經嚴重透支的邵曉春，沒有和其他同學一起嬉鬧，只是趴在走廊的護欄上低頭放空，神思不知道飄到哪邊去了。

「曉春，這次妳有沒有把握啊？」手裡拿著一根棒棒糖的李敏珂，踱步走到邵曉春身旁。

「我不知道，聽到交卷的鐘聲一響，我的腦袋瓜瞬間就當機了。」邵曉春的目光一片茫然。

「那有可能會補考嗎？」

「應該不會吧……」邵曉春哀鳴了一聲，滿臉痛苦。

「唉，算了啦，反正都盡力了，接下來一切聽天由命嘍。」李敏珂嘆道：「不過，曉春，接下來妳打算要怎麼辦？」

「什麼怎麼辦？」

「當然是妳跟尚東磊的事呀，真是的，難道妳要繼續一直拖下去，什麼都不表示嗎？」

李敏珂在旁邊看了都替邵曉春著急。

邵曉春不吭聲。

「今天期末考試結束，再過幾天就要放寒假了，等寒假結束，接著又是春假，到時候他差不多也要開始忙聯賽的事，搞不好連幫妳看小說的時間都沒有了。眞搞不懂妳到底在猶豫什麼？尙東磊喜歡妳，妳不是也喜歡尙東磊嗎？明明就兩情相悅，妳爲什麼還要那麼矜持啊？」李敏珂眞心不懂。

「可是……」邵曉春縮著頭，囁嚅地說：「之前尙東磊都已經親口跟我說，繼續當朋友沒關係，如果我現在又突然向他告白，不是很莫名其妙嗎？尙東磊也會覺得我這個人很奇怪吧？」

「明明早就可以交往，卻遲遲不在一起，這才莫名其妙好嗎？」李敏珂翻了個大白眼。不等邵曉春回答，李敏珂雙手叉腰，氣勢凌人地警告她：「總之，不要再拖了啦。明天是星期三，是這學期妳可以見到他的最後機會，妳一定要明明白白的告訴尙東磊妳喜歡他喔！還有，我可是要提醒妳，尙東磊可是很有人氣的校草級人物，妳再不把握機會，等到他被其他女生搶走，妳就不要躲在角落裡抱頭痛哭！」

面對這根本形同「恐嚇」的警告，邵曉春腦中頓時亂糟糟一片，不知如何是好。

翌日，在舊校舍裡，尙東磊一如往常安安靜靜地專注於閱讀小說，邵曉春卻在一旁坐立難安，雙手緊抓裙子，侷促不安。

她來回深呼吸了幾次，終於決定鼓起勇氣，輕輕叫了他的名字。

「尚東磊……」

他抬頭對上她的視線，「嗯？」

「呃，那個，就是我……」她一陣扭捏，艱難的呑了口口水，「我有一件重要的事想跟你說。」

尚東磊語氣淡然：「什麼事？」

邵曉春張著嘴，想說的話卻硬生生卡在喉頭，遲遲無法說出口。

她滿臉通紅，心臟劇烈地怦怦跳，尤其尚東磊那雙烏黑明亮的眼睛，正直勾勾地注視著自己，更讓她緊張到幾乎要窒息了。

呑呑吐吐了老半天，她總算順利開了個頭：「其實，我是想問……開始放寒假後，你會變得很忙吧？應該沒有辦法再像現在這樣，每週都跟我碰面了吧？」

「不一定，應該不會那麼忙。不過，可能沒辦法固定在每個禮拜三見面。不然這樣，只要寒假我有時間，就會聯絡妳，如果眞的抽不出空跟妳見面，妳可以把電子檔寄給我，我還是會幫妳看小說的。抱歉。」

「你不用道歉啦，我只是好奇問一下，如果你眞的沒空也沒關係，當然是聯賽的事比較重要啊！」她吶吶地說：「你……練習要加油喔，我會幫你打氣的。」

尚東磊脣畔漾起一抹微笑，「謝謝。」

動。

隔天放學，邵曉春整個人宛如失去靈魂的空殼，毫無生氣地趴在速食店桌上，一動也不

「我說不出口、說不出口、說不出口！」她撐起上半身，崩潰的抓著頭髮嚷嚷：「爲什麼當初尙東磊跟我告白的時候，可以說得那麼輕鬆自在？這明明是一件超難啓齒的事啊！爲什麼我就是說不出口？到底爲什麼啊啊啊——」

簡博安無奈搖搖頭，連嘖三聲，「眞是有夠沒用。」

這時，李敏珂也將手橫擺在眼睛上方，作出遠遠觀望的姿勢：「噢，我彷彿看到尙東磊的心飄得越來越遠，飄到某個學妹的身上去了。」

「你們別再潑我冷水了，我就是說不出來嘛！光是跟他面對面站著，我就快緊張死了，更別說要跟他告白了。」

邵曉春懊惱到幾乎要陷入自我嫌棄的地步了。

「我說妳啊，當初擔心這個擔心那個，遲遲不肯接受他，好不容易終於鼓起勇氣想跟尙東磊在一起了，結果居然敗在這種地方？妳做其他事時，明明膽子都很大，怎麼叫妳去跟男生告白就變成俗辣了？妳寫小說都沒有寫過這種橋段嗎？」簡博安納悶。

「那又不一樣，小說劇情可以任由我控制，現實之中不行啊！突然要我去向他告白，我就是會驚慌失措，就是會不知道該怎麼辦……我也很討厭自己老是這樣優柔寡斷嘛！」邵曉春再度沮喪的趴回桌上。

「所以妳就是沒辦法單刀直入、開門見山地說出自己的心意。」簡博安雙手抱胸，想了

想，「依我看，妳其實是需要一個契機。」

「什麼契機？」邵曉春原本埋在手臂裡的頭，微微抬起，露出一隻眼睛。

「既然妳沒辦法直接說出自己的心意，那就想辦法找出一個最適合自己的完美告白方式，至於那要怎麼做，就只能靠妳自己想啦，我們幫不了妳。」簡博安提出了另一種觀點。

李敏珂也不忘替她打氣：「曉春，妳最好快點想清楚喔，這種事拖越久，機會就越容易溜走，妳好好思考要用什麼方式跟尚東磊告白才是最合適的，加油啊！」

◆

當天晚上，邵曉春想破了頭，就是想不出一個完美的契機。

要用什麼方式向尚東磊告白，才最合適也最具意義呢？

深深嘆了口氣，她坐在電腦前，手托著腮，對著眼前的小說文稿發呆，直到某個念頭突然在腦中一閃而過，她才精神一振，終於知道應該怎麼做了。

一有了想法，邵曉春盯著螢幕裡的稿子，確認目前的小說進度。

當她完成時間安排跟進度規劃，馬上展開行動，專注盯著電腦，飛快的不停打字。

指尖敲打鍵盤的聲響，在深夜中不斷從邵曉春的房間傳出，直到清晨將近才停歇。

「天呀，曉春，妳的黑眼圈怎麼這麼重？」

看到邵曉春的熊貓眼，李敏珂忍不住驚呼。

「喔，因為我昨晚熬夜寫小說，所以幾乎沒怎麼睡。」邵曉春趴在教室桌上，氣若游絲的解釋。

「真是的，叫妳想要怎麼跟尚東磊告白，結果妳還在打小說，妳到底有沒有心要跟他告白呀？」

「當然有啊，我就是想到方法了，所以才會一直拚命趕稿嘛。」邵曉春委屈地說。

「什麼方法？」李敏珂眼睛一亮。

「尚東磊的生日是二月十一號，所以我希望能在那天之前把小說寫完，在他生日當天拿給他看，到時再跟他告白。」

「好吧，雖然這種告白方式不怎麼浪漫，不過確實最適合妳跟尚東磊。他幫妳看小說看了這麼久，這又是妳完成的第一本小說，對你們來說當然別具意義。」李敏珂笑著點點頭。

邵曉春見好友也贊成自己的想法，心情也隨之雀躍起來。

李敏珂隨後看著手機行事曆，面露擔憂，「不過，曉春，明天就要放寒假了，距離尚東磊生日只剩半個月，妳來得及嗎？」

「我盡量在趕了，劇情已經進入後半部，昨晚我一口氣寫到清晨五點，等到放寒假以後，整天都有時間寫稿，應該就可以更快完成進度……」

「五點！那根本沒睡啊，怪不得妳今天精神這麼差！」李敏珂大驚，摸摸邵曉春的頭，「妳不要為了趕小說把身體搞壞啦！雖然告白很重要，但健康更重要，不要太勉強喔！」

學期結束的這一天，邵曉春的奮戰仍未結束。

回到家後，她除了吃飯、洗澡、上廁所，其他時間都把自己關在房間裡，足不出戶。每日生活作息以電腦開機作為開始，以電腦關機作為結束，一天只睡六個小時。

某天下午，邵曉春繼續對著電腦瘋狂打稿，由於太過專注，渾然不覺背後已經默默多了兩個人，因此當她從螢幕反射中看到李敏珂跟簡博安時，嚇得驚叫一聲，差點從椅子上摔下來。

「喂，你們兩個，是想嚇死我嗎？為什麼你們會出現在我房間裡呀？」邵曉春拍拍胸口，驚魂未定。

兩人不發一語，一人抓起她一隻手，直接把邵曉春架出房間，讓她坐在客廳的沙發上。

邵曉春連忙想要掙脫，有些狼狽地問：「你們在幹麼啦？」

「妳還敢說，寒假開始就人間蒸發，找妳出來也不理，連訊息都沒有讀！阿姨說妳每天都窩在房間裡寫小說寫到天昏地暗，還拜託我們來把妳拖出去呼吸一下新鮮空氣。」簡博安瞥了她一眼。

李敏珂看著邵曉春，臉上也寫滿了不贊同。

簡博安又涼涼補了一句：「哪有人這樣都不休息的？妳念書都沒那麼認真，我們可不想看到妳在尚東磊生日那天昏死在電腦桌前，出師未捷身先死。」

「不行啦，我今天還沒完成預定的進度，沒時間休息了，我得趕快——」

邵曉春才剛起身，立刻就被四隻手用力壓回沙發上。

「不可以，妳現在就給我坐在這裡，好好休息！」李敏珂態度強硬。簡博安也用威逼的目光緊盯著邵曉春，好像她只要再敢從沙發上站起來，他就絕對不會輕饒她。

從便利商店的袋子裡取出一堆飲料與零食，李敏珂遞了一罐冰奶茶給她，「早就知道妳不會願意出門，所以我們就直接上妳家來逮人了。之陽姊姊也說，妳很久沒上去找她了，她很擔心妳身體吃不消。」

於是在兩人的脅迫下，邵曉春只能乖乖屈服，乖乖喝了口冰奶茶，暫時放鬆因爲趕稿而緊繃已久的身心。

這時簡博安告訴她：「邵曉春，我幫妳打聽過了，尙東磊生日那天，籃球校隊剛好整天都要練球，看妳到時要不要直接去學校找他？」

「是喔……」邵曉春思忖著，「那應該只能這樣了。」

「目前稿子寫到哪裡了？」

「只要一直維持進度下去，應該來得及。」邵曉春呼出一口大氣。

李敏珂笑盈盈地幫她按摩肩膀：「曉春，妳眞的很了不起耶，居然能爲了尙東磊這麼拚命，連我都被感動了，只剩下一個禮拜了，加油喔！」

寒假這段期間，雖然尙東磊跟邵曉春偶有聯繫，但僅止於通電話，兩人並沒有見面。

邵曉春以讓他專心練球爲由，暫時沒再把小說拿給他看，也沒告訴他在他生日那天，她會去學校找他。

到了二月十一日當天凌晨兩點，當邵曉春在Word檔最後一頁打下「全文完」三個字時，有種恍然如夢的感覺，鼻頭忍不住微微發酸。

她幾乎要哭了出來，不敢相信這一切是真的。

她真的在尚東磊生日這天順利將小說完成了，她終於寫完她的第一部小說了！

邵曉春心滿意足地倒臥在床上，心情一放鬆，連日以來的疲憊頓時排山倒海襲來，濃濃的睡意湧上，不一會兒便沉沉睡去。

早上八點多，她猛然驚醒，立刻爬起來打開電腦重新檢查小說稿件，隨即列印出來，簡單整理完畢後，時間也已經過中午了。

下午一點多，邵曉春帶著一疊小說紙稿，來到學校。

她直接走向體育館，發現大門沒鎖，裡面卻空無一人，起先還感到有些納悶，但看到幾瓶喝過的飲料被放在一旁，便確定籃球隊員們只是暫時離開，大概是吃中飯去了。

邵曉春想了想，最後決定跑上二樓看台的觀眾席，坐在一處最不起眼的角落，一邊滑手機，一邊等待籃球隊隊員回來。

由於長期睡眠不足，等了三十分鐘後，邵曉春就開始呵欠連連，不斷揉著眼睛。

隨著意識越來越昏沉，眼前也越來越模糊，她漸漸不敵周公的呼喚，終於忍不住閉上眼睛。

一陣強而有力的運球聲響傳進邵曉春的耳中。

她緩緩睜開眼睛，這才發現自己竟在不知不覺中沉沉睡去。

小心翼翼地探頭往下瞄了一眼，一個熟悉的身影就站在球場上，邵曉春的心跳霎時漏跳了一拍。

一顆籃球劃過一條完美的弧線，落進籃網。

投籃的人就是尙東磊，而且更重要的是，此刻球場上居然只有他一個人。

邵曉春心跳加速，不敢相信自己的好運，這根本就是老天特地爲她準備的大好機會。她用力深呼吸，心想這次絕不可以再錯過。

她悄悄走到第一排座位的圍欄前，捧緊了手中的紙稿，鼓起勇氣對樓下的人大喊：「尙東磊！」

正在運球的尙東磊一聽到叫喚，停下動作，抬頭一看，見到邵曉春出現在二樓觀眾席時，面露驚訝。

「那個，我有一件事要告訴你。」邵曉春高舉著手中的小說紙稿，「我的小說在今天全部寫完了，總共十二萬字，我終於完成我的第一部小說了！」

他專注的注視著她，一動也不動。

邵曉春的聲音帶著一絲顫抖，繼續往下說。

「謝謝你，尙東磊，多虧有你一直支持我、鼓勵著我，我才能完成一直以來的夢想，這一切都是你的功勞，如果沒有你在我身邊的話……我一定不可能會堅持到最後，我眞的、眞的很感謝你！」

尙東磊沒有出聲，只是繼續看著她，眼神清亮。

邵曉春默默在心中爲自己打氣，要自己千萬不能在這時退縮。

「還有……我也要跟你說聲對不起，因爲我的軟弱跟膽小，害你受到傷害。但是，我想告訴你，其實我也很喜歡你，眞的很喜歡你，我也想要跟你在一起，之前是我太懦弱，才會不敢接受你的心意。可是現在，我已經決定要勇敢起來，這部完成的小說就是證明。如果是你的話，我願意勇敢一次，希望你可以再給我一次機會。」

一口氣說完，邵曉春漲紅著臉，大聲吶喊出最後的告白。

「尙東磊，我喜歡你，請你跟我交往，做我的男朋友，好不好？」

那句告白的回音清晰地迴盪在整座體育館內。

結果，還沒聽到尙東磊的回應，一群如狂風暴雨般的熱烈歡呼聲，就已先鋪天蓋地席捲而來。

見到一個個年輕大男孩接連從球場旁邊冒了出來，邵曉春嚇得瞪大了眼睛。

全體籃球隊成員，包括教練，這時全都站在球場上，仰頭對著在前一刻作出眞情告白的邵曉春大聲喝采，瘋狂鼓掌叫好。

邵曉春瞬間石化，呆若木雞，完全無法反應。

她這才知道，原來體育館裡不是只有尙東磊一個人，其他隊員其實也在，只是他們坐在位於二樓看台正下方的休息區裡，安靜地看著尙東磊練習，邵曉春才沒發現。

她只覺得那些掌聲就像無數隻蜜蜂在腦中盤旋打轉一樣，嗡嗡作響，那群男生還在不斷拍手鼓譟，尙東磊則已經離開球場，往樓梯的方向走去。

她的雙頰好似有烈火在燒，羞恥到簡直就要泛出淚光，直想拔腿逃離此處。

就在這時，他的身影出現在二樓看台的樓梯口。

尙東磊快步朝她走去，露出燦爛的笑容，烏黑的眼睛閃爍著難以忽視的明亮光芒。

他一來到眼前，邵曉春還來不及開口，尙東磊就已經捧住她的臉，二話不說吻上她的唇。

此時迴盪在兩人耳邊的歡騰聲，也更加激烈高昂了。

◆

當邵曉春把整起告白經過一五一十地告訴李敏珂與簡博安後，李敏珂認爲，尙東磊與邵曉春這一吻實在太經典，要她一定得寫進小說裡。

事實上，在尙東磊突然吻過來的那一瞬間，邵曉春不自覺地往後退了一步，結果不小心絆到自己的腳，旋即整個人摔得四腳朝天，而原本被她拿在手中的那疊小說紙稿也不愼從二樓看台掉了下去，一張張紙稿登時如天女散花般散落在球場上。

這與邵曉春跟尙東磊第一次在舊校舍相遇時的情景，相似度簡直高達百分之九十。也由於這一幕實在太淒慘，光是一回想起，就讓她丟臉得想拿頭去撞豆腐，她對著兩位好友鄭重發誓，自己絕不可能把這一段寫進小說裡。

李敏珂跟簡博安聽完之後，更是狂笑到快要抽筋，直說也只有天兵邵曉春才會發生這樣的事情。

就在寒假結束的前日，邵曉春帶著尚東磊到陸之陽的家裡作客。

「我覺得東磊跟你有點像呢。」陸之陽對著從廚房走出來的齊廣成笑盈盈地說，「給人一種很穩重的感覺。」

「謝謝誇獎。」齊廣成毫不客氣地收下陸之陽的讚美。

他把烤好的餅乾放在桌上，看著那對坐在沙發上的小情侶，「光從外表看上去，兩個人的個性就很不一樣，一個開朗活潑，一個木訥沉穩。我覺得這樣很好，人本來就很容易被和自己不一樣的人所吸引。」

「眞的嗎？」邵曉春歪著頭，好奇問道：「之陽姊姊，妳跟我們導師也是這樣嗎？他是什麼地方吸引妳？讓妳心動的點又是什麼？」

「心動的點……」

陸之陽愣了一下，低頭陷入了長考，遲遲未能作答。

邵曉春滿臉期待地望著陸之陽，端起桌上的紅茶，喝了一口。

整整一分鐘過後，陸之陽才抬起頭來，臉色微微泛白，一副大難臨頭的模樣，「怎麼辦？我完全想不到。曉春，妳千萬不能把這件事告訴妳們老師，不然之陽姊姊就完了！」

「唔，好吧。」邵曉春撓撓臉，轉頭對齊廣成說：「那齊哥哥，你現在有沒有心動的對象？」

「我……沒有。」齊廣成無奈低笑了聲，「雖然常會有同事介紹女生給我，但就算碰到欣賞的對象，結果也都不了了之。」

「爲什麼？」她們齊聲問道。

「聽幫我介紹的那個同事說，好像是因爲我給女生的壓力太大了。因爲不管是烹飪、家事還是職場表現，我的表現都很出色，讓她們備感壓力，所以……嗯……」齊廣成尷尬地摸摸頭，不好意思地轉開目光。

陸之陽大笑：「我懂，我懂！我完全懂那些女人的心情！」

四個人全都忍不住笑了起來。

隨即，陸之陽也問起一旁始終安靜的尙東磊：「那麼，曉春讓東磊心動的點是什麼呢？」

三個人的目光一起落在尙東磊身上，他愣了愣，「是指……第一次對她產生好感的時候嗎？」

「對啊。」陸之陽點頭。

他想了想，難得露出有點難爲情的神態：「應該是去年，她第一次到我家附近的運動場找我的時候。」

「第一次？是什麼時候呀？」邵曉春有點不記得了。

「就是我教妳投籃的那次。」尚東磊回答。

「啊，那我有印象了，可是爲什麼是那個時候？」邵曉春不解。

「當時運動場的風有點大，我怕妳會冷，所以把外套借給妳穿，因爲外套有點大，然後……」他頓了頓，「就這樣。」

「什麼？就這樣？我穿了你的外套，外套有點大，然後你就對我心動？這是什麼意思啊？我完全聽不懂啊！」邵曉春滿頭問號，越聽越糊塗。

然而這時齊廣成拍拍男孩的肩：「我懂。」

後來那天下了一場大雷雨，由於尚東磊住的地方比較遠，因此最後由齊廣成開車載他回去。

原以爲這場雨會持續很久，沒想到一小時過後，雨就停了，在雨尚未完全停歇之前，陽光就已溫柔地自天空傾洩而下，染亮了整座城市。

還留在陸之陽家裡的邵曉春，與陸之陽一起站在窗邊看著這片雨後景色，陽光彷彿將城市的每個角落都照耀得閃閃發亮。

「之陽姊姊，我跟妳說，我把之前完成的那部小說拿去投稿了喔。」

「眞的嗎？結果有過稿嗎？」

「沒有，被退稿了。」邵曉春笑著吐吐舌，「可是我並沒有覺得很難過耶，反而迫不及待想把之前寫到一半的小說全部寫完，繼續再接再厲去投稿。然後啊，我還特別修改了《花園森林》的結局。」

「爲什麼?」

「我也不知道耶，當我重新再回顧這個故事時，就突然想這麼做。」邵曉春聳聳肩。

「原本我打算想寫一個悲劇，讓故事裡的姊姊紅蘋果，最後因爲崩潰而選擇自我了斷。可是，後來我覺得姊姊實在太可憐了，因爲遭受到迫害，讓她沒有辦法相信任何人，也不再相信愛；她的心變得越來越黑暗，在吹響哨笛的時候，聽到的聲音永遠都是不好的。」

陸之陽看向邵曉春，她的臉被陽光罩上一層柔和的亮光。

「所以，我想讓姊姊即使失去了哨笛，也不會放棄希望，當她有了讓自己堅強起來的能力後，就算沒有那個哨笛也無所謂了。因此我把結局改成紅蘋果姊姊丟掉哨笛，靠著身邊人的愛，以及想讓自己走出去的勇氣，克服了一切痛苦；最後妹妹青蘋果也順利找到姊姊，所以就算沒有哨笛，姊妹倆還是重逢了。」

陸之陽認眞地說：「我很喜歡這個結局，眞的。」

「嘿嘿，謝謝。」邵曉春笑得靦腆，「對了，還有，我已經跟我爸爸聯絡了，我們約好下個禮拜見面。」

「眞的?妳可以嗎?要不要我陪妳去?」

「啊，不用了，尙東磊說會陪我一起去，之陽姊姊不用擔心。」邵曉春搖頭，關心問道：「之陽姊姊，那妳和妳爸爸的關係，有好一點了嗎?」

「嗯……雖然目前還看不太出什麼明顯的起色，要修復一段關係確實會需要一點時間，不過我覺得，我們已經在往好的方向前進了。」

「太好了！」邵曉春開心喊道。

陸之陽摸摸她的頭，將視線看向窗外，凝望著那片陽光，喃喃低語：「希望春天早點來呢。」

「應該快了，我覺得今年的冬天很快就會走了，因爲我現在一點都不覺得冷。說不定到了三月，春天就會準時來了喔！」邵曉春兩手托腮，輕快的嗓音裡有著雀躍的期待，「我最喜歡的季節就是春天，而且也最喜歡春天的陽光了！」

陸之陽淺淺一笑，目光仍望著藍天，眼眶卻莫名溼潤了起來，「我也是。」

等到這個冬季結束，她的世界將重回一片溫暖，一片與過去截然不同的溫暖。

當春天遇上太陽，透過女孩眼中的純粹，她終於找回了自己遺落許久的眞心。

陸之陽於是明白，無論過去獨自走過多麼漫長遙遠、多麼崎嶇的路……

這一生，她都不會永遠孤獨。

全文完

後記

眞心接受自己本來的不完美，才能回到最初

這次又不小心做了一個任性的決定。

幾乎是在要寫這次「新作」的當日，把原先已經決定好的故事放掉，直接寫起另一個故事，我甚至還不曉得這個故事會怎麼發展，結局又會是如何？但我還是毅然決然把原來的故事暫時放下。

直到完成《春日裡的陽》，再重新回想當時的動機，我才發現自己那時需要的其實是一個心情轉換，如果我以當時的心情繼續寫原來的故事，可能會寫不下去，就算寫了，也會寫得很悶；不過做出這個倉促的決定，當然也得付出代價，除了比以往傷透腦筋，也害我的編輯們吃了不少苦頭。再此要向辛苦可憐的湘潤和馥蔓愼重謝罪，感謝妳們願意尊重我這個任性作者的決定。（磕頭）

我常碰到許多同樣熱愛寫作的小讀者向我「求救」：要怎麼樣寫一本好小說？小說總是寫不完怎麼辦？不知道怎麼起步怎麼辦？每次寫到一半就卡住怎麼辦……等等諸如此類的煩惱，都讓這些渴望一圓作家夢的孩子陷入困境，在自我懷疑和自我期許之間徘徊。

因爲這樣，才讓我想寫出曉春這個角色。

當我看著他們的問題，我也會忍不住跟著仔細回想，當我眞正開始把重心放在寫作上，以及在網路上持續發表小說的時候，我的煩惱大概都是些什麼？在我還是他們這個年紀的時候，我在乎的是什麼？我希望得到的是什麼？

後來我終於想明白了，以前的我，其實沒有跟這些孩子一樣有這麼糾結的煩惱，因爲我就是憑藉著一股傻勁和熱血不停地寫。因爲太喜歡自己故事裡的世界，所以只想趕快寫出來，就算中間會碰到瓶頸，但對故事的著迷及熱愛，讓我很快就跨過了那個困境，甚至忘記自己也曾經陷入那個困境。

於是我最後發現，與其告訴這些孩子千百種寫好小說的方法，不如讓他們學習轉換心態。有人一動筆就想立刻看到成果，比如想得到讀者的回應和支持；有人期許自己要創作出想像中最完美的故事；有人看到自己的故事明明比別人出色，人氣卻完全不如別人，心裡不平衡之餘，更覺得憤怒，覺得這世界眞是不公平。

我想到自己還不是晨羽的時候，在網路上寫作一段時間，始終乏人問津，到了現在，也還是會碰上一些質疑的目光跟聲音。我也曾經低潮過、自我否定過，可是當我眞心接受自己本來就不可能完美的時候，我才能讓心回到最初的狀態。

寫作向來就是和自己的一場戰鬥，有些事情撐得久了，未必就是你的，可是當你的心已經不會輕易被他人影響及左右，反而就有了更大的空間專注在目標上，未來碰上成功的機會也會更多。

寫完《春日裡的陽》，我其實有種把自己的內心重新整理過一次，煥然一新的感覺。而能夠順利完成這個故事，要感謝的人也很多。

謝謝始終默默鼓勵我的家人，謝謝湘潤和馥蔓，還有POPO原創。

最最感謝陪伴我、支持我的小平凡們，可以把自己的故事分享給你們，眞的是非常非常幸福的事情。

我們下個故事再見^^

晨羽

城邦原創 長期徵稿

題材

(1) 愛情：校園愛情、都會愛情、古代言情等，非羅曼史，八萬字以上，需完結。
(2) 奇幻/玄幻：八萬字以上，單本或系列作皆可；若是系列作，請至少完稿一集以上，並附上分集大綱。

如何投稿

電子檔格式投稿（請盡量選擇此形式投稿）

(1) 請寄至客服信箱service@popo.tw，信件標題寫明：【投稿城邦原創實體書出版／作品名稱／真實姓名】（例：投稿城邦原創實體書出版／愛情這件事／徐大仁）
(2) 稿件存成word檔，其他格式（網址連結、PDF檔、txt檔、直接貼文於信件中等）恕不受理；並請使用正確全形標點符號。
(3) 請附上真實姓名、性別、聯絡電話、email、POPO原創網會員帳號、作者簡介與出版經歷。
(4) 請加入POPO原創市集(www.popo.tw/index)申請成為作家會員，並將投稿作品公開放上該網站至少4萬字，若想全文公開也可以。

紙本投稿

(1) 投稿地址：10483台北市民生東路二段149號6樓A室
城邦原創實體出版部收
(2) 請以A4紙列印稿件，不收手寫稿件。
(3) 請附上真實姓名、性別、聯絡電話、email、POPO原創網會員帳號、作者簡介與出版經歷。
(4) 請自行留存底稿，恕不退稿。
(5) 請加入POPO原創市集(www.popo.tw/index)申請成為作家會員，並將投稿作品公開放上該網站至少4萬字，若想全文公開也可以。

審稿與回覆

(1) 收到稿件後，約需2-3個月審稿時間，請耐心等候通知。若通過審稿，編輯部將以email回覆並洽談合作事宜，如未過稿，恕不另行通知。
(2) 由於來稿眾多，若投稿未過，請恕無法一一說明原因或給予寫作建議。
(3) 若欲詢問審稿進度，請來信至投稿信箱，請勿透過電話、部落格、粉絲團詢問。

其他注意事項

(1) 請勿抄襲他人作品。
(2) 請確認投稿作品的實體與電子版權都在您的手上。
(3) 如果您的作品在敝公司的徵稿類型之外，仍然可以投稿，只是過稿機率相對較低。

國家圖書館出版品預行編目資料

春日裡的陽／晨羽著. -- 初版. -- 臺北市；城邦原創, 2015.06
面；公分. --（戀小說；44）

ISBN 978-986-91519-6-2（平裝）

857.7 104010189

春日裡的陽

作　　者／晨羽
企畫選書／楊馥蔓
責任編輯／胡湘潤

行銷業務／林政杰
總 編 輯／楊馥蔓
總 經 理／伍文翠
發 行 人／何飛鵬
法律顧問／元禾法律事務所　王子文律師
出　　版／城邦原創股份有限公司
台北市中山區民生東路二段 141 號 6 樓
電話：(02) 2509-5506　傳眞：(02) 2500-1933
E-mail：service@popo.tw
發　　行／英屬蓋曼群島商家庭傳媒股份有限公司城邦分公司
聯絡地址：台北市中山區民生東路二段 141 號 11 樓
書虫客服服務專線：(02) 25007718・(02) 25007719
24小時傳眞服務：(02) 25001990・(02) 25001991
服務時間：週一至週五09:30-12:00・13:30-17:00
郵撥帳號：19863813　戶名：書虫股份有限公司
讀者服務信箱 email：service@readingclub.com.tw
城邦讀書花園網址：www.cite.com.tw
香港發行所／城邦（香港）出版集團有限公司
地址：香港灣仔駱克道 193 號東超商業中心 1 樓
email：hkcite@biznetvigator.com
電話：(852)25086231　傳眞：(852) 25789337
馬新發行所／城邦（馬新）出版集團 Cité(M)Sdn. Bhd.
41, Jalan Radin Anum, Bandar Baru Sri Petaling,
57000 Kuala Lumpur, Malaysia.
電話：(603) 90563833　傳眞：(603) 90576622
email:services@cite.my

封面設計／黃聖文
印　　刷／漾格科技股份有限公司
電腦排版／陳瑜安
經 銷 商／聯合發行股份有限公司
電話：(02)2917-8022　傳眞：(02)2911-0053

■ 2015 年 6 月初版
■ 2023 年 1 月初版 19.3 刷
Printed in Taiwan

定價／270元

ISBN 978-986-91519-6-2

POPO城邦原創 www.popo.tw
城邦讀書花園 www.cite.com.tw